典藏诵读版

智囊全鉴

〔明〕冯梦龙◎著

东篱子◎解译

扫一扫
免费赠送3种国学音频！

国家一级出版社 中国纺织出版社 全国百佳图书出版单位

内 容 提 要

《智囊》是一部集智慧和韬略于一体的经典名著。全书分为上智、明智、察智、胆智等十部二十八卷，集中展示了作者冯梦龙的重要政治见解和思谋韬略，堪称“中国古代智慧的锦囊”。本书对原典进行了精准的注释与翻译以及评析，便于读者更好地理解原文及其精髓。本书将会让您感受到那种智慧的碰撞，巧思的火花，以及阅读经典的震撼与感触。读者也可扫描书中二维码，聆听配乐朗诵章节。

图书在版编目（CIP）数据

智囊全鉴：典藏诵读版 /（明）冯梦龙著；东篱子解译．—北京：中国纺织出版社，2019．5（2025.1重印）

ISBN 978－7－5180－6131－0

Ⅰ．①智…　Ⅱ．①冯…　②东…　Ⅲ．①笔记小说—小说集—中国—明代　②《智囊》—译文　Ⅳ．①I242．1

中国版本图书馆 CIP 数据核字（2019）第 071604 号

策划编辑：陈　芳　　　　责任印制：储志伟

中国纺织出版社出版发行

地址：北京市朝阳区百子湾东里 A407 号楼　邮政编码：100124

销售电话：010—67004422　传真：010—87155801

http：//www. c-textilep. com

E-mail：faxing@ c-textilep. com

中国纺织出版社天猫旗舰店

官方微博 http：//weibo. com/2119887771

三河市祥达印刷包装有限公司印刷　各地新华书店经销

2019 年 5月第 1 版　2025 年 1 月第 3 次印刷

开本：710 × 1000　1/16　印张：20

字数：262 千字　定价：59. 80 元

前言

明代著名文学家冯梦龙编写的《智囊》一书，是一部汇集了从先秦至明代，长达近两千年的智慧故事合辑。《智囊》一书不仅涵盖了政治、军事以及外交方面的大谋略，也涵盖了士卒、漂妇、奴仆、僧道以及画工等小人物在日常生活中的聪明智慧。这一系列历史故事汇成了中华祖先智慧的海洋。同时，书中的故事不仅涉及明代之前的全部正史，还涉及了许多笔记与野史。因此完全可以说，《智囊》这部古代典籍不仅是一部反映中华祖先运用聪明才智在日常生活中排忧解难、在战场上克敌制胜的处世奇书，也是中国文化史上一部海纳百川的智谋锦囊。

《智囊》这本书一共分为十大部分，分别为：上智部、明智部、察智部、胆智部、术智部、捷智部、语智部、兵智部、闺智部、杂智部，每一个部分至少两卷，至多四卷，总计为二十八卷，一共编撰了古代著名人士的二百七十多则故事。每一部分的前面都有一篇序言，每一卷前面附有解说语。此外，作者冯梦龙在所编撰的故事中间或结尾间或注有评语，对故事情节或人物发表个人的见解。今人能够从本文的分类、总序和解说以及评语中了解冯梦龙的学术思想与政治观点，有关历史学者也能通过本文系统而严谨地研究冯梦龙的思想主张。

《智囊》这部书是冯梦龙流传至今，对后世学者最具影响力的笔记小品之一（其他三部是《谭概》《情史》《笑府》），其内容对于现代人来说也具有很强的社会实用价值。作者冯梦龙通过一个个故事以及他针对时事而作出的评语，有的明确表达了自己的政治主张，有的一针见血地批评了明朝时期的社会弊端等，其独到的见解及作品的通俗性、趣味性、知识性，让本书扬名海内外，广为世人传诵。

在该书的编辑过程中，我们本着“借古明今”的基本原则，对具有代表性的著名篇章尽可能地作出详细的解译，并尽可能地减少晦涩的翻译以及连篇累牍的讲述，使得本书的文字更加简洁且通俗易懂。希望能帮助那些对中国古代典籍感兴趣的读者在鉴赏之余，还能从中寻觅到对现实生活有所启迪的养分，丰富自己的人生智慧。

鉴于编写时间和编者水平所限，书中不免存在某些谬误或不完善之处，敬请广大读者批评指正。

同时，本书将纸质图书和配乐诵读音频完美结合，以二维码的方式在内文和封面等相应位置呈现，读者扫一扫即可欣赏、诵读经典片段。诵读音频由中国国际广播电台、中央人民广播电台专业播音员，以及中国传媒大学等知名高校播音系教师构成的精英团队录制完成，朗读中融进了对传统文化的理解，声音感染力极强，欢迎下载品鉴。

最后，衷心希望本书能成为您全方位感受和理解《智囊》这部传世佳作的良师益友。

解译者

2019 年 1 月

目录

上智部第一

明智部第二

察智部第三

胆智部第四

术智部第五

捷智部第六

语智部第七

兵智部第八

闺智部第九

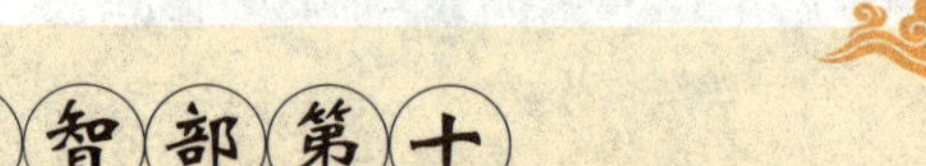

杂智部第十

自　叙

冯子曰：人有智，犹地有水，地无水为焦土，人无智为行尸。智用于人，犹水行于地。地势坳则水满之，人事坳则智满之。周览古今成败得失之林，蔑不由此。何以明之？昔者桀、纣愚而汤、武智；六国愚而秦智；楚愚而汉智；隋愚而唐智；宋愚而元智；元愚而圣祖智。举大则细可见，斯《智囊》所为述也。

或难之曰："智莫大于舜，而困于顽、嚚；亦莫大于孔，而厄于陈、蔡。西邻之子，六艺娴习，怀璞不售，鹑衣彀食；东邻之子，纥字未识，坐享素封，仆从盈百，又安在乎愚失而智得？"冯子笑曰："子不见夫凿井者乎？冬裸而夏裘，绳以入，畚以出，其平地获泉者，智也，若夫土究而石见，则变也。有种世衡者，屑石出泉，润及万家。是故愚人见石，智者见泉，变能穷智，智复不穷于变。使智非舜、孔，方且灰于廪、泥于井、俘于陈若蔡，何暇琴于床而弦于野？子且未知圣人之智之妙用，而又何以窥吾囊？"或又曰："舜、孔之事则诚然矣。然而'智囊'者，固大夫错所以膏焚于汉市也，子何取焉？"冯子曰："不，不！错不死于智，死于愚。方其坐而谈兵，人主动色。迨七国事起，乃欲使天子将而已居守。一为不智，谗兴身灭。虽然，错愚于卫身，而智于筹国，故身死数千年，人犹痛之，列于名臣。较近斗筲之流，卫身偏智，筹国偏愚，以此较彼，谁妍谁媸？且'智囊'之名，子知其一，未知二也。前乎错，有樗里子焉；后乎错，有鲁匡、支谦、杜预、桓范、王俭焉。其在皇明，杨文襄公并擅此号。数君子者，迹不一轨，亦多有成功竖勋、身荣道泰。子舍其利而惩其害，是犹睹一人之溺，而废舟揖之用，夫亦愈不智矣。"

或又曰："子之述《智囊》，将令人学智也。智由性生乎，由纸上乎？"冯子曰："吾向者固言之：智犹水，然藏于地中者，性；凿而出之者，学。井涧之用，与江河参。吾忧夫人性之锢于土石，而以纸上言为之畚锸，庶于应世有瘳尔。"或又曰："仆闻'取法乎上，仅得乎中'。子之品智，神奸巨猾，或登上乘，鸡鸣狗盗，亦备奇闻，囊且秽矣，何以训世？"冯子曰："吾品智，非品人也。不唯其人唯其事，不唯其事唯其智，虽奸猾盗贼，谁非吾药笼中硝、戟？吾一以为蛛网而推之可渔，一以为蚕茧而推之司室。譬之谷王，众水同归，岂其择流而受！"或无以难，遂书其语于篇首。冯子名梦龙，字犹龙，东吴之畸人也。

补自叙

忆丙寅岁，余坐蒋氏三径斋小楼近两月，辑成《智囊》二十七卷。以请教于海内之明哲，往往滥蒙嘉许，而嗜痂者遂冀余有续刻。余菰芦中老儒尔，目未睹西山之秘籍，耳未闻海外之僻事，安所得匹此者而续之？顾数年以来，闻见所触，苟邻于智，未尝不存诸胸臆，以此补前辑所未备，庶几其可。虽然，岳忠武有言："运用之妙，在乎一心。"善用之，鸣吠之长可以逃死；不善用之，则马服之书无以救败。故以羊悟马，前刻已厌其繁；执方疗疾，再补尚虞其寡。第余更有说焉。唐太宗喜右军笔意，命书家分临《兰亭》本，各因其质，勿泥形模，而民间片纸只字，乃至搜括无遗。佛法上乘，不立文字，而四十二章后，增添至五千四十八卷而犹未已。故致用虽贵乎神明，往迹何妨乎多识？兹补或亦海内明哲之所不弃，不止塞嗜痂者之请而已也。书成，值余将赴闽中，而社友德仲氏以送余，故同至松陵。德仲先行余《指月》、《衡库》诸书，盖嗜痂之尤者，因述是语为叙而畀之。

吴门冯梦龙题于松陵之舟中

上智部第一

总　序

【原文】

冯子曰：智无常局[1]，以恰肖其局者为上。故愚夫或现其一得，而晓人反失诸千虑。何则？上智无心而合，非千虑所臻也。人取小，我取大；人视近，我视远；人动而愈纷[2]，我静而自正；人束手无策，我游刃有余。夫是故，难事遇之而皆易，巨事遇之而皆细；其斡旋入于无声臭之微，而其举动出人意想思索之外；或先忤而后合，或似逆而实顺；方其闲闲[3]，豪杰所疑，迄乎断断[4]，圣人不易。呜呼！智若此，岂非上哉！上智不可学，意者法上而得中乎？抑语云“下下人有上上智”，庶几有触而现[5]焉？余条列其概，稍分四则，曰“见大”、曰“远犹”、曰“通简”、曰“迎刃”，而统名之曰“上智”。

【注释】

①常局：固定不变的格局。

②纷：混乱。

③闲闲：清闲、悠闲的样子。

④断断：果敢决断。

⑤有触而现：得到机会并展现出来。

【译文】

冯梦龙说：智慧没有固定不变的模式，能恰如其分地依据局势的变化而变通才是上等的智慧。所以，愚昧的人偶尔会表现出智慧的一面，而聪明的人相反会因为思虑过细出现失误。这是什么原因呢？上等的智慧没有存心所为却合于局势，没有细致考虑谋划就能达到。他人选取小的，我却趋向于大的；他人只顾眼前，我却审视长远利益；他人萌动而形势更加紊乱，我冷静而自会匡正；他人束手无策，我却游刃有余。如果像这样，再难的事都会变得容易，再大的事都会显得微不足道。具有上等智慧的人处理矛盾可以达到他人毫无知觉的微妙境界，而他的一举一动，往往出乎常人的意料思考之外。或者最初抵触，而后配合；又或者表面看起来悖逆，而实际上顺应。当他悠闲时，智勇出众的人会感到疑惑；而等他果断地采取措施，即使德高望重的大智之人也无法改变。哎！智慧到了这种程度，难道不是上等的吗？上等的智慧不可能通过学习获得，难道说效法上等智慧仅能得到中等智慧吗？抑或俗语有云“下下等人有上上等智慧”，或许是有所感触而偶然发现的吗？我条列智慧之梗概，分为“见大”“远犹”“通简”“迎刃”四卷，而统称为“上智”。

见大卷一

【原文】

一操一纵，度越[1]意表。寻常所惊[2]，豪杰所了[3]。集“见大”。

【注释】

①度越：超出。

②惊：害怕。

③了：了解。

【译文】

一操一纵，往往在预料之外，这是平凡的人最害怕碰上，豪杰之士却最能拿捏分寸的地方。集此为“见大”卷，即以小见大。

太公 孔子

【原文】

太公望[1]封于齐。齐有华士者，义不臣天子，不友诸侯，人称其贤。太公使人召之三，不至；命诛之。周公曰：“此人齐之高士，奈何诛之？”太公曰：“夫不臣天子，不友诸侯，望犹得臣而友之乎？望不得臣而友之，是弃民[2]也；召之三不至，是逆民也。而旌之以为教首，使一国效之，望谁与为君乎？”

【原评】

齐所以无惰民，所以终不为弱国。韩非《五蠹》之论本此。

【注释】

①太公望：即吕尚，名望，助周武王灭商，被封于齐，为齐国始祖，故

称太公。

②弃民：不可教训应该抛弃的人。

【译文】

太公受封于齐，齐地有个名叫华士的人，他以不臣服天子，不结交诸侯为立身处世的准则，人人都称赞他的贤明。太公三次派人去请，他都不肯来，于是就命人杀了他。周公说："这个人是齐国品行高尚的隐士，为何杀他？"太公说："不臣服天子，不与诸侯友好，我姜望还能使他臣服，与他结交吗？既不臣服，也不肯合作的人，是背叛之民；三次请他都不到，是谋反之人。若表彰他为道德楷模，使全国上下都来效仿他，我还做谁的君主啊？"

【译评】

齐国因为没有懒惰的人，所以最终齐国也没有沦落为弱小的诸侯国。韩非子《五蠹》的学说也正是以此为根据。

诸葛亮

【原文】

有言诸葛丞相惜赦[1]者。亮答曰："治世以大德，不以小惠。故匡衡、吴汉不愿为赦。先帝亦言：'吾周旋陈元方、郑康成间，每见启告，治乱之道悉矣，曾不及赦也。'若刘景升[2]父子，岁岁赦宥，何益于治乎？"及费祎为政，始事姑息，蜀遂以削[3]。

【原评】

子产谓子太叔曰："惟有德者，能以宽服民；其次莫如猛。夫火烈，民望而畏之，故鲜死焉；水懦弱，民狎而玩之，则多死焉。故宽难。"太叔为政，不忍猛而宽。于是郑国多盗，太叔悔之。仲尼曰："政宽则民慢，慢则纠之以猛；猛则民残，残则施之以宽。宽以济猛，猛以济宽，政是以和。"商君刑及弃灰，过于猛者也；梁武见死刑辄涕泣而纵之，过于宽者也。《论语》赦小过，《春秋》讥肆大眚。合之，得政之和矣。

【注释】

①惜赦：不轻易发布赦免令。

②刘景升：刘表，字景升，东汉末年割据荆州，死后其子刘琮继任，不久投降曹操。

③削：削弱。

【译文】

有人说诸葛亮吝于宽赦他人，诸葛亮回答道："治理国家应施行德政，不该随意施舍小恩小惠，所以匡衡、吴汉治国就不愿意随便发布赦令。先帝也曾说过：我与陈元方、郑康成交往，从他们的言谈中，洞察治理天下的道理，但他们从没谈及赦罪也是治国之道。又如刘表、刘琮父子年年都大赦犯人，但对治理国家又有什么帮助呢？"后来费祎主政，采用姑息宽赦的政策，蜀汉的国势因此日渐削弱。

【译评】

子产对太叔说："只有有德之人，才能以宽厚使人民顺服；否则就应严刑峻法。熊熊的大火，人看了就畏惧远避，因此很少有人被烧死；平静的溪流，人们亲近嬉戏，却往往被淹死。因此用宽厚治理国家比较困难。"后来太叔掌权，不忍用严厉而采用宽厚的政策，于是郑国盗匪猖獗，太叔十分后悔。孔子说："政策过于宽厚，百姓就容易轻慢，这时就要用严厉的举措来矫正；过于苛刻，百姓又可能会变得凶恶，这就要用宽大的政令来感化他们。宽容需要严厉来调剂，凶残则需宽厚来弥补，如此才能政通人和。"商鞅制定的苛政，对弃灰于道的人也处以刑罚。梁武帝则过于宽容，看见即将被处以死刑的人，往往伤心流泪将犯人释放。《论语》主张宽赦小过错，《春秋》指责大过失，二者只有相互协调，才能达到政事和谐。

光武帝

【原文】

刘秀[①]为大司马[②]时，舍中儿[③]犯法，军市令祭遵[④]格杀之。秀怒，命取遵。主簿陈副谏曰："明公常欲众军整齐，遵奉法不避，是教令所行，奈何罪之？"秀悦，乃以为刺奸将军。谓诸将曰："当避祭遵。吾舍中儿犯法尚杀之，必不私诸将也！"

【原评】

罚必则令行，令行则主尊，世祖所以能定四方之难也。

【注释】

①刘秀：汉宗室，新朝末年起兵反王莽，为更始帝封为大司马，后自立称帝，建立东汉，谥光武，庙号世祖。

②大司马：汉时掌全国军政的官。

③舍中儿：府中的家奴。

④祭遵：随刘秀起兵诸将之一，后以功封侯，为东汉开国勋臣。

【译文】

汉光武帝刘秀做大司马的时候，有一次府中僮仆犯法，军市令祭遵下令杀了他。刘秀非常生气，命人收押祭遵。主簿陈副直言规劝说："大人一向希望军中纪律严明，现在祭遵依法办事而不回避，正是在执行军令，为何要惩罚他呢？"刘秀听了很高兴，不但赦免了祭遵，而且让他担任刺奸将军，并对将士们说："你们要小心祭遵，我府中的僮仆犯法尚且被他所杀，如果你们犯法，他也一定不会包庇诸位。"

【译评】

赏罚分明，军令才能够推行；军令畅行无阻，主上的威严方能体现。刘秀正因如此才能平定四方的战乱。

使马圉

【原文】

孔子行游，马逸食稼，野人[①]怒，絷其马。子贡往说之，卑词而不得。孔子曰："夫以人之所不能听说人，譬以太牢享野兽，以《九韶》乐飞鸟也！"乃使马圉[②]往，谓野人曰："子不耕于东海，予不游西海也，吾马安得不犯子之稼？"野人大喜，解马而予之。

【原评】

人各以类相通。述《诗》《书》于野人之前，此腐儒之所以误国也。马圉之说诚善，假使出子贡之口，野人仍不从。何则？文质貌殊，其神固已离

矣。然则孔子曷不即遣马圉，而听子贡之往耶？先遣马圉，则子贡之心不服；既屈子贡，而马圉之神始至。圣人达人之情，故能尽人之用；后世以文法束人，以资格限人，又以兼长望人，天下事岂有济乎！

【注释】

①野人：郊外务农的人。

②马圉（yǔ）：养马的奴仆。

【译文】

孔子出游，途中马儿挣脱缰绳，吃了农夫的庄稼。农夫很生气，把马逮住拘禁了起来。子贡前去，说了很多谦恭的话语，也没能把马儿要回来。孔子说："用别人听不懂的话去劝说他，就好比以牛、羊、猪三牲来请野兽享用，以动听悦耳的《九韶》来请飞鸟聆听。"于是派马奴前往。马奴对农夫说："你不在东海之滨耕作，我也不是在西海出游，但两个地方的庄稼却长得一样，马儿又怎么能够分得清这是你的庄稼地而不该去偷吃呢？"农夫听了觉得很有道理，就把马儿还给了他。

【译评】

人以群分，物以类聚。在庄稼人面前谈论《诗》《书》，这是迂腐的读书人之所以误国的原因。马奴的话固然有道理，但若这番话出自子贡之口，恐怕农夫仍然不会听从。为什么呢？因为子贡和农夫两人的学识、修养相差甚远，彼此本就心存戒备。那么孔子为什么不首先派马奴前去，而看子贡前往不阻止呢？如果一开始就让马奴前去，那么子贡心中一定会不服。如今不但使子贡屈服，也让马奴得以施展自己的聪明才智。圣人通达人的本性，所以

能使人尽其才。后世常以法令条文来约束人，以资历来限制他人，以兼有所长来期望他人，如此做事怎会有成就呢！

郭进

【原文】

进任山西巡检，有军校诣阙[①]讼进[②]者。上召，讯知其诬，即遣送进，令杀之。会并寇入，进谓其人曰："汝能讼我，信有胆气。今赦汝罪，能掩杀并寇者，即荐汝于朝；如败，即自投河，毋污我剑也。"其人踊跃赴斗，竟大捷。进即荐擢之。

【原评】

容小过者，以一长[③]酬；释大仇者，以死力报。唯酬报之情迫中[④]，故其长触之而必试，其力激之而必竭。彼索过寻仇者，岂非大愚？

【注释】

①阙：皇宫为阙，代指皇帝。

②进：郭进，北宋将领，曾大破契丹，后受谗言而死。

③一长：一技之长。

④迫中：心情急迫。

【译文】

宋朝人郭进任山西巡检时，有个军中校尉到朝廷控告他。宋太祖召见审讯后，得知军校诬告，就将他遣送给郭进处决。恰遇敌寇入侵，郭进对军校说："你敢控告我，相信你很有胆量。现在赦免你的死罪，如果你能消灭敌寇，我就向朝廷推荐你；如果战败，你就自己投河自杀，不要弄脏了我的宝剑。"这个校尉拼死作战，终于大获全胜。郭进随即向朝廷推荐提拔了他。

【译评】

宽容他人的小过错，他就会用一技之长来酬答；赦免自己的大仇人，他就会以死相报。只要对方想要报答自己的心意汇聚在心中，一有所触动他定会跃跃欲试，若情势危急他定会竭尽全力。那些总是对他人过错念念不忘的人，岂不是太愚蠢了吗？

魏元忠

【原文】

唐高宗幸东都[①]时，关中饥馑。上虑道路多草窃，命监察御史魏元忠检校车驾前后。元忠受诏，即阅视赤县狱，得盗一人，神采语言异于众。命释桎梏[②]，袭冠带，乘驿以从，与人共食宿。托以诘盗，其人笑而许之。比及东都，士马万数，不亡一钱。

【原评】

因材任能，盗皆作使。俗儒以“鸡鸣狗盗之雄”笑田文[③]，不知尔时舍鸡鸣狗盗都用不着也。

【注释】

①东都：唐朝以洛阳为东都。

②桎梏：枷锁。

③田文：战国时齐人，封孟尝君，出任齐相，招致天下贤士，门下食客常数千人。

【译文】

唐高宗去洛阳时，正赶上关中地区闹饥荒。唐高宗担心路上会遇到强盗，派监察御史魏元忠前去勘察将要经过的路线。魏元忠受命后，巡查赤县监狱时，遇到一盗匪，见他言语怪异，和平常人不一样。魏元忠命人打开他的枷锁，并给他换上干净整齐的衣服，要求他跟着自己一起吃住，并协助自己防范盗匪。这个人笑了笑，答应了。等高宗的车马到了洛阳，随行的一万多人都没有丢失一文钱。

【译评】

量才而用，强盗都可以成为使者。那些迂腐的儒士用养了一群“鸡鸣狗盗之徒”来奚落田文，却不知在当时除了鸡鸣狗盗之徒，其他人都派不上用场。

范文正

【原文】

范文正公[①]用士，多取气节而略细故，如孙威敏、滕达道，皆所素重。其为帅日，辟置僚幕客，多取谪籍[②]未牵复[③]人。或疑之。公曰："人有才能而无过，朝廷自应用之。若其实有可用之材，不幸陷于吏议，不因事起之，遂为废人矣。"故公所举多得士。

【原评】

天下无废人，所以朝廷无废事，非大识见人，不及此。

【注释】

①范文正公：范仲淹，谥号文正。

②谪籍：被贬职的官员。

③牵复：平反复职。

【译文】

范仲淹任用人才时，看中的是个人气节而不在意琐碎小事。像孙威敏、滕达道等都是有气节、有才智的人，他们都受到过范仲淹的重用。当范仲淹担任将帅的时候，选用了很多被贬官而未被平反复职的人为府中幕僚。人们对这件事感到奇怪。范仲淹说："那些有才能又没有犯过错的人自然会受到朝廷重用。而那些因为一些小事被贬官的人，如果我不起用他们，他们可真的要成为无用之人了。"因此范仲淹得到了很多有才智的人。

【译评】

如果天下没有被废弃的人，朝廷就不会有荒废的事情。不是非常有见识的人，是无法做到这一点的。

狄武襄

【原文】

狄青[①]起行伍十余年，既贵显，面涅[②]犹存，曰："留以劝军中！"

【原评】

既不去面涅，便知不肯遥附梁公③。

【注释】

①狄青：北宋名将，他出身行伍，后为范仲淹赏识提拔，范仲淹亲自教他兵法。狄青勇而善谋，以功擢升至枢密使，卒谥武襄。

②面涅：面上刺字。宋时士兵面上都要刺字。

③梁公：唐代名相狄仁杰，封梁国公。此处指狄青保持自己原本的身份，不攀附豪门。

【译文】

宋朝名将狄青是军士出身，在军中待了十余年才有机会得以显达，然而脸上还留着做兵卒时的刺字，他说："留着这刺字可以鼓励军中将士奋发图强。"

【译评】

从不肯除去脸上受墨刑染黑的痕迹来看，便知狄青绝不肯冒认唐朝名臣狄仁杰为祖先以抬高自己的身份地位。

邵雍

【原文】

熙宁中，新法方行，州县骚然，邵康节闲居林下，门生故旧仕宦者皆欲投劾而归，以书问康节①。答曰："正贤者所当尽力之时。新法固严，能宽一分，则民受一分之赐矣。投劾而去何益？"

【原评】

李燔常言："人不必待仕宦有职事才为功业，但随力到处，有以及物，即功业也。"

莲池大师劝人作善事，或辞以无力，大师指凳曰："假如此凳，欹斜碍路，吾为整之，亦一善也。"如此存心，便觉临难投劾者，亦是宝山空回。

鲜于侁为利州路转运副使，部民不请青苗钱②，王安石遣吏诘之，曰："青苗之法，愿取则与，民自不愿，岂能强之？"东坡称侁"上不害法，中不

废亲，下不伤民”，以为“三难”，仕途当以为法。

【注释】

①邵康节：邵雍，字尧夫，谥康节。

②青苗钱：宋时王安石立法，当青黄不接之际，官府贷钱于民，纳息二分。

【译文】

宋代熙宁年间，新法刚实行，州县骚动起来。邵雍当时闲居在家，他的一些在朝中当官的门生故旧都打算弹劾新法后辞官，纷纷写信征求邵雍的意见。邵雍回答：“现在正是贤明的人尽力为国的时候。新法固然严酷，但你们在执行中能放宽一分，老百姓就能得到一分利益呀！弹劾一下就辞官走了，能得到什么好处呢？”

【译评】

李燔常说：“人并非等到做官任职才能建功立业，只要力所能及，有所行动，随时随地都可以建功立业。”

莲池大师劝人做善事，有人以没有能力推脱。大师随手指着旁边的凳子说：“比如这张凳子歪斜在这里妨碍人们走路，我把它放好，就是做了一件善事。”照这种境界看来，便明白在艰难的时候仅仅做到弹劾和辞职，也不过是入宝山而空回，未得真谛。

鲜于侁担任利州路转运副使时，下面的百姓不要青苗钱。王安石派人来质问，鲜于侁说：“青苗法规定，愿要的青苗钱就发给他，现在百姓自己不愿要，难道能强迫他要吗？”苏东坡称赞鲜于侁上不违反朝廷的法令，中不对亲朋有私心，下不伤害百姓，认为是“三难”。做官的人当以此为榜样。

萧何 任氏

【原文】

沛公至咸阳[①]，诸将皆争走金帛财物之府分之，何独先入收秦丞相、御史律令图书藏之。沛公具知天下阨塞[②]、户口多少强弱处、民所疾苦者，以何得秦图书也。

宣曲任氏，其先为督道仓吏。秦之败也，豪杰争取金玉，任氏独窖仓粟。楚汉相距荥阳，民不得耕种，米石至万[③]，而豪杰金玉尽归任氏。

【原评】

二人之智无大小，易地皆然也。又蜀卓氏，其先赵人，用铁冶富。秦破赵，迁卓氏之蜀，夫妻推辇行。诸迁虏少用余财，争与吏求近处，处葭萌[④]。唯卓氏曰：“此地陋薄。吾闻岷山之下沃野，下有蹲鸱[⑤]，至死不饥，民工作布，易贾。”乃求远迁。致之临邛[⑥]，即铁山鼓铸，运筹贸易，富至敌国[⑦]。其识亦有过人者。

【注释】

①沛公至咸阳：汉高祖刘邦在秦末起兵于沛县，自立为沛公。咸阳为秦都城，刘邦攻入咸阳，秦遂灭。

②塞：关塞。

③米石至万：米价涨到一石万钱。

④葭萌：在今四川剑阁东北，为关中入川的必经之路。

⑤蹲鸱（chī）：大芋头，形状像鸱鸟蹲立，因而得名。

⑥临邛：今成都邛崃。

⑦敌国：比得上一个国家。

【译文】

刘邦攻进咸阳后，他手下的将领都争着跑到秦朝的大库里抢着分金帛财物，唯独萧何先去搜集秦朝丞相、御史的法律、文件和图书。刘邦之所以能详细了解天下关塞的险隘、人口的多少、地区的贫富以及人民的疾苦，就是

因为萧何得到了秦朝的图书资料。

宣曲人任氏，他起先担任过督道仓吏。秦军被打败后，豪杰们争着拿金银玉器，唯独任氏窖藏了大量粮食。后来楚、汉在荥阳相持，百姓无法种地，一石米高达一万钱，豪杰们的金银玉器都成了任氏的囊中物。

【译评】

这两人的智谋没有大小之分，换个地方使用，效果都一样。又有四川人卓氏，他祖先是赵国人，以经营采矿炼铁致富。秦国打败赵国后，将卓氏迁到四川，夫妻推着车子搬迁。移民中间稍有多余钱财的人，争着贿赂秦国官吏，要求迁移到离赵国临近的葭萌地区。唯独卓氏说："葭萌这个地方狭小瘠薄，我听说岷山之下有肥沃的原野，长有如蹲鸱形的大芋头，一辈子也不会发生饥荒，老百姓还可以做工织布、经商。"于是要求迁往远处。他被迁到临邛后，便开矿炼铁，运用智慧，贸易经商，最终富可敌国。卓氏的见识确实有超过常人之处。

张飞

【原文】

先主[①]一见马超[②]，以为平西将军，封都亭侯，超见先主待之厚也，阔略[③]无上下礼，与先主言，常呼字，关羽怒，请杀之，先主不从。张飞曰："如是，当示之以礼。"明日大会诸将，羽、飞并挟刃立直，超入，顾坐席，不见羽、飞座，见其直也，乃大惊。自后乃尊事先主。

【原评】

释严颜[④]，诲马超，都是细心作用，后世目飞为粗人，大枉。

【注释】

①先主：刘备为蜀汉先主。

②马超：东汉末割据诸侯，为曹操所败，投奔刘备。

③阔略：粗疏不谨慎。

④释严颜：张飞俘获严颜后劝降，严颜道："我州但有断头将军，无有投降将军。"张飞以为壮士，释放了严颜。

【译文】

刘备见到马超很高兴，并立刻任命他为平西将军，封都亭侯。马超见刘备对待自己如此优厚，便不免有些傲慢，甚至疏忽了对主上的礼节，和刘备讲话时，常常直呼刘备的字。关羽非常生气，请求杀掉马超，刘备不肯。张飞说："像这种情形，应当用礼节来引导警示他。"第二天，刘备会见诸将，关羽、张飞手执兵器侍立刘备两边。马超一到，径直入座，但却没看到关羽和张飞的座位，只见二将侍立一旁，不由大吃一惊，极为惶恐。从此以后，马超才恭敬地侍奉刘备。

【译评】

释放严颜，警示马超，都是细心之人才能做得到的。后世把张飞比作粗人，实在是大大冤枉了他。

曹彬 窦仪

【原文】

宋太祖始事周世宗[①]于澶州，曹彬为世宗亲吏，掌茶酒，太祖尝从求酒。彬曰："此官酒，不可相与。"自沽[②]酒以饮之。及太祖即位，语群臣曰："世宗吏不欺其主者，独曹彬耳。"由是委以腹心。

太祖下滁州，世宗命窦仪籍其帑[③]藏。至数日，太祖命亲吏取藏绢，仪曰："公初下城，虽倾藏取之，谁敢言者？今既有籍，即为官物，非诏旨不可得。"后太祖屡称仪有守[④]，欲以为相。

【注释】

①宋太祖始事周世宗：宋太祖赵匡胤本是后周世宗柴荣的部将。

②沽：买。

③帑（tǎng）：指收藏钱财的府库或钱财。

④有守：有操守，有原则。

【译文】

宋太祖赵匡胤本为后周世宗柴荣的部将，曹彬是世宗身边的一个掌管茶酒的小侍吏。太祖曾向曹彬要酒喝，曹彬说："公家的酒怎么能给你喝。"但

曹彬却自己买来酒请太祖喝。等到了太祖即位，对满朝群臣说："不欺主瞒上的侍吏，只有世宗身边的曹彬一人。"从此把曹彬当作心腹。

太祖攻下滁州，世宗命窦仪抄录滁州的所有钱财收藏。过了几天，太祖命自己的侍吏取公库的绢，窦仪拒绝说："主公已经攻下这座城，想取走这里的收藏，不是不行，但是这里所有的财物已经造册记录，就是公物，没有皇上的命令是不能擅自取走的。"后来太祖多次称赞窦仪有操守，想任命他为宰相。

李渊

【原文】

李渊①克霍邑。行赏时，军吏拟奴应募，不得与良人同。渊曰："矢石之间，不辨贵贱；论勋之际，何有等差？宜并从本勋授。"引见霍邑吏民，劳赏于西河，选其壮丁，使从军。关中军士欲归者，并授五品散官，遣归。或谏以官太滥，渊曰："隋氏②吝惜勋赏，致失人心，奈何效之？且收众以官，不胜于用兵乎？"

【注释】

①李渊：唐高祖。

②隋氏：指隋朝。

【译文】

李渊带领众将士攻克霍邑，准备对部下好好赏赐一番，军吏认为招募的奴仆受到的待遇不应该和从军的百姓一样。李渊说："战场上打仗，弓箭和飞石不分贵贱，论功行赏之时，就不应该有什么等级之分，按照个人的实际贡献来赏赐才不失公平。"李渊见到霍邑的官吏百姓，不分什么等级犒赏他们，就跟犒赏西河的官员百姓一样，并选出青壮年，劝他们从军。关中来的士兵想回去的，也都封了他们五品官衔，让他们回家了。有人劝谏李渊，你这样赐官位会显得过于泛滥。李渊说："隋氏就是因为舍不得论功行赏，才失了民心。我们不能和隋氏一样吝啬，况且用官位来收揽民心，不是比用兵征服更好吗？"

卫青

【原文】

大将军青[1]兵出定襄。苏建、赵信并军三千余骑，独逢单于兵。与战一日，兵且尽，信降单于，建独身归青。议郎周霸曰："自大将军出，未尝斩裨将。今建弃军，可斩以明将军之威。"长史安[2]曰："不然，建以数千卒当虏数万，力战一日，士皆不敢有二心。自归而斩之，是示后无反意也，不当斩。"青曰："青得以肺腑待罪行间，不患无威，而霸说我以明威，甚失臣意；且使臣职虽当斩将，以臣之尊宠而不敢专诛于境外，其归天子，天子自裁之，于以风为人臣者不敢专权，不亦可乎？"遂囚建诣行在，天子果赦不诛。

【原评】

卫青握兵数载，宠任无比，而上不疑，下不忌，唯能避权远嫌故。不然，虽以狄枢使之功名，犹不克令终，可不戒欤？

狄青为枢密使，自恃有功，颇骄蹇，怙惜[3]士卒，每得衣粮，皆曰："此狄家爷爷所赐。"朝廷患之。时文潞公当国，建言以两镇节使出之，青自陈无功而受镇节，无罪而出外藩。仁宗亦以为然，向潞公述此语，

且言狄青忠臣。潞公曰：“太祖岂非周世宗忠臣？但得军心，所以有陈桥之变。”上默然。青犹未知，到中书自辨，潞公直视之，曰：“无他，朝廷疑尔。”青惊怖，却行数步。青在镇，每月两遣中使抚问，青闻中使来，辄惊疑终日，不半年，病作而卒。潞公之谋也。

【注释】

①青：卫青，汉武帝名将，曾七次出击匈奴，威名显赫，官拜大将军。元朔六年，复率六将军出定襄击匈奴，文中即指此事。下文的苏建、赵信俱为六将军之一。

②长史安：即任安，司马迁之友，此时任卫青长史。

③怙惜：放纵、爱惜。

【译文】

汉武帝时，为匈奴进犯，大将军卫青领兵出定襄迎战。将领苏建、赵信率领三千多骑兵行军，不幸遇到单于的大军。汉军和匈奴军苦战一天，兵力耗尽，赵信投降，苏建一人逃回卫青军队。议郎周霸说：“自从您出兵以来，从来没有处死过副将。现在苏建弃大军而逃，何不杀了他来显示大将军的威严。”长史任安说：“绝对不可以这样做。苏建以一人之力率数千骑兵抵抗万人之敌，奋力抗战一天，士兵没有异心。现在他有幸逃回来，将军若是因为这个杀了他，这不是要告诉后人，以后碰见这种情况回来还不如向敌人投降吗？我认为绝不可以杀苏建。”卫青说：“我承蒙天子信任带兵出征，并不怕没有威严。周霸说杀副将以显我军威，这并不符合我的心意。虽然我有权处置我手下将官，但是我受天子的宠信，实在不该滥用职权，而应将其带回京，由天子裁决，并可借此训示为人臣的不应擅自专权，这样做不是更好吗？”于是卫青命人把苏建带到天子面前，汉武帝果然没有治苏建的罪。

【译评】

大将军卫青手握兵权多年，天子对他宠信有加，他的部下对他也无嫉妒之心，正是因为他懂得避权远嫌啊。若非如此，就算是有北宋狄青般的显赫功勋，最终还是得不到善终，这实在值得后人引以为戒啊。

北宋狄青担任枢密使时，仗着自己功勋高，很是骄傲，袒护部下更是不加节制。士卒每次得到衣物粮食，都说：“这是狄家爷爷赏赐的。”朝廷上下都以此为心头大患。当时文潞公在朝执政，建议仁宗让狄青出任两镇节度使以调他离京。狄青却说自己无功却受封节度使，无罪却又外放，心中很是委屈。仁宗无法反驳，并说给潞公听，还说狄青是忠臣。潞公说："本朝太祖也是后周世宗的忠臣，因为得到军心，所以才黄袍加身成了太祖。"仁宗听了，无话可说。狄青不知道这里面的事，到中书门下去为自己辩白。潞公就直截了当地说："没有什么其他原因，只是朝廷有些怀疑你罢了。"狄青吓得退后了好几步。狄青到藩镇以后，仁宗每个月都派使者去看望他两次。每次听到使者来，狄青都会整日担惊受怕，不到半年就去世了。这些都是文潞公的计谋啊。

李愬

【原文】

节度使李愬[1]既平蔡，械吴元济送京师。屯兵鞠场，以待招讨使裴度。度入城，愬具櫜鞬[2]出迎，拜于路左，度将避之。愬曰："蔡人顽悖，不识上下之分数十年矣。愿公因而示之，使知朝廷之尊。"度乃受之。

【注释】

①李愬：唐名将，有谋略，善骑射，元和年间为邓州节度使，率师雪夜袭蔡州，生擒吴元济，平淮西，以功封凉国公。

②具櫜鞬（tuó jiān）：带上箭袋，指全副武装。

【译文】

元和年间，李愬被任命为邓州节度使，赴蔡州平定叛乱，叛乱被平定后，叛臣吴元济被押解进京。李愬在蹴鞠场临时驻扎军队，等待招讨使裴度入城。裴度入城时，李愬出城迎接，并在路左行拜见之礼。裴度觉得李愬平叛功大，不敢受此大礼，想回避。李愬说："蔡地的大多数人性情顽固叛逆，不知尊卑数十年，希望您摆出威严的样子给他们看，让他们懂得朝廷的法度尊严。"裴度这才接受了李愬的拜见之礼。

远犹卷二

【原文】

谋之不远，是用大简；人我迭居[1]，吉凶环转；老成借筹，宁深毋浅。集“远犹”。

【注释】

①迭居：指地位轮替。

【译文】

不论何人策划谋略，若考虑不够深远，就容易做出轻率的举动；人生本来就有起伏，祸福吉凶交替循环；所以，老成的人如果策划谋略，就会考虑得比较深远，不会只顾眼前利益。汇集这类故事作为“远犹”卷。

李泌

【原文】

肃宗子建宁王倓性英果，有才略。从上自马嵬北行，兵众寡弱，屡逢寇盗，倓自选骁勇，居上前后，血战以卫上。上或过时未食，倓悲泣不自胜，军中皆属目向之，上欲以倓为天下兵马元帅，使统诸将东征，李泌[1]曰：“建宁诚元帅才；然广平，兄也，若建宁功成，岂使广平为吴太伯[2]乎?”上曰：“广平，冢嗣也，何必以元帅为重?”泌曰：“广平未正位东宫，今天下艰难，众心所属，在于元帅，若建宁大功既成，陛下虽欲不以为储副，同立功者其肯已乎? 太宗、太上皇即其事也。”上乃以广平王俶为天下兵马元帅，诸将皆以属焉。倓闻之，谢泌曰：“此固倓之心也。”

【注释】

①李泌：唐名臣，唐肃宗李亨遇之甚厚，军国大事多与之商议。

②太伯：太伯是周太王长子，明白父亲喜爱弟弟季历的儿子昌，也就是后来的文王，就和弟弟仲雍逃到荆蛮地带，建立吴国。

【译文】

建宁王李倓是唐肃宗的第三个儿子，性格英明果断，富有才能谋略。他带领兵马随唐肃宗从马嵬驿北上，因为随行的兵士势单力薄，多次遭遇盗匪流寇，李倓就亲自挑选骁勇善战的士兵保护肃宗。肃宗有时候不按时吃饭，李倓就伤心地哭，为军中将士所赞赏。肃宗想封李倓为天下兵马大元帅，希望他带领诸将东征。李泌说："建宁王确实有元帅之才；然而广平王李俶毕竟是长兄，如果建宁王取得显赫战功，岂不是让广平王成为第二个吴太伯吗？"肃宗说："广平王是嫡长子，以后的皇位继承人，如何还需要去担当元帅之职来巩固自己的地位呢？"李泌说："广平王现在还没有被立为太子，如今天下艰难，天下众心还是向着元帅的。假如建宁王立下大功，即使陛下您不想立他为太子，和他一起立功的人也不会同意的。太宗与太上皇就是最好的例子啊。"于是，肃宗改任广平王李俶为天下兵马元帅，令诸将都听从他的号令。李倓听到这件事，对李泌说："这样做正合我的心意啊。"

白起[①]祠

【原文】

贞元中，咸阳人上言见白起，令奏云："请为国家捍御四陲，正月吐蕃必大下。"既而吐蕃[②]果入寇，败去。德宗以为信然，欲于京城立庙，赠起为司徒。李泌曰："臣闻'国将兴，听于人'。今将帅立功，而陛下褒赏白起，臣恐边将解体矣。且立庙京师，盛为祷祝，流传四方，将召巫风。臣闻杜邮有旧祠[③]，请敕府县修葺，则不至惊人耳目。"上从之。

【注释】

①白起：战国时秦国名将，封武安君，战胜攻取七十余城。

②吐蕃：古代藏族建立的地方政权。

③杜邮有旧祠：秦昭王不许白起留咸阳，白起出咸阳西门四十里，至杜邮，被昭王赐剑，遂自杀。后人在杜邮立祠祭祀白起。

【译文】

唐代贞元年间，咸阳有人上奏说他们看到了战国时期的秦国大将白起，白起叫他们转奏当今皇帝："请求为国家捍卫四方边境。正月间，吐蕃一定要来侵犯。"没多久，吐蕃果然入侵，被打败后退走。德宗以为真是白起在保佑他，打算在京城为白起建祠庙，赠封白起为司徒。李泌说："我听说'国家将兴，在于人'。现在将帅建立了战功，而陛下却褒赏白起，我担心这样的话守边将领就会分崩离析！况且在京城立庙，隆重地祈祷，流传开来，必将使巫风盛行。我听说杜邮那里有座白起旧祠，请下道敕文命当地府县把它整修一下，这样不至于让人听闻后感到吃惊了。"德宗听从了李泌的意见。

戮叛 二条

【原文】

宋艺祖[①]推戴之初，陈桥守门[②]者拒而不纳，遂如封丘门，抱关吏望风启钥。及即位，斩封丘吏而官陈桥者，以旌其忠。

至正间，广东王成、陈仲玉作乱。东莞人何真请于行省[③]，举义兵，擒仲玉以献。成筑砦自守，围之，久不下。真募人能缚成者，予钱十千，于是成奴缚之以出，真笑谓成曰："公奈何养虎为害？"成惭谢。奴求赏，真如数与之。使人具汤镬，驾诸转轮车上。成惧，谓将烹己。真乃缚奴于上。促烹之；使数人鸣鼓推车，号于众曰："四境有奴缚主者，视此！"人服其赏罚有章，岭表悉归心焉。

【原评】

高祖戮丁公而封项伯，赏罚为不均矣；光武封苍头[④]子密为不义侯，尤不可训。当以何真为正。

【注释】

①宋艺祖：宋太祖赵匡胤武艺高强，宋代就有人称其为"宋艺祖"。

②陈桥守门：汴京城北城墙一共四门，陈桥门为最东门，封丘门在其西。

③行省：行中书省的简称，是元代地方最高行政机构。

④苍头：奴仆别称。

【译文】

宋太祖赵匡胤刚刚被拥立之初，陈桥门的守门人不让他进城门，太祖无奈就转去封丘门，封丘门守关的官吏早早就打开了大门，迎接太祖。太祖即帝位以后，立即处死了封丘门官吏而加封了陈桥门的官员，来表彰他的忠义之举。

到了至正年间，广东的王成和陈仲玉企图作乱谋反。广东行省右丞何真向行省请命，带领义兵，抓捕叛贼陈仲玉献给朝廷。王成建寨之地地势险要，很难攻破，何真花费很长时间都没有攻下来。于是，何真想出一计，悬赏万钱捉拿王成，王成的小奴仆贪财，绑了自己主人来领赏，何真笑着对王成说："你怎么养虎为患啊？"王成为此甚感惭愧。何真便也真的将悬赏之钱如数给了他的家奴，然后又命人准备汤锅，并把汤锅架在转轮车上。王成很恐慌，以为何真要烹杀自己。但是何真却把王成家的领赏家奴抓了放在汤锅上煮了；又叫几个人在街上推车敲锣打鼓，当众宣布："此等出卖自己主人的卑鄙奴仆就应该放在热汤里煮了！"大家都赞赏他赏罚分明，岭南地区的人于是开始从内心里真正归顺朝廷。

【译评】

汉高祖刘邦杀死忠心于项羽的丁公，而封赏保护自己却愧对项羽的项伯，实在是不懂什么是赏罚分明啊；汉光武帝封奴仆之子为不义侯，这种做法更不可取。何真的做法才是最值得人们称道的啊。

宋艺祖 三条

【原文】

初，太祖谓赵普曰："自唐季[①]以来数十年，帝王凡十易姓，兵革不息，其故何也？"普曰："由节镇太重，君弱臣强，今唯稍夺其权，制其钱谷，收其精兵，则天下自安矣。"语未毕，上曰："卿勿言，我已谕矣。"顷之，上与故人石守信等饮，酒酣，屏左右，谓曰："我非尔曹之力，不得至此，念汝之德。无有穷已，然为天子亦大艰难，殊不若为节度使之乐，吾今终夕未尝安枕而卧也。"守信等曰："何故？"上曰："是不难知，居此位者，谁不欲为之？"守信等皆惶恐顿首，曰："陛下何为出此言？"上曰："不然，汝曹虽无心，其如麾下之人欲富贵何？一旦以黄袍加汝身，虽欲不为，不可得也。"守信等乃皆顿首，泣曰："臣等愚不及此，唯陛下哀怜，指示可生之路。"上曰："人生如白驹过隙，所欲富贵者，不过多得金钱，厚自娱乐，使子孙无贫乏耳，汝曹何不释去兵权，择便好田宅市之，为子孙立永久之业，多置歌儿舞女，日饮酒相欢，以终其天年。君臣之间，两无猜嫌。不亦善乎？"皆再拜曰："陛下念臣及此，所谓生死而骨肉也。"明日皆称疾[②]，请解兵权。

熙宁中，作坊以门巷委狭，请直而宽广之。神宗以太祖创始，当有远虑，不许。既而众工作苦，持兵夺门，欲出为乱。一老卒闭而拒之，遂不得出，捕之皆获。

神宗一日行后苑，见牧豭猪[③]者，问："何所用？"牧者曰："自太祖来，常令畜，自稚养至大，则杀之，更养稚者。累朝不改，亦不知何用。"神宗命革之，月余，忽获妖人于禁中，索猪血浇之，仓卒不得，方悟祖宗远虑。

【原评】

或谓宋之弱，由削节镇之权故。夫节镇之强，非宋强也。强干弱枝，自是立国大体。二百年弊穴，谈笑革之。终宋世无强臣之患，岂非转天移日手段？若非君臣偷安，力主和议，则寇准、李纲[④]、赵鼎[⑤]诸人用之有余。安在为弱乎？

【注释】

①唐季：唐朝末年。

②称疾：以生病为托词。

③豭（jiā）猪：公猪。

④李纲：字伯纪，两宋之交著名抗战派大臣，因对金人主战而被贬谪。

⑤赵鼎：字元镇，南宋大臣，因与秦桧政见不合，被谪岭南。

【译文】

当初，宋太祖对赵普说：“自唐末以来数十年的时间，就有不下十姓称王道帝，连年战乱，百姓们叫苦不迭，这是什么缘故呢？”赵普回答说：“这是由于藩镇太强，皇室太弱的缘故。如今的解决办法就是逐渐削弱他们的兵权，减少军饷，收回其中的精锐部队归中央管制，若是能这样天下自然就太平了。”赵普话还没说完，太祖就说：“你不用再说，我已经明白了。”不久，太祖和老朋友石守信等人一起喝酒，喝到尽兴之时，太祖屏退左右侍从，对他们说：“若是没有你们尽心尽力的协助，我也不会坐上现在这个位置，你们的功德实在深厚无比。但是当天子还不如当节度使时快乐。我现在整晚都内心忧虑，睡不好觉。”石守信等人焦急地问：“为什么呢？”太祖说：“这个不难明白。天子之位，权力至高无上，富贵享用不尽，有谁不想着做呢？”石守信等人都惶恐地叩头说：“陛下您为什么这样说？”太祖说：“你们自己虽然没有这样的意思，可是如果你们的部下想要富贵，有一天也把黄袍加在你们身上，你们也身不由己啊！”石守信等人叩头流涕道：“臣等愚蠢，都没有想到这一点，希望陛下可怜我们，给我们指一条生路。”太祖说：“人生如白驹过隙，短短数十载，追求富贵不过就是多一些金银财宝，多一些享乐，使子孙不致贫困罢了。你们何不辞去兵权，购买良田美宅，为子孙立下永久的基业，多买一些歌舞美女，每天饮酒作乐颐养天年。若是这样咱们君臣也免了猜忌，岂不是很好吗？”石守信等人再次拜谢说：“叩谢陛下的恩德。”到了第二天，这些人都声称自己生病，请求收回兵权。

熙宁年间，坊间的门巷大多弯曲且狭窄，在坊间做工的工人请求改宽改直，这样行事比较方便。神宗认为门巷尺度是太祖创制的，一定有它的用处，就不同意改建。后来，工人因为工作实在太辛苦了，心生不满，便手拿兵器

出来作乱。结果只用一个老兵把守巷门就把他们全部擒获。

有一天神宗在后苑碰见有人在放牧公猪，便问这有什么用，放牧公猪的人回答："我也不知道有什么用，自太祖以来，命令养一只公猪，从小养到大，老了就杀掉，换一只小的来养，一直这样没有变过。"神宗于是不再让他养猪。一个多月后，忽然抓到一个蛊惑人心的妖人，需要用猪血来浇他，但是已经没有猪了，神宗这才领悟到祖先的远虑。

【译评】

有人说宋朝衰弱，是削弱藩镇兵权的缘故。其实不然，藩镇强大，并非宋朝廷的强大。强干弱枝是立国之本。自从唐代末年安史之乱长达两百多年的国家体制的弊端在宋太祖与君臣的谈笑之间也除去了。整个宋朝始终没有再出现这种情况，这不是一种高明手段吗？如果不是君臣上下都苟且偷安，一直主张议和，那么，任用寇准、李纲、赵鼎等人来对付北虏，令国家强大绰绰有余，怎么会衰弱呢？

徐达

【原文】

大将军达①之蹙元帝于开平②也，缺其围一角，使逸去。常开平③怒亡大功。大将军言："是虽一狄④，然尝久帝天下。吾主上又何加焉？将裂地而封之乎，抑遂甘心也？既皆不可，则纵之固便。"开平且未然。及归报，上亦不罪。

【原评】

省却了太祖许多计较。然大将军所以敢于纵之者，逆知圣德之弘故也。何以知之？于遥封顺帝、赦陈理为归命侯而不诛知之。

【注释】

①大将军达：徐达，明开国元勋，朱元璋即位后，以征虏大将军率师北定中原，入燕京，灭元。

②开平：今内蒙古正蓝旗闪电河北岸，为元朝上都。

③常开平：常遇春，朱元璋大将，与徐达齐名，死后追封开平王。

④一狄：一个胡人。

【译文】

明朝大将军徐达在开平追逼元顺帝时，故意放开一个缺口，让顺帝逃走。常遇春因失去立大功的机会非常恼怒，徐达说："他虽是个胡人，然而曾经做了很长时间的皇帝，我们主上又如何对待他呢？是割地封赏，还是处死他呢？我认为两者都不行，放走他最合适。"常遇春不以为然。后来回到京师，太祖也并没有怪罪徐达。

【译评】

徐达的这一举动省掉明太祖不少麻烦。然而徐达之所以敢放掉顺帝，是因他预先了解了朱元璋的宽宏胸怀。从哪里知道的呢？是从朱元璋遥封顺帝、赦免陈理并封其为归命侯而不杀他这两件事上了解到的。

贡麟

【原文】

交趾[①]贡异兽，谓之麟。司马公[②]言："真伪不可知。使其真，非自至不为瑞；若伪，为远夷笑。愿厚赐而还之。"

【原评】

方知秦皇、汉武之愚。

【注释】

①交趾：古地名，今越南。

②司马公：司马光，字君实，历官宋仁宗、英宗、哲宗三朝，著名史学家，著有《资治通鉴》。

【译文】

宋朝时，交趾国派遣使者送来一只奇珍异兽，说是麒麟。司马光说："没人见过真正的麒麟，不知道这个是真是假。若是真的，但不是自己出现的，就算不得吉祥之物；若是假的，又恐怕会被夷狄耻笑。明智的做法就是厚赏使者，遣他再带回去。"

【译评】

由此可知，秦始皇、汉武帝一味地醉心于四方进贡珍奇异兽作为祥瑞，

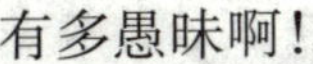
有多愚昧啊！

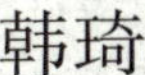
韩琦

【原文】

太宗、仁宗尝猎于大名[①]之郊，题诗数十篇，贾昌朝时刻于石。韩琦留守日，以其诗藏于班瑞殿之壁。客有劝琦摹本以进者。琦曰："修之得已，安用进为？"客亦莫谕琦意。韩绛来，遂进之。琦闻之，叹曰："昔岂不知进耶？顾上方锐意四夷事，不当更导之耳。"

石守道[②]编《三朝圣政录》，将上。一日求质于琦，琦指数事：其一，太祖惑一宫鬟，视朝晏[③]。群臣有言，太祖悟，伺其酣寝，刺杀之。琦曰："此岂可为万世法？已溺之，乃恶其溺而杀。彼何罪？使其复有嬖，将不胜其杀矣。"遂去此等数事。守道服其精识。

【注释】

①大名：大名府，今河北大名，为宋之北京。

②石守道：石介，字守道。

③晏：晚。

【译文】

宋太宗、宋仁宗曾经在大名府郊外狩猎，高兴之余，题诗数十首，贾昌朝把它刻在了石碑上。韩琦在大名府留守期间，把这些刻诗的石碑藏到了班瑞殿的衬壁内。有人劝韩琦拓片摹本进献给皇帝。韩琦说："好好保存就可以了，何必刻意进献呢？"这个人也不明白韩琦的用意。韩绛来到大名府以后，临摹了这些诗进献给了皇帝。韩琦听说之后，叹息道："我以前难道不知道把这些诗进献给皇帝可以讨好皇帝吗？只是想到皇帝正年轻气盛而锐意平定四夷，不应该引导他这样做。"

石守道编撰好《三朝圣政录》，准备献给圣上。呈献之前来请教韩琦的意见，韩琦说有几件事不能对圣上说明，其中之一就是，太祖因沉迷于一个宫女的美色，耽误了朝政，惹得群臣非议，太祖不得已趁宫女熟睡之时杀了她。韩琦说："这件事难道可以作为效仿万世的做法吗？自己沉迷于宫女，耽误了朝政，宫女何罪之有，却因为自己心里疚悔而杀了无辜之人。假设以后又发生类似的事情，又要再杀无辜之人吗？"石介听了觉得有理，便删了其中几件类似于这样的事，并对韩琦这样独到的见解十分佩服。

刘大夏 二条

【原文】

天顺中，朝廷好宝玩。中贵言，宣德中[①]尝遣太监王三保使西洋，获奇珍无算。帝乃命中贵至兵部，查王三保至西洋水程。时刘大夏为郎，项尚书公忠令都吏检故牒，刘先检得，匿之。都吏检不得，复令他吏检。项诘都吏曰："署中牍焉得失？"刘微笑曰："昔下西洋，费钱谷数十万，军民死者亦万计。此一时弊政，牍即存，尚宜毁之，以拔其根，犹追究其有无耶？"项耸然，再揖而谢，指其位曰："公达国体，此不久属公矣[②]。"

又，安南黎灏侵占城池，西略诸土夷，败于老挝。中贵人汪直欲乘间讨之，使索英公下安南牍。大夏匿弗予。尚书为榜吏至再，大夏密告曰："衅一开，西南立糜烂[③]矣。"尚书悟，乃已。

【原评】

此二事，天下阴受忠宣公之赐而不知。

【注释】

①宣德：指郑和下西洋事。

②此不久属公矣：指兵部尚书之职不久当属刘大夏。

③糜烂：指民生受到破坏。

【译文】

明朝天顺年间，明英宗对一些奇珍异宝情有独钟，便常常搜集这些玩物。宦官中贵为讨好明英宗说：“宣德年间，朝廷曾派王三保太监出使西洋，搜集到不少的珍稀宝物。”于是英宗就高兴地命中贵到兵部，查看三保下西洋之时的航海路线。当时刘大夏任兵部侍郎，兵部尚书项忠命令都吏查阅旧公文档案，寻找相关资料。刘大夏先找到，偷偷藏起来了，都吏找寻未果，项忠又命令其他吏员去找。项忠问都吏道：“官署中的旧公文怎么会遗失呢？”刘大夏笑了笑说：“三保一行人出使西洋，花费数十万，牺牲了上万军民，这在当时是一大弊端，即使资料还在也应该毁了，以便永远断了这件事带来的坏影响，现在还追究它有没有遗失干什么？”项忠听了甚是惊奇，一再拜谢，指着自己的官位说：“先生识得大体，不久这个位置就是您的了。”

另外一次，安南黎灏一心想要侵占他人城池，开始向西进攻夷人，但后来败于老挝。宦官汪直想到趁此时机讨伐他，派人来要英公下安南的旧文档，刘大夏偷偷地把它藏了起来。项忠追查此事，多次责打负责文书的官吏。刘大夏悄悄地告诉项忠说：“如果这仗打起来了，西南各地的百姓又要遭受战争之苦了。”项尚书顿悟，立即停止追查此事。

【译评】

这两件事都是天下人暗中受了刘大夏的好处却不知道啊。

姚崇

【原文】

姚崇为灵武道大总管。张柬之等谋诛二张①，崇适自屯所还，遂参密议，以功封梁县侯。武后迁上阳宫，中宗率百官问起居②。五公相庆，崇独流涕。柬之等曰：“今岂流涕时耶？恐公祸由此始。”崇曰：“比与讨逆，不足为功。然事天后久，违旧主而泣，人臣终节也。由此获罪，甘心焉。”后五王被害，而崇独免。

【原评】

武后迁，五公相庆，崇独流涕。董卓诛，百姓歌舞，邕独惊叹。事同而祸福相反者，武君而卓臣，崇公而邕私也。然惊叹者，平日感恩之真心；流涕者，一时免祸之权术。崇逆知三思犹在，后将噬脐[3]，而无如五王之不听何也。吁，崇真智矣哉！

【注释】

①二张：张易之、张昌宗兄弟，为武则天宠幸，宫中称为五郎、六郎。

②问起居：请安。

③噬（shì）脐：指后悔不及。

【译文】

姚崇是唐朝名臣，曾担任灵武道大总管。张易之、张昌宗二人是武后宠臣，张柬之等人便谋划将这二人诛杀，姚崇正巧从驻地回京，于是参与其中，后来因功被封赏为梁县侯。武后迁往上阳宫居住，中宗领众臣常去问安。五公为诛杀二张，中宗复位而欢欣鼓舞，只有姚崇一人悲伤流泪。张柬之等人说："现在是庆贺的时候，你为什么流泪？恐怕会因此而惹祸上身。"姚崇说："和你们讨论平定叛逆并不是什么值得称赞的有功之事。而如今侍奉武后已久，想到分别而伤心哭泣，这是人臣应尽的节义。如果因为这个牵连获罪，我也甘心。"后来柬之等人都被杀害了，只有姚崇一人幸免于难。

【译评】

对于武后迁入上阳宫事件，五公相与姚崇的表现截然相反，五公相高兴祝贺，姚崇伤心哭泣。东汉时董卓被诛杀，百姓载歌载舞，只有蔡邕为之叹息。事情相同而遭遇的祸福却相反。因为武后是君，董卓是臣；姚崇为公，蔡邕为私的缘故。然而叹息是感恩的真心表现，流泪却是一时免祸的权术。姚崇思虑周全，想到武三思仍在朝廷之上，难免日后报复自己，所以不像其他人一样一味地庆贺。姚崇真是聪明至极呀！令人佩服。

杨荣

【原文】

王振谓杨士奇等曰："朝廷事亏三杨[1]先生，然三公亦高年倦勤矣。其后当如何？"士奇曰："老臣当尽瘁报国，死而后已。"荣曰："先生休如此说，

吾辈衰残，无以效力，行当择后生可任者以报圣恩耳。”振喜，翌日即荐曹鼐、苗衷、陈循、高谷等，遂次第擢用。士奇以荣当日发言之易[②]。荣曰：“彼厌吾辈矣，吾辈纵自立，彼其自已乎？一旦内中出片纸，命某人入阁，则吾辈束手而已。今四人竟是吾辈人，当一心协力也。”士奇服其言。

【原评】

李彦和《见闻杂记》云：“言官论劾大臣，必须下功夫，看见眼前何人可代得。代者，必贤于去者，必有益于国家，方是忠于进言。若只做得这篇文字，打出自己名头，毫于国家无补，不如缄口不言，反于言责无损。”此亦可与杨公之论合看。

【注释】

①三杨：指杨士奇、杨荣、杨溥。为明英宗时内阁学士，也是明朝著名大臣，并称“三杨”。

②易：轻易，不慎重。

【译文】

王振是明朝有名的专权宦官。一日，王振试探杨士奇等人道：“朝廷能如此，都是三位杨先生尽心尽力的功劳，然而现在三位先生年纪已大，不知日后有什么打算呢？”杨士奇说：“老臣虽然年事已高，但定当为国尽力，鞠躬尽瘁，死而后已。”杨荣说：“我们现在年事已高，无法再为朝廷效力，而应该举荐一些有才能的后生来报答国家的恩泽。”王振心中大喜。第二天，杨荣就举荐了曹鼐、苗衷、陈循、高谷等人，并且这些人都受到了重用。杨士奇认为杨荣那天不应该说那些话。杨荣说："王振专权，他现在已经很讨厌我们了，即使我们四人能相互扶持，难道能改变他讨厌我们的初衷吗？一旦宫中传出什么对我们不利的话，命我们其中一人入阁，我们还是束手无策。现在这四个人毕竟是我们的人，希望大家同心协力才是。"杨士奇非常佩服他的远见卓识。

【译评】

李彦和在《见闻杂记》上写道："谏官若要弹劾当权的大臣，不花一番工夫去仔细观察研究是不行的，首先要看看谁能担此大任，并且要更加贤明，必须有益于国家才行。如果只是为了做一篇漂亮文章，打响自己的名头，对国家没有好处，还不如什么也不做、什么也不说，这才无损谏官的职责。"这个观点可以和杨荣的观点相互参考。

程伯淳

【原文】

程颢为越州佥判，蔡卞为帅，待公甚厚。初，卞尝为公语："张怀素道术通神，虽飞禽走兽能呼遣之。至言孔子诛少正卯，彼尝谏以为太早；汉祖成皋相持，彼屡登高观战。不知其岁数，殆非世间人也！"公每窃笑之。及将往四明，而怀素且来会稽。卞留少俟，公不为止，曰："'子不语[①]怪、力、乱、神'，以不可训也，斯近怪矣。州牧既甚信重，士大夫又相谄合，下民从风而靡，使真有道者，固不愿此。不然，不识之未为不幸也！"后二十年，怀素败，多引名士。或欲因是染公，竟以寻求无迹而止。非公素论守正，则不免于罗织矣。

【原评】

张让，众所弃也，而太丘[②]独不难一吊。张怀素，众所奉也，而伯淳独不轻一见。明哲保身，岂有定局哉！具二公之识，并行不悖可矣！蔡邕亡命江海积十二年矣，不能自晦以预免董卓之辟；逮既辟，称疾不就犹可也，乃因卓之一怒，惧祸而从；受其宠异，死犹叹息。初心谓何？介而不果，涅而遂

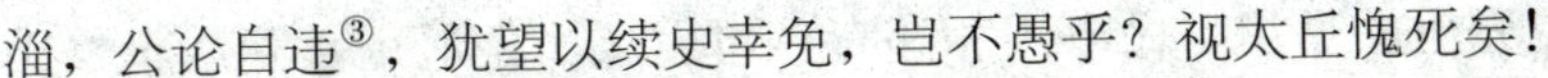

淄，公论自违[③]，犹望以续史幸免，岂不愚乎？视太丘愧死矣！

《容斋随笔》云：会稽天宁观老何道士，居观之东廊，栽花酿酒，客至必延之。一日有道人貌甚伟，款门求见。善谈论，能作大字。何欣然款留，数日方去。未几，有妖人张怀素谋乱，即前日道人也。何亦坐系狱，良久得释。自是畏客如虎，杜门谢客。忽有一道人，亦美风仪，多技术。西廊道士张若水介之来谒，何大怒骂，合扉拒之。此道乃永嘉林灵噩，旋得上幸，贵震一时，赐名灵素，平日一饭之恩无不厚报。若水乘驿赴阙，官至蕊珠殿校籍，父母俱荣封。而老何以尝骂故，朝夕忧惧。若水以书慰之，始少安。此亦知其一不知其二之鉴也！

【注释】

①子不语：语出《论语》。

②太丘：指东汉陈寔，因其曾任太丘县令。

③公论自违：公众的评论与自己的言论相悖逆。

【译文】

宋朝时期，程颢任越州签判，而蔡卞任元帅，蔡卞对程颢颇为厚待。当初，蔡卞对程颢说："张怀素能呼喝差遣飞禽走兽，可见他的道术神通广大。张怀素也曾劝说孔子不应该过早地杀了少正卯；汉高祖和项羽在成皋作战，一直僵持不下，他多次登高观战。不知道他现在究竟多少岁，大概不是世间的凡人吧。"程颢每次听了这样的话都偷笑。等到程颢去四明，恰巧张怀素也去会稽，蔡卞希望程颢能等他一起出发。程颢没有等他，说："孔子不谈怪力乱神之事，因为这些东西的内容不适合学生学习，张怀素的道术也接近神怪的迹象，州牧既看重他，士大夫又都逢迎他，百姓更是盲目附和，真有此道术的人是不会如此的。所以，不认识他未必不是一件好事。"二十年后，张怀素的事情败露，供出一些与他有关系的名人。居然有人想借此诬陷程颢，但是仔细查找，找不到二人有丝毫关系，这事才就此作罢。若不是程颢为人一向正直，恐怕免不了要遭人陷害。

【译评】

张让是大家都讨厌的人，只有陈寔肯去吊唁他的父亲；张怀素是大家都推崇信奉的人，只有程颢不愿与他见面。哪有什么固定方法可以保全自己呢？

如果能有这两位先生的见识，做事不相违背就可以了。蔡邕逃亡隐居十二年的时间，故意隐藏自己的才能，最终还是被董卓征召；蔡邕若是无意去大可以称病不去，但是他害怕董卓怪罪就顺从了；并且也受到董卓的宠幸，董卓死时还为他叹息。蔡邕的初心是无意被征召，但是他却不能坚持到底，违背自己的理念和言论，还企图能够继续修纂历史以求赦免，这不是很愚蠢吗？蔡邕比起陈寔，真应该羞愧而死！

《容斋笔记》中记载：住在会稽天宁观的一位姓何的道士，平时住在东边的长廊，喜欢种花，酿点小酒，每有客人来访便热情款待。一天，有个容貌俊伟的道人前来拜访，此人能言善谈，写得一手好字。因此何道士欣然款待他，留他在寺庙数日才离开。没过多久，张素怀谋乱之事败露，张怀素就是前日来拜访的道人，何道士也因此受到牵连入狱，待了很长时间才放出来。从此，何道士心中有了阴影，关起门来，谢绝拜访。某天忽然有一个道人，容貌也很俊美，又多才多艺，是西廊道士张若水介绍他来的，何道士不问缘由便破口大骂，关起门来不让他进。但没想到这位道士是永嘉的林灵噩，其不久之后得到皇帝宠幸，显贵一时，赐名灵素。林灵素是一个知恩图报的人，哪怕一点小恩惠也会加倍报答。张若水乘驿车到京城去，官至蕊珠殿校籍，父母也都受到封赏。而何道士知道自己曾经大骂过他，一直担惊受怕。直到收到张若水的安慰信，何道士才稍微放宽心。这些事可以作为只知其一、不知其二的借鉴。

李晟

【原文】

李晟之屯渭桥也，荧惑守岁[1]，久乃退，府中皆贺曰："荧惑退，国家之利，速用兵者昌。"晟曰："天子暴露，人臣当力死勤难，安知天道邪？"至是乃曰："前士大夫劝晟出兵，非敢拒也。且人可用而不可使之知也。夫唯五纬盈缩不常，晟惧复守岁，则吾军不战自屈矣！"皆曰："非所及也！"

【原评】

田单欲以神道疑敌，李晟不欲以天道疑军。

【注释】

①荧惑守岁：指火星出于木星之旁，古人认为国将有灾。

【译文】

李晟是唐朝有名的军事家。他在渭桥屯兵时，天上出现了奇怪的天象：火星冲犯木星，很久才退散开，府中人都道贺说："火星已退，看来国家的运气要好转了，此时出兵必能胜利。"李晟说："我只知道若天子遇难，我们做臣子应尽力保护才是，哪里还管什么天象的事呢？"又说："以前士大夫劝我出兵，我不敢拒绝。对于一般人，命令他们好好做事就可以，要让他们明白做事的缘由则是不可能的。如果金木水火土五星运转不合常理，我自己又怕所谓的火星冲犯木星，那我的军队便自己不战而败了。"众人都说："您想的比我们周到多了！"

【译评】

田单想用神道来迷惑敌人，李晟则不想因天道变化而使士兵心存疑惑。

吕文靖

【原文】

仁宗时，大内[1]灾，宫室略尽。比晓，朝者尽至；日晏，宫门不启，不得闻上起居。两府请入对，不报。久之，上御拱宸门楼，有司赞谒，百官尽拜楼下。吕文靖[②]独立不动，上使人问其意，对曰："宫庭有变，群臣愿一望天颜[③]。"上为举帘俯槛见之，乃拜。

【注释】

①大内：皇宫。

②吕文靖：吕端，谥文靖，时为宰相。

③天颜：皇帝的面容。

【译文】

宋仁宗时，皇宫大内发生火灾，宫室被烧得很惨。天刚亮，早朝的大臣都到了。天空大亮，宫门还不开，无法知晓仁宗的情况。两府的主官请求入宫觐见皇帝，也没有通报。过了很久，仁宗亲自驾临拱宸门楼，礼官呼喝群臣拜谒，百官都在楼下跪拜，只有吕夷简纹丝不动。仁宗派人问他何故不拜，吕端回答说："宫廷发生变故，群臣都想亲见圣颜。"仁宗拉开帘子，靠着栏杆向下看，吕夷简看到后才跪拜。

孙叔敖

【原文】

孙叔敖疾将死，戒其子曰："王亟[①]封我矣，吾不受也。为我死，王则封汝。汝必无受利地！楚、越之间有寝丘，若地不利而名甚恶[②]，楚人鬼而越人禨[③]，可长有者唯此也。"孙叔敖死，王果以美地封其子，子辞而不受，请寝丘。与之，至今不失。

【注释】

①亟：多次。

②名甚恶：寝丘意谓葬死人的荒丘，即坟地，所以说"名甚恶"。

③禨：不祥。

【译文】

孙叔敖病重，临终前告诫儿子说："大王屡次要分封我邑地，我都没有接受。若我死了，大王定会封你，你一定不要接受肥美的土地。楚、越之间有个叫寝丘的地方，土地贫瘠，名声非常坏，楚人视之为鬼蜮，越人以为不祥

之地，可以长时间保住的只有这个地方。”孙叔敖死后，楚王果然要以好地封赏其子。孙叔敖的儿子坚决不肯接受，请求寝丘。楚王于是把寝丘封给他，直到今日仍然保有此地。

屏姬侍

【原文】

郭令公[①]每见客，姬侍满前。乃闻卢杞[②]至，悉屏去。诸子不解。公曰：“杞貌陋，妇女见之，未必不笑。他日杞得志，我属无噍类[③]矣！”

【原评】

齐顷以妇人笑客，几至亡国。令公防微之虑远矣。

【注释】

①郭令公：郭子仪，令公，唐时凡任中书令的皆可称令公，郭子仪累官至太尉、中书令，故称。

②卢杞：貌丑面蓝，有口才，唐德宗擢为门下侍郎、同中书门下平章事。得志后，险恶毕露，后贬为新州司马，徙澧州别驾死。

③噍类：会吃东西的人，指活口。

【译文】

唐朝郭子仪每次会见宾客时，侍妾全在左右作陪。等到听说卢杞要来，就把侍妾全部屏退。他的儿子们不理解为什么，郭子仪说：“卢杞外貌丑陋，妇人见了，可能会发出讥笑之声。将来卢杞得志，我们就都活不成了。”

【译评】

齐顷公因为妇女讥笑客人，几乎到了亡国的地步。郭令公防微杜渐，考虑长远啊！

通简卷三

【原文】

世本无事，庸人自扰；唯通[①]则简，冰消日皎[②]。集“通简”。

【注释】

①通：通情达理。

②皎：白亮。

【译文】

世间本无事，庸人自扰之。只有通达的人，遇事才能化繁为简；就像太阳一出，自然化冰消雪。集此为“通简”一卷。

宋真宗

【原文】

宋真宗朝，尝有兵士作过，于法合死，持贷命，决脊杖二十改配[①]。其兵士高声叫唤乞剑[②]，不服决杖，从人把捉不得，遂奏取进止[③]。传宣云：“须决杖后别取进止处斩。”寻决讫取旨，真宗云：“此只是怕吃杖。既决了，便送配所，莫问。”

【注释】

①配：发配。

②乞剑：要求受剑而死。

③进止：处置意见。

【译文】

北宋真宗赵恒当朝时，有个士兵犯了过错，按律当斩。真宗仁慈，饶他一命，赐他杖刑二十并发配边疆。这个士兵高声说宁愿受死，不愿受杖责。执行人禀告真宗请求处理意见。真宗传旨道："先服杖刑，而后再来听旨是否处斩。"不一会杖刑过后来领旨，真宗说："他只是害怕挨打，既然已经受过杖刑，便发配到边疆去吧，其他的无须再问。"

曹参

【原文】

曹参被召，将行，属其后相，以齐狱市为寄。后相曰："治无大此者乎？"参曰："狱市所以并容也，今扰之，奸人何所容乎？"参既入相，一遵何约束，唯日夜饮醇酒，无所事事。宾客来者皆欲有言，至，则参辄饮以醇酒；间有言，又饮之，醉而后已，终莫能开说。惠帝怪参不治事，嘱其子中大夫窋私以意叩之。窋以休沐归，谏参。参怒，笞之二百。帝让[①]参曰："与窋何治乎？乃者吾使谏君耳。"参免冠谢曰："陛下自察圣武孰与高帝？"上曰："朕安敢望先帝？"又曰："视臣能孰曹参与萧何？"帝曰："君似不及也。"参曰："陛下言是也。高帝与何定天下，法令既明。今陛下垂拱[②]，参等守职，遵而勿失，不亦可乎？"帝曰："君休矣。"

【原评】

不是覆短，适以见长。

【注释】

①让：责问。

②垂拱：垂衣裳而拱双手，无所事事的样子。

【译文】

曹参辞去齐国丞相之职，即将去别国做丞相之前，叮嘱在其后继位此职的人说："要把齐国的监狱和市井挂记着。"后继位者说："没有比这重要的事了吗？"曹参说："监狱与市井都是奸人图利之所，如果穷治这两处，就会引发更大的动乱。"曹参入朝为相后，一切事务都遵照萧何制定的法规，只顾日夜畅饮美酒，无所事事。来访的宾客都想说几句，来到后曹参就请他们喝酒，其间想说几句，曹参又让他们继续饮酒，直到酒醉方休，始终没有说话的机会。惠帝不满曹参不处理任何事情，嘱咐曹参的儿子中大夫曹窋私下问问他。曹窋休假回家，劝谏曹参。曹参很生气，用鞭子抽打了曹窋两百下。惠帝责备曹参说："这和曹窋有什么关系？是我要他去劝你的。"曹参脱下冠冕谢罪说："陛下觉得自己的圣明英武和高祖皇帝比较怎么样？"惠帝说："我哪里比得上先帝呢？"曹参又说："微臣的才能和萧何相比怎么样？"惠帝说："你好像不如他。"曹参说："陛下说得很对。高帝与萧何平定天下，法令已经明确。现在，陛下垂衣拱手，我曹参恪守职责，谨遵成规，勿使失误，不就可以了吗！"惠帝说："你不必再说了。"

【译评】

这不是在掩饰自己的缺点，恰恰是在展示自己的优点。

戒更革

【原文】

赵韩王普[①]为相，置二大瓮于坐屏后，凡有人投利害文字，皆置其中，满即焚之于通衢。

李文靖[②]曰："沆居相位，实无补万分；唯中外所陈利害，一切报罢，聊以补国尔。今国家防制，纤悉具备，苟轻徇所陈，一一行之，所伤实多。佥人苟一时之进，岂念民耶？"

陆象山[③]云："往时充员敕局，浮食是惭。惟是四方奏请，廷臣面对，有所建置更革，多下看详。其或书生贵游，不谙民事，轻于献计；一旦施行，片纸之出，兆姓蒙害。每与同官悉意论驳，朝廷清明，尝得寝罢；编摩之事，稽考之勤，何足当大官之膳？庶几仅此可以偿万一耳！"

【原评】

罗景纶曰："古云：'利不什，不变法'，此言更革建置之不可轻也。或疑若是则将坐视天下之弊而不之救欤？不知革弊以存法可也，因弊而变法不可也；不守法而弊生，岂法之生弊哉！韩、范之建明于庆历者[④]，革弊以存法

也。荆公之施行于熙宁者⑤，因弊而变法也，一得一失。概可观矣。”

【注释】

①赵韩王普：赵普死后追封为真定王，复被追封为韩王，曾三次拜相。

②李文靖：李沆，谥文靖。

③陆象山：陆九渊，字子静，世称象山先生。

④韩、范之建明于庆历者：范仲淹、韩琦在宋仁宗庆历三年实行的革新，史称“庆历新政”。

⑤荆公之施行于熙宁者：王安石在宋神宗熙宁二年开始推行新法。

【译文】

宋朝时，韩王赵普在做宰相时，命人在自己坐屏后面放了两个大缸，凡是有人送来关于国家利害的疏奏，赵普都把它扔进大缸，待大缸满了，就把里面的纸张放在大街上，一把火烧掉。

李文靖说：“我在任相国时，没有做什么对国家有大益之事，只是在众人所陈述的国家利害建议方面，对一切都不予理睬，这算是对国家的一点小小贡献吧。当今国家的各种制度已经很完备了，若是轻率地采纳了建议并推行，恐怕会多生出很多事端。小人一时间的进言，怎么会考虑到百姓的长远利益呢？”

陆象山说：“以前朝堂上官员冗多，我也是其中之一，白拿俸禄，心中惭愧。只是遇到有人建议的各种改革事项，朝廷上官员也都一起讨论，看看是否可行。书生和贵族这两类人，不熟悉民情，随便献策；若是遵照他们的建议实行，一纸命令容易，到头来受苦的还是四方百姓啊。我和同僚一直尽力驳回建议，好在圣上清明，常常采纳我们的意见而将献议作罢；我们所做的，只是编辑、考查一类的功夫，怎么能领取这么多的俸禄呢？大约只是现在俸禄的万分之一就够了。”

【译评】

罗景纶说："古人说过：'没有足够的利益，就不要轻易改变现行的法令。'这说明：改旧革新是一件大事，不能轻易做决定。有人怀疑，这岂不是坐视天下的弊病而不加拯救吗？他们这些人不知道，若是这些建议既改革旧法的弊端又同时能保存旧法是可以的，若只是因为旧法弊端才进行改革是不行的；因为不守法而产生的弊病，难道是法律本身的弊病吗？在仁宗庆历年间，韩琦、范仲淹的革新变法，就是既革除了弊端而又保存了法律；王安石在神宗熙宁年间的变法，就只是因为弊病而改变法律，最后导致百姓怨声载道。从这个例子中的一得一失，就能看得十分明白了。"

汉光武

【原文】

光武诛王郎[①]，收文书，得吏人与郎交关谤毁[②]者数千章。光武不省[③]，会诸将烧之，曰："令反侧子[④]自安！"

【原评】

宋桂阳王休范举兵浔阳，萧道成[⑤]击斩之。而众贼不知，尚破台军[⑥]而进。宫中传言休范已在新亭，士庶惶惑，诣垒投名者以千数。及到，乃道成也。道成随得辄烧之，登城谓曰："刘休范父子已戮死，尸在南冈下，我是萧平南[⑦]，汝等名字，皆已焚烧，勿惧也！"亦是祖光武之智。

【注释】

①王郎：王莽末年义军首领，自立为帝，后为光武帝刘秀所诛。

②交关谤毁：互相串通，毁谤刘秀的信件。

③不省：不理会。

④反侧子：指毁谤过刘秀，心怀惶恐的人。

⑤萧道成：时为刘宋中领军，后废帝自立，为齐太祖。

⑥台军：朝廷军队，南朝时称朝廷为台。

⑦萧平南：萧道成曾为平南将军。

光武帝诛杀王郎后，收集文字书信，得到吏民与王郎串通诋毁自己的信函数千封。光武帝没有检查信函，就集合部将当面焚烧，并说：“反复无常、怀有二心者可以自己安心了！”

【译评】

南朝宋桂阳王刘休范在浔阳起兵，被萧道成斩杀，而刘休范的追随者不知道，仍然向官军进攻。这时，宫中传言刘休范的军队已抵达新亭，京城的官民惶恐疑惑，到军营中报名归顺的有上千人之多。等大军抵达城下，才知道是萧道成。随后，萧道成拿到名册就焚烧了，登上城墙对吏民说：“刘休范父子已被诛杀，尸体就在南冈脚下。我是萧平南，记有大家名字的名册都烧了，你们不必害怕。”这也是效法汉光武帝的智慧之举。

龚遂

【原文】

宣帝时，渤海左右郡岁饥，盗起，二千石[①]不能制。上选能治者，丞相、御史举龚遂[②]可用，上以为渤海太守。时遂年七十岁，召见，形貌短小，不副所闻。上心轻之，问：“息盗何策？”遂对曰：“海濒辽远，不沾圣化，其民困于饥寒而吏不恤，故使陛下赤子盗弄陛下之兵于潢池中耳。今欲使臣胜之耶，将安之也？”上改容曰：“选用贤良，固将安之。”遂曰：“臣闻治乱民如治乱绳，不可急也，臣愿丞相、御史且无拘臣以文法，得一切便宜从事。”上许焉，遣乘传[③]至渤海界。郡闻新太守至，发兵以迎，遂皆遣还，移书敕属县：“悉罢逐捕盗贼吏；诸持锄、钩田器者皆为良民，吏毋得问；持兵者乃为盗贼。”遂单车独行至府。盗贼闻遂教令，即时解散，弃其兵弩而持钩、锄。

【原评】

汉制，太守皆专制一郡，生杀在手，而龚遂犹云“愿丞相，御史无拘臣以文法”。况后世十羊九牧，欲冀卓异之政，能乎？

古之良吏，化有事为无事，化大事为小事，蕲[④]于为朝廷安民而已；今则不然，无事弄做有事，小事弄做大事，事生不以为罪，事定反以为功。人心脊脊[5]思乱，谁之过与?

【注释】

①二千石：指郡守。

②龚遂：初为郎中令，宣帝初为渤海太守，有治绩，后征为水衡都尉。

③乘传：驿车。

④蕲：希求。

⑤脊脊：互相践踏、喧闹。

【译文】

西汉宣帝刘询在位时，渤海及周边各郡县闹饥荒，一时间盗贼四起，郡守们都束手无策。于是宣帝要选拔一个能够治理的有才之人，丞相和御史都推荐龚遂可以担此重任，宣帝就任命他为渤海郡太守。当时龚遂觐见皇帝时已经七十岁了，他身材矮小，其貌不扬，皇上觉得他不像是他们所说的那样有本事，心里有些看不起他，便问道：“你能用什么法子平息盗寇呀?”龚遂镇静地回答道：“海滨之地辽远，没有受到您的教化，那里的百姓饥寒交迫而官吏又疏于关心他们，那里的百姓像是陛下您的一群顽童偷拿陛下的兵器在小水池边舞枪弄棒一样打斗了起来。现在陛下是想让臣把他们镇压下去，还是去安抚他们呢?”宣帝立刻严肃起来，说：“我选用贤臣，当然是去安抚他们。”龚遂说：“臣下听说，治理作乱的百姓就像解一团乱绳一样，得慢慢解，不能操之过急。臣希望丞相、御史不要以现有的法令一味束缚我，允许臣到任后凡事根据实际情况来处理。”宣帝答应了他，遂派车护送他去渤海郡。郡中官员便派军队迎接新太守。龚遂没有接受而是把他们打发回去了，并向渤海所属各县发布文告：“撤免所有追捕盗贼的官吏，凡是拿镰扛锄之人都是良民，官吏不得随便拿问，手中拿着兵

器的才是盗贼”。龚遂单独乘驿车来到郡府。那些闹事的盗贼们知道龚遂颁发的文告后，纷纷丢掉武器，开始拿起镰刀、锄头种田了。

【译评】

汉朝制度中，一郡中的所有政事皆由太守一人掌管，手握生杀大权，而龚遂还说：“希望丞相、御史不要用现有的法令条文约束我。”不像后世民少官多，还希望能有卓越的政绩，可以做到吗？

古代优秀的官员，善于大事化小，小事化了，只是为安定百姓而已，不求自己功绩有多大；而现在却是相反了，无事弄成有事，小事弄成大事，发生事情不认为有罪，平定事情后就认为自己有功。人心不定而蠢蠢欲动，这到底是谁的过错呢？

文彦博

【原文】

文潞公①知成都，尝于大雪会客，夜久不罢。从卒有谇语②，共拆井亭烧以御寒。军校白之，座客股栗。公徐曰：“天实寒，可拆与之。”神色自若，饮宴如故。卒气沮，无以为变。明日乃究问先拆者，杖而遣之。

【原评】

气犹火也，挑之则发，去其薪则自熄，可以弭乱，可以息争。

【注释】

①文潞公：即文彦博，封潞国公。

②谇语：牢骚话。

【译文】

北宋文彦博主管成都时，曾经一次在大雪天宴请客人，直到夜深还不散去。文彦博的随从士兵有怨言，一起把府中的井亭拆掉，用来烧火取暖。军校将此事报告文彦博，在座的客人听说后都感到害怕，文彦博慢吞吞地说：“天气确实寒冷，可以拆了给他们取暖。”说话间神情从容自若，照样饮酒。士兵气势小了，没有找到借口闹事。第二天文彦博查问清了带头拆井亭的人，打了一顿押送走了。

【译评】

气，跟火差不多，挑起它火势就变大，去掉柴草就能自己熄灭。懂得这个道理，可以消除动乱，可以平息纷争。

张辽

【原文】

张辽受曹公命屯长社[①]。临发，军中有谋反者，夜惊乱，火起，一军尽扰。辽谓左右曰："勿动！是不一营尽反，必有造变者，欲以动乱人耳。"乃令军中曰："不反者安坐。"辽将亲兵数十人中阵而立。有顷，即得首谋者，杀之。

【原评】

周亚夫将兵讨七国，军中尝夜惊。亚夫坚卧不起，顷之自定。吴汉为大司马，尝有寇夜攻汉营，军中惊扰，汉坚卧不动。军中闻汉不动，皆还按部，汉乃选精兵夜击，大破之。此皆以静制动之术，然非纪律素严，虽欲不动，不可得也。

【注释】

①长社：今河南长葛，张辽屯兵长社是为防备荆州的刘表。

【译文】

张辽是三国时期曹操著名将领，奉命驻扎长社县（治所在今河南长葛县东北），临出发前，军中有人谋反，夜里军营中惊乱不止，大火四起，全军都焦躁不安。张辽对身边的将领说："不要乱动！这并不是全军的人反了，而有人故意借此骚乱惑乱人心！"他向军营中下达号令："没有参加反叛的人都安稳坐好不要乱动！"张辽率领几十名警卫士兵，站在军营中央屹然不动。不一会儿，就把带头反叛之人抓来杀掉了。

【译评】

汉朝周亚夫率兵领将讨伐七国，晚上军中无故发生夜惊。周亚夫知道后反而安稳地躺在床上不起身，不久夜惊就没有了。吴汉担任大司马时，贼寇半夜来袭，军中受到惊扰。吴汉一直不起床，军中将士听说连大司马都没有

起床，便都回到自己岗位上了。吴汉等军中安定下来，才悄悄起床，率精兵半夜成功袭击贼寇。这是采用以静制动的策略。然而，若不是军纪一向严明，即使想让士兵不乱动，也做不到。

韩愈

【原文】

韩愈[①]为吏部侍郎。有令史[②]权势最重，旧常关锁，选人[③]不能见。愈纵之，听其出入，曰：“人所以畏鬼者，以其不能见也；如可见，则人不畏之矣！”

【原评】

主人明，不必关锁；主人暗，关锁何益？

【注释】

①韩愈：唐代思想家，文学家，通六经百家之学，为唐宋八大家之一。

②令史：三省六部及御史台的低级事务员。

③选人：候补任用的官员。

【译文】

唐宋八大家之一韩愈曾任吏部侍郎。令史在吏部的吏员中权势最大，因为吏部以前常关锁着，选任官员时也不能到吏部见面。等到韩愈上任，命人放开关锁，任凭候选官员出入，他说：“人们怕鬼，是因为见不到鬼；如果见了鬼，那么人们也就不怕了。”

【译评】

主人光明正大，就不必关门；主人阴暗不轨，关门又有什么用呢？

裴晋公

【原文】

公[①]在中书，左右忽白以失印，公怡然，戒勿言。方张宴举乐，人不晓其故。夜半宴酣，左右复白印存，公亦不答，极欢而罢。人问其故，公曰：“胥吏辈盗印书券，缓之则复还故处，急之则投水火，不可复得矣。”

【原评】

不是矫情镇物，真是透顶光明。故曰“智量”，智不足，量不大。

【注释】

①公：裴度，封晋国公。

【译文】

唐朝人裴度在中书省任职时，一次侍从忽然禀报印玺丢失。裴公仍是一副安闲自在的样子，告诫侍从不要张扬。当时正奏乐宴客，大家都不知道其中缘故。半夜宴会进行正畅快时，侍从再次禀报印玺找到了，裴公也不作答，宴会在人们的愉悦中结束了。有人问他是什么原因，裴公说：“胥吏们盗取印玺书写契券，若时间充裕就会放回原处，逼迫太急就会将之销毁，恐再也找不回来了。”

【译评】

这不是故作镇定，实在是聪明绝顶。所以称之为“智量”，若智慧不足，则度量也不会大。

郭子仪

【原文】

汾阳王[①]宅在亲仁里，大启其第，任人出入不问。麾下将吏出镇来辞，王夫人及爱女方临妆，令持帨汲水，役之不异仆隶。他日子弟列谏，不听，继之以泣，曰：“大人功业隆赫，而不自崇重，贵贱皆游卧内，某等以为虽伊、霍[②]不当如此。”公笑谓曰：“尔曹固非所料。且吾马食官粟者五百匹，官饩者一千人，进无所往，退无所据。向使崇垣扃户[③]，不通内外，一怨将起，构以不臣，其有贪功害能之徒成就其事，则九族齑粉，噬脐莫追。今荡荡无间，四门洞开，虽谗毁欲兴，无所加也！”诸子拜服。

【原评】

德宗以山陵近，禁屠宰。郭子仪之隶人犯禁，金吾将军裴谞奏之。或谓曰：“君独不为郭公地乎？”谞曰：“此乃所以为之地也。郭公望重，上新即位，必谓党附者众，故我发其小过，以明郭公之不足畏，不亦可乎？”若谓者，可谓郭公之益友矣。王、萧事见《委蛇部》。

【注释】

①汾阳王：郭子仪，封汾阳郡王。

②伊、霍：伊尹，商汤之臣；霍光，受汉武帝顾命辅佐昭帝。皆是历史上的名相。

③崇垣扃户：围墙高立，门户紧闭。

【译文】

汾阳王郭子仪的宅邸在京都亲仁里，他的府门经常大开着任人进出而不查问。他手下的将吏外出任职之时来府中辞行，若是郭子仪的夫人或是女儿在梳妆，就像对待奴仆一样让这些将官们拿手巾、打洗脸水。后来家里人都劝郭子仪不要这样做了，他不听，家人哭了起来，他们说：“大人您是功勋显赫之人，可是自己不尊重自己，不论贵贱人等都能随便出入卧室之中。我们认为就算是历史上德高望重的伊尹、霍光也不会这样做。”郭子仪笑着对他们说：“我这样做自是有我的道理，只是你们猜不透罢了。我们家由公家供给五百匹马的粮草，一千人的伙食费用，待遇已是不能再高了，可是想退隐以避妒忌也不可能。若是我们再紧闭高门，内外紧密不通，一旦与人结怨，受到报复，就会借此编造我们的种种不法罪状，若是那奸佞小人陷害成功，我们家九族就会化为齑粉，到那时追悔莫及。现在家中坦荡无遮，大门敞开随便进入，即使有小人有心陷害，也无计可施！”弟子们都拜服汾阳王的这番话。

【译评】

唐德宗明令禁止在帝王陵墓周围屠宰牲畜。偏偏郭子仪的一个奴仆犯了禁令，金吾卫将军裴谞将此事上报给了皇帝。有人对裴谞说："你怎么不给郭公留点面子呢?"裴谞说："我这样做正是为郭公着想啊！皇上刚刚即位，肯定以为德高望重的郭公党羽庞大，所以我才检举他的小过失来表明郭公心中坦荡，无所畏惧，这样做不是很好吗?"裴谞真可谓是郭子仪的益友。比起郭子仪来，萧何、王翦的避祸方式就显得器量太小了。

牛弘

【原文】

奇章公牛弘[①]有弟弼，好酒而酗。尝醉，射杀弘驾车牛。弘还宅，妻迎谓曰："叔射杀牛。"弘直答曰："可作脯[②]。"

【原评】

冷然一语，扫却妇人将来多少唇舌！睦伦者当以为法。

【注释】

①牛弘：隋初为秘书监，后拜吏部尚书，封奇章郡公，史称"大雅君子"。

②脯：肉干。

【译文】

隋朝人奇章郡公牛弘有个弟弟叫牛弼，此人酗酒成性，有次喝醉后，射死了牛弘驾车的牛。牛弘回家时，妻子迎向前说："小叔射死了家里的牛。"牛弘径直说道："可以用来做肉干。"

【译评】

冷冷的一句话，扫除了妇人将来多少闲言碎语！致力于家庭和睦的人应以此为楷模。

迎刃卷四

【原文】

危峦前厄[①]，洪波后沸。人皆棘手，我独掉臂[②]。动于万全，出于不意；游刃有余，庖丁之技。集“迎刃”。

【注释】

①厄：阻塞。

②掉臂：挥动手臂，谓有所作为。

【译文】

前有险峰厄路，后有狂涛逼来，人人都棘手无策，我却等闲视之。掌握全局而动，一动就出其不意；游刃有余，如庖丁解牛。集此为“迎刃”一卷。

子产

【原文】

郑良霄[①]既诛，国人相惊，或梦伯有介[②]而行，曰：“壬子余将杀带，明年壬寅余又将杀段!”驷带及公孙段果如期卒，国人益大惧。子产立公孙泄及良止以抚之，乃止。子太叔问其故，子产曰：“鬼有所归，乃不为厉。吾为之归也。”太叔曰：“公孙何为?”子产曰：“说也。”

【原评】

不但通于人鬼之故，尤妙在立泄一着。鬼道而人行之，真能务民义而不惑于鬼神者矣!

【注释】

①郑良霄：字伯有，春秋时郑国大夫，专政自用，为诸大夫讨伐而死。

②介：带甲。

【译文】

春秋时，郑国良霄被诛杀后，国人十分惊恐，有人梦见良霄披甲而行，说道："壬子那一天我将杀死驷带，明年壬寅日我又将杀死公孙段。"驷带及公孙段果然如期而亡，国人更加恐惧。子产于是立子孔的儿子公孙泄与良霄的儿子良止为大夫，来抚恤良霄及子孔，类似的事从此再未出现。子太叔问他其中的缘故，子产说："鬼要有所归宿，才不会成为厉鬼。我如此做是为他们找个归宿。"太叔说："和公孙泄又有什么关系呢？"子产说："向人民解说存亡继绝的原因。"

【译评】

子产不但精通人鬼之间的事情，更妙的是立公孙泄这一招。鬼道由人来施行，既能真实地服务于民，又不迷信于鬼神。

主父偃

【原文】

汉患诸侯强，主父偃[①]谋令诸侯以私恩自裂地，分其子弟，而汉为定其封号；汉有厚恩而诸侯渐自分析弱小云。

【注释】

①主父偃：汉武帝时人，为中大夫，上"推恩法"于武帝，即本条所言之谋。

【译文】

西汉时，武帝担心各诸侯国强大，主父偃献计，请武帝令各诸侯王以私恩将封地分给自己的儿子兄弟，而由朝廷为他们定封号。这样，朝廷对他们有厚恩，而诸侯也渐渐被分割得弱小了。

裴光庭

【原文】

张说以大驾[1]东巡，恐突厥乘间入寇，议加兵备边，召兵部郎中裴光庭谋之。光庭曰："封禅，告成功也，今将升中于天而戎狄是惧，非所以昭盛德也。"说曰："如之何?"光庭曰："四夷之中，突厥为大。比屡求和亲，而朝廷羁縻未决许也。今遣一使，征其大臣从封泰山，彼必欣然承命。突厥来，则戎狄君长无不皆来，可以偃旗卧鼓，高枕有余矣。"说曰："善！吾所不及。"即奏行之。遣使谕突厥，突厥乃遣大臣阿史德颉利发入贡，因扈从[2]东巡。

【注释】

①大驾：皇帝出行的队伍。

②扈从：随侍帝王出巡。

【译文】

唐朝丞相张说眼见天子即将亲驾东巡，恐怕突厥会乘隙入侵，提议加兵边境以备边患，召见兵部郎中裴光庭来一起商议。裴光庭说："封禅是向上天报告成功之事。现在将要告成于天，却惧怕戎狄，不能用来昭示盛德啊!"张说说："那该怎么办?"裴光庭说："四方夷狄当中，要数突厥最强大，近来屡次请求和亲，而朝廷一直犹豫没有允许。现在遣派一名使者，去突厥征召他们的大臣跟皇上一起去封禅泰山，他们一定欣然受命。突厥大臣来了，其他戎狄的君长没有不跟着来的，如此就可以偃旗息鼓，高枕无忧了。"张说说："非常好！这是我所没有考虑到的。"随即奏请皇帝，派遣使者去通告突厥。突厥于是派大臣阿史德颉利发入贡，因而跟随天子东巡。

陈平

【原文】

燕王卢绾反，高帝使樊哙以相国将兵击之。既行，人有短恶哙者，高帝怒，曰："哙见吾病，乃几[1]吾死也!"用陈平计，召绛侯周勃受诏床下，曰：

"平乘驰传②，载勃代哙将。平至军中，即斩哙头！"二人既受诏行，私计曰："樊哙，帝之故人，功多。又吕后女弟女媭夫，有亲且贵。帝以忿怒故欲斩之，即恐后悔，宁囚而致上，令上自诛之。"平至军，为坛，以节召樊哙。哙受诏节，即反接载槛车诣长安，而令周勃代，将兵定燕。平行，闻高帝崩，平恐吕后及吕媭怒，乃驰传先去。逢使者，诏平与灌婴屯于荥阳。平受诏，立复驰至宫，哭殊悲，因奏事丧前。吕太后哀之，曰："君出休矣。"平因固请，得宿卫中，太后乃以为郎中令，曰："傅教帝。"是后吕媭谗乃不得行。

【原评】

谗祸一也，度近之足以杜其谋，则为陈平；度远之足以消其忌，则又为刘琦。宜近而远，宜远而近，皆速祸之道也。

刘表爱少子琮，琦惧祸，谋于诸葛亮，亮不应。一日相与登楼，去梯，琦曰："今日出君之口，入吾之耳，尚未可以教琦耶？"亮曰："子不闻申生在内而危，重耳在外而安乎？"琦悟，自请出守江夏。

【注释】

①几：盼望。

②驰传：四匹良马所拉的驿车，紧急时方动用。

【译文】

燕王卢绾反叛，汉高祖刘邦封了樊哙相国一职，命他率领军队平定反叛。在准备出发的时候，有些小人散布谣言，诬告樊哙，因为汉高祖在生病，高祖发怒了，说："樊哙见我生病，居然盼着我死！"高祖用了陈平的计谋，召绛侯周勃受诏于床前，命令道："陈平驾着加急驿车，载你到樊哙军中代替他的职务。陈平到樊哙军队，要立即将樊哙斩首。"陈周二人受过诏后，私下商

议说：“樊哙是皇帝的故亲，又立过战功无数，且又是吕后妹妹吕媭的丈夫，既亲且贵，皇帝在愤怒的情绪下斩杀了樊哙，就怕以后后悔。我们不如先把樊哙拘禁起来而后交由陛下处理，到那时候要杀要剐再由陛下决定。”

陈平驾着快车到了樊哙军中，令人做坛，以节杖召来樊哙。樊哙拜受诏节后，就立即命人绑了他押到长安去，于是周勃代替樊哙攻打燕王卢绾。陈平在押解樊哙回京的路上，听说陛下驾崩，恐怕吕后和吕媭迁怒于他，就让囚车先去长安。后来，陈平遇到朝廷使者，命他与灌婴驻守荥阳。陈平受诏后，立刻进宫，伤心痛哭，趁着出丧前向太后禀报了前事。吕太后同情陈平，说：“你出去的这件事就此作罢吧！”陈平坚持请求太后让他出任住宿宫中的护卫一职，于是被封为郎中令，掌管宫殿护卫，太后嘱托说：“你还要教导、辅佐皇帝。”但是后来因受到吕媭的谗言而未能施行。

【译评】

若是遭到奸佞小人的诬陷，就需考虑到杜绝身边的人的阴谋，这是陈平的做法；认为躲到远处以躲避他人的无端猜忌，这是刘琦的做法。该近而远，该远而近，这些都会加速祸害的到来。

刘表最喜爱小儿子刘琮，长子刘琦就害怕有祸患临身，于是向诸葛孔明问计，诸葛亮一直没有给他答复。有一天，两人一起登楼，上楼之后，刘琦就立刻让人撤掉了梯子，并对诸葛亮说：“您现在说的话，只会进我的耳，不会有其他人听到，您还不能教我吗?”诸葛亮说：“你没听说过同为晋献公的儿子，申生留在国内是危险的，重耳逃到国外反而安全了吗?”刘琦顿悟，遂自请外放镇守江夏。

于谦

【原文】

永乐间，降虏多安置河间、东昌等处，生养蕃息，骄悍不驯。方也先入寇时，皆将乘机骚动，几至变乱。至是发兵征湖、贵及广东、西诸处寇盗。于肃愍[①]奏遣其有名号者[②]，厚与赏犒，随军征进。事平，遂奏留于彼。于是数十年积患，一旦潜消。

【原评】

用郭钦徙戎之策而使戎不知，真大作用。

【注释】

①于肃愍：于谦，明景帝时为兵部尚书，加少保，总督军务。明英宗复辟后为人构陷被杀，追赠太傅，谥肃愍，后改谥忠肃。

②有名号者：指大小首领。

【译文】

永乐年间，投降来的北虏大多被安置在河间、东昌等地，他们生养蕃息，变得骄悍不驯服。当北方瓦剌部落前来进犯的时候，这些人都乘机骚动，几乎发生变乱。后来朝廷要发兵征剿两湖、贵州、两广等地的盗寇，于谦奏请征派那些降虏中有名号的人，给予重赏，让他们随军出征。事平之后，又奏请将那些人留居在当地。于是几十年的积患，不动声色就消除了。

【译评】

采用郭钦迁徙外族的计策，而使外族不知，真是大作为！

刘大夏 张居正

【原文】

庄浪土帅鲁麟[①]为甘肃副将，求大将[②]不得，恃其部落强，径归庄浪，以子幼请告。有欲予之大将印者，有欲召还京，予之散地者。刘尚书大夏独曰："彼虐，不善用其众，无能为也。然未有罪。今予之印，非法；召之不至，损威。"乃为疏，奖其先世之忠[③]，而听其就闲。麟卒怏怏病死。

黔国公沐朝弼，犯法当逮。朝议皆难之，谓朝弼纲纪之卒且万人，不易逮，逮恐激诸夷变。居正[④]擢用其子，而驰单使缚之，卒不敢动；既至，请贷其死，而锢之南京，人以为快。

【原评】

奖其先则内愧，而怨望之词塞；擢其子则心安，而巢穴之虑重。所以罢之锢之，唯吾所制。

【注释】

①土帅：由当地土司担任的军职。鲁麟：庄浪卫世袭指挥。

②大将：即总兵。

③先世之忠：鲁麟的父亲曾领兵平叛，官至甘肃总兵。

④居正：张居正，明万历间首辅，大政治家。

【译文】

明代的鲁麟是庄浪卫世袭指挥，为甘肃副将，他因没有争得甘肃总兵一职，便依仗自己的部落实力强大，直接回了庄浪，以自己儿女年幼为由请求告假。对于这件事，朝廷大臣议论不断，有主张授他大将印玺的，有主张召他进京，随便给他个闲散职务的。只有尚书刘大夏一人驳斥众人，说道："鲁麟性情残暴，不懂得管理百姓，不会有所作为的。然而，他也没有犯罪，若是现在给他将印，不和法度；若是召他不来，又有损威严。"于是奏议皇帝，嘉奖鲁麟先辈的忠勇功绩，对鲁麟却听其就闲。鲁麟最终怏怏病死。

明朝沐朝弼虽是黔国公，触犯法度理当逮捕。朝臣们议论纷纷，觉得逮捕他是件难办的事。因为沐朝弼府中有近万的士卒，不易逮捕，恐怕逮捕时激成兵变。首辅张居正就提拔了沐朝弼的儿子，并派使者到沐府将沐朝弼擒获，府中上下士卒皆不敢动手。抓捕了沐朝弼后，张居正请求陛下赦免了他的死刑，监禁在南京，人们都为之称快。

【译评】

褒奖鲁麟的祖先，这样就使他内心愧疚而无从发出抱怨的言辞；提拔沐朝弼的儿子，使他心安而内部出现猜疑之心。因而不论是罢黜还是禁锢，全都在我的掌握之中。

贾耽

【原文】

贾耽为山南东道节度使，使行军司马①樊泽奏事行在②。泽既反命，方大宴，有急牒③至，以泽代耽。耽内牒怀中，颜色不改。宴罢，即命将吏谒泽，牙将张献甫怒曰："行军自图节钺，事人不忠，请杀之！"耽曰："天子所命，

即为节度使矣。”即日离镇，以献甫自随，军府遂安。

【注释】

①行军司马：相当于节度使的副帅。

②行在：皇帝行宫。

③牒：公文。

【译文】

唐朝人贾耽担任山南东道节度使时，派行军司马樊泽到皇帝驻跸处禀奏公事。樊泽回来复命时，正在举行宴会，有紧急公文送到，令以樊泽代替贾耽的职务。贾耽将公文放入怀中，面不改色。宴会结束，就命令将吏拜见樊泽。副将张献甫愤怒地说道：“行军司马自己图谋权力，事奉主人不忠心，请杀了他！”贾耽说：“天子任命的，他已经是节度使了。”贾耽当天就离开藩镇，让张献甫随侍，军府因而安定无事。

令狐绹

【原文】

宣宗衔甘露[①]之事，尝授旨于宰相令狐公。公欲尽诛之，而虑其冤，乃密奏牓子云：“但有罪莫舍，有阙莫填，自然无类矣。”

【原评】

今京卫军虚籍糜饷，无一可用。骤裁之，又恐激变。若依此法，不数十年，

可以清伍。省其费以别募，又可化无用为有用。

【注释】

①甘露：即甘露之变，唐文宗时，文宗和宰相李训谎称天降甘露，文宗让宦官前去查看，借机谋诛宦官，反而被宦官发觉。宦官调动军队，大肆杀戮朝臣。

【译文】

唐宣宗记恨着甘露事件，曾经颁旨给宰相令狐绹。令狐绹打算诛杀所有参与其事的人，又顾虑冤枉好人，于是秘密禀奏说："只要有罪就不要赦免他，遇有空缺时也不填补，自然就没有人和他同伙了。"

【译评】

如今京师的禁卫军有不少军籍，靡费俸禄，却没有一个有用处的。骤然裁减，又怕激起哗变。如果依照此种方法，不到十年，可以清理军伍，省下的经费重新招募新军，可以变无用为有用。

吕夷简

【原文】

西鄙用兵，大将刘平战死。议者以朝廷委宦者监军，主帅节制有不得专者，故平失利。诏诛监军黄德和，或请罢诸帅监军。仁宗以问吕夷简，夷简对曰："不必罢。但择谨厚者为之。"仁宗委夷简择之。对曰："臣待罪宰相，不当与中贵私交，何由知其贤否？愿诏都知、押班[①]，但举有不称者，与同罪。"仁宗从之。翼日，都知叩头乞罢诸监军宦官。士大夫嘉夷简有谋。

【原评】

杀一监军，他监军故在也；自我罢之，异日有失事，彼借为口实，不若使自请罢之为便。文穆[②]称其有宰相才，良然。惜其有才而无度，如忌富弼，忌李迪，皆中之以小人之智，方之古大臣，邈矣！

【注释】

①都知、押班：俱为宋代宦官官职。

②文穆：吕蒙正，谥文穆，吕夷简之叔。

【译文】

西部边疆发生战争，大将刘平战死。舆论认为，朝廷委任宦官做监军，致使主帅指挥不能专一，所以刘平失利。仁宗下诏诛杀监军黄德和。有人奏请罢免各路统帅的监军，仁宗为此询问吕夷简。吕夷简回答说："不必罢免，只要选择谨慎忠厚的宦官担任就可以了。"仁宗委派吕夷简去挑选，吕夷简回答说："我身为宰相，不应当和宦官交往，怎么知道他们贤愚与否？希望皇上诏令都知、押班，但凡他们荐举的监军，有不称职的，与监军一同处罚。"仁宗采纳了吕夷简的意见。第二天，都知叩头，请求罢免所有的宦官监军。士大夫都称赞吕夷简有谋略。

【译评】

杀死了一名监军，还有其他监军在。由我罢除，将来发生意外事故，他们就以此为话柄，不如让他们自己请求罢除为好。文穆称吕夷简有宰相之才，果然不错。只可惜他有才能而无度量，如妒忌富弼、李迪，都只算是小人的才智，与远古时代的大臣比起来，差得太远了！

明智部第二

总 序

冯子曰："有宇宙以来，只争'明''暗'二字而已。混沌暗而开辟明，乱世暗而治朝明，小人暗而君子明；水不明则腐，镜不明则锢，人不明则堕于云雾。今夫烛腹[①]极照，不过半砖，朱曦[②]霄驾，洞彻八海；又况夫以夜为昼，盲人瞎马，侥幸深溪之不賈也，得乎？故夫暗者之未然，皆明者之已事；暗者之梦景，皆明者之醒心；暗者之歧途，皆明者之定局；由是可以知人之所不能知，而断人之所不能断，害以之避，利以之集，名以之成，事以之立。明之不可已也如是，而其目为'知微'，为'亿中'，为'剖疑'，为'经务'。吁！明至于能经务也，斯无恶于智矣！

【注释】

①烛腹：指萤火虫。

②朱曦：指太阳。

【译文】

冯梦龙说：自从有了宇宙以来，就有了"明"和"暗"的对比与争斗。混沌时期"暗"而开天辟地时"明"，乱世"暗"而治世"明"，小人"暗"而君子"明"；流水不明就会腐烂肮脏，镜子不明则无法照影鉴衣，

人如果不明则会陷入混乱愚昧之中。萤火虫的光再大，其光不过半块砖头大小，太阳在高空运行，其光辉照彻天下各处；何况把夜间当成白天，就像盲人骑着瞎马一样，怎么可能不坠入粉身碎骨的深渊之中呢？所以，对于“暗”者不明白的事，都是“明”者了然于胸的事；对于“暗”者变幻莫测的事，都是“明”者很确定的事；对于“暗”者不知如何选择的事，都是“明”者很容易解决的问题。因此能洞见一般人所无法洞见的，能决断一般人所难以决断的，躲开可能的灾祸，获取可能的利益，甚至建立不世之功勋，成就万古的声名，这就是真正的智者之“明”。本部分为四卷，分别为“知微”“亿中”“剖疑”“经务”。唉，能把智慧之明用于天下国家的大事上，这便是智慧最高的境界了。

知微卷五

【原文】

圣无死地，贤无败局；缝祸于渺[1]，迎祥于独；波昏是违，伏机[2]自触。集“知微”。

【注释】

①渺：小。

②伏机：埋伏的机关。

【译文】

圣人行事，绝不会自陷死地；贤者所为，从不曾遭逢败局。这是因为他们能从细微的小事中预知祸害的来临，因此总能够未雨绸缪，得到圆满的结果。集此为“知微”卷。

箕子

【原文】

纣初立，始为象箸。箕子叹曰：“彼为象箸，必不盛以土簋[1]，将作犀玉之杯。玉杯象箸，必不羹藜藿[2]，衣短褐，而舍于茅茨之下，则锦衣九重，高台广室。称此以求，天下不足矣！远方珍怪之物，舆马宫室之渐，自此而始，故吾畏其卒也！”未几，造鹿台，为琼室玉门，狗马奇物充其中，酒池肉林，宫中九市，而百姓皆叛。

【注释】

①土簋（guǐ）：陶土做的食器。

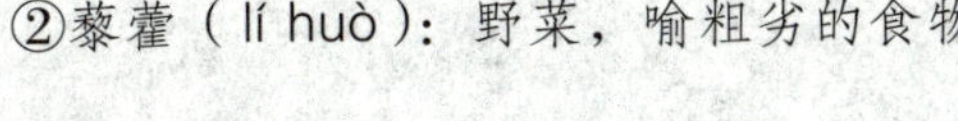
②藜藿（lí huò）：野菜，喻粗劣的食物。

【译文】

殷纣王刚即位，就使用起了象牙筷子。箕子叹息道："他使用象牙筷子，一定不再使用陶制的食器吃饭，又将要用犀玉做杯子了。用犀玉杯、象牙筷，一定不会再吃粗劣的饭菜，穿粗布衣服，也不会再住简陋的居室了；而是锦衣玉食，筑高房屋，扩大居室。怀有这样的要求，整个天下也满足不了他了！对远方的珍怪物品、舆马宫室的欲求，从此开始了。因此，我害怕他没有好结果！"没过多久，纣王建造鹿台，制作琼室玉门，狗马等珍奇物品充满其中，建造酒池肉林，宫中设置街市，从此百姓都叛离了他。

周公 姜太公

【原文】

太公封于齐，五月而报政。周公曰："何疾也？"曰："吾简其君臣，礼从其俗。"伯禽至鲁，三年而报政。周公曰："何迟也？"曰："变其俗，革其礼，丧三年而后除之。"周公曰："后世其北面事齐乎？夫政不简不易，民不能近；平易近民，民必归[①]之。"周公问太公何以治齐，曰："尊贤而尚功。"周公曰："后世必有篡弑之臣。"太公问周公何以治鲁，曰："尊贤而尚亲。"太公曰："后寝弱矣。"

【原评】

二公能断齐、鲁之敝于数百年之后，而不能预为之维[②]；非不欲维也，治道可为者止此耳。虽帝王之法，固未有久而不敝者也；敝而更之，亦俟乎后之人而已。故孔子有"变齐、变鲁"之说。陆葵日曰："使夫子之志行，则姬、吕之言不验。"夫使孔子果行其志，亦不过变今之齐、鲁，为昔之齐、鲁，未必有加于二公也。二公之孙子，苟能日儆惧于二公之言，又岂俟孔子出而始议变乎？

【注释】

①归：归心。

②维：防范。

【译文】

姜太公吕尚被周王封于齐后，过了五个月就来向周王报告说政事安排好了。当时周公摄政，问他道："怎么这么快?"姜太公说："我只是简化了他们君臣上下之礼仪，又不改变他们的风俗和习惯，所以政治局面很快得到安定。"而周公的儿子伯禽到鲁国去，三年才来报告说政事安排好了。周公问他："为什么这么迟呢?"伯禽答道："我改变了他们的风俗，革除了他们的礼仪，让他们亲丧三年而后才能除掉孝服。"周公说："这样下去，鲁国的后代们会北面事齐、向齐称臣了吧？国政如果繁琐而不简要，尊严而不平易，则百姓们将不能和其君主相亲近；君主如果平易而近民，则民必归附他。"周公问太公用什么办法治理齐国，太公说道："尊重贤圣之人而推崇有功绩之人。"周公说："那么齐国后世必有篡权弑君之臣!"太公反之问周公用什么办法治理鲁国，周公说："尊重贤圣之人并且尊崇公族亲属。"太公说："那么，他们公室的势力将逐渐衰弱了!"

【译评】

周公、太公能推断出数百年后齐国与鲁国的弊端，而不能预加防护，并不是他们不想防护，而是为政所能做的，也只有如此而已。即使是古代圣明君主的治理办法，也从来没有长时间而不出现弊端的。有了弊端要改正它，就只有等待后来人了。所以孔子有"改变齐国，改变鲁国"的说法。陆葵说："假使孔夫子的志愿实现了，那么周公、太公的话就无法被现实所验证了。"但就算孔子的志向果真实现，也不过是改变当时的齐、鲁成为以前的齐、鲁，而未必就能超过周公和太公。周公、太公的子孙，如果时时刻刻都能警戒二公的预言，又哪里需要等到孔子出现后才议论变革的事呢?

管仲

【原文】

管仲有疾，桓公往问之，曰："仲父病矣，将何以教寡人?"管仲对曰：

“愿君之远易牙、竖刁、常之巫、卫公子启方。”公曰：“易牙烹其子以慊[①]寡人，犹尚可疑耶?”对曰：“人之情非不爱其子也。其子之忍，又何有于君?”公又曰：“竖刁自宫以近寡人，犹尚可疑耶?”对曰：“人之情非不爱其身也，其身之忍，又何有于君。”公又曰：“常之巫审于死生，能去苛病，犹尚可疑耶?”对曰：“死生，命也；苛病，天也。君不任其命，守其本，而恃常之巫，彼将以此无不为也。”公又曰：“卫公子启方事寡人十五年矣，其父死而不敢归哭，犹尚可疑耶?”对曰：“人之情非不爱其父也，其父之忍，又何有于君。”公曰：“诺。”管仲死，尽逐之。食不甘，宫不治，苛病起，朝不肃。居三年，公曰：“仲父不亦过乎?”于是皆复召而反。明年，公有病，常之巫从中出曰：“公将以某日薨。”易牙、竖刁、常之巫相与作乱。塞宫门，筑高墙，不通人，公求饮不得，卫公子启方以书社四十[②]下卫。公闻乱，慨然叹，涕出，曰：“嗟乎！圣人所见岂不远哉?”

【原评】

昔吴起杀妻求将，鲁人谮之；乐羊伐中山，对使者食其子，文侯赏其功而疑其心。夫能为不近人情之事者，其中正不可测也。天顺中，都指挥马良有宠。良妻亡，上每慰问。适数日不出，上问及，左右以新娶对。上怫然[③]曰：“此厮夫妇之道尚薄，而能事我耶?”杖而疏之。宣德中，金吾卫指挥傅广自宫，请效用内廷。上曰：“此人已三品，更欲何为？自残希进，下法司问罪。”噫！此亦圣人之远见也。

【注释】

①慊：满足。

②社四十：一社二十五家，社四十就是一千户。公子启方带其千户降于卫国。

③怫然：大怒的样子。

【译文】

管仲生病了，齐桓公去看他。齐桓公问："您生病了，那么怎么来教导我治国之道呢?"管仲回答说："希望大王疏远易牙、竖刁、常之巫和卫公子启方。"桓公说："易牙烹了他自己的儿子来让我尝尝人肉的味道，难道还要怀疑他吗?"管仲说："人之常情没有不爱自己的孩子的，易牙连自己的亲生儿子都下得了手，又怎么能爱大王呢?"桓公又说："竖刁不惜把自己阉割了来服侍我，难道还要怀疑他吗?"管仲回答道："人之常情没有不爱惜自己身体的，竖刁连自己的身体都不爱惜，又怎么能够爱惜大王呢?"桓公又说："常之巫会占卜生死，能消除疾病，难道还要怀疑他吗?"管仲回答："生死有命，疾病无常，大王不听任命运，遵行事物的本来规律，而专门依赖常之巫，那他从此将骄横得无所不为了。"桓公又说："卫公子启方侍奉我已十五年了，他父亲去世他都不愿回去看看，难道还要怀疑他吗?"管仲回答："人之常情没有不爱自己父亲的，他连亲生父亲都能不爱，还能爱大王吗?"桓公应承说："好吧。"管仲死后，齐桓公把这几个人都驱逐了。然而不久，齐桓公就觉得吃饭也不香甜了，宫中的事务也没有条理了，朝中也缺乏秩序了。这样过了三年，桓公说："管仲是不是说得太过分了?"于是又把他们召回了宫。第二年，齐桓公病了，常之巫就出来说："桓公将在某日死。"随后，易牙、竖刁、常之巫一同作乱，他们关上宫门，筑起高墙，不让宫中与外界联系，齐桓公就连想喝口水、吃个饭也得不到。卫公子启方以齐国的一千户名册归降卫国。齐桓公听到他们叛乱，慨然长叹，流着泪说："唉，圣人的见识真远啊!"

【译评】

当年吴起杀死自己的妻子，以求做将军，于是鲁国人中伤他。乐羊攻打中山国时，当着中山使者的面吃他亲子的肉，魏文侯赏赐他的功劳却怀疑他

的居心。因为能做出不近人情的事的人，他的内心世界实在是不可预测的。本朝天顺时，都指挥马良深受皇上宠信，马良的妻子死了，皇上常常慰问他。恰好有几天马良没来，皇上询问，左右的人回答马良又娶新妇了。皇上很恼怒地说："这家伙夫妻感情尚且如此淡薄，难道能忠心对我吗？"命人把马良打了一顿，并从此疏远了他。宣德时，金吾卫指挥傅广自残身体后，请求入宫做太监。宣宗皇帝说："这个人已经做到三品官了，还想干什么？对于这种自残身体以求进用的人，应该交付法司问罪。"唉！这也是圣人的远见啊。

王禹偁

【原文】

丁谓诗有"天门九重开，终当掉臂入"，王禹偁读之，曰："入公门[1]，鞠躬如也。天门岂可掉臂入乎？此人必不忠。"后如其言。

【注释】

①入公门，鞠躬如也：语出《论语》。

【译文】

宋朝人丁谓有"天门九重开，终当掉臂入"的诗句。当时的大文人王禹偁读过后，说道："进入公侯的大门，尚需弯腰屈膝，天门怎么可以挥舞着手臂进去呢！此人必定不忠诚！"后来，果然如他说的那样。

潘濬

【原文】

武陵郡樊伷尝诱诸夷作乱，州督请以万人讨之，权召问潘濬[1]。濬曰："易与耳，五千人足矣。"权曰："卿何轻之甚也？"濬曰："伷虽弄唇吻而无实才。昔尝为州人设馔，比至日中，食不可得，而十余自起，此亦侏儒观一节之验也。"权大笑，即遣濬，果以五千人斩伷。

【注释】

①潘濬（jùn）：武陵人，初仕刘表，后归孙权，拜辅军中郎将，平樊伷

后官至太常。

【译文】

三国时期，武陵郡的樊伷曾经引诱周边异族作乱，州都督见此情形，便请求以万人兵力讨伐这群作乱之徒，因此，孙权便召问潘濬对此有何看法。潘濬轻松地说："这容易，五千兵力就足够了。"孙权说："你为何这样轻视他呢?"潘濬回答说："樊伷善于口舌之谈，实际上没有什么真才实学。曾有一次，他设酒宴招待州里来的官员，可是等到中午，还没见酒饭到来，就此期间他站起十几次来观望。从这个小细节上可看出他是个侏儒。"孙权听了大笑，随即派潘濬率兵出征，果然用五千兵力斩杀樊伷。

第五伦　魏相

【原文】

诸马[①]既得罪，窦氏益贵盛，皇后兄宪、弟笃喜交通宾客。第五伦[②]上疏曰："宪椒房之亲[③]，典司禁兵，出入省闼，骄佚所自生也。议者以贵戚废锢，当复以贵戚浣濯之，犹解酲当以酒也，愿陛下防其未萌，令宪永保福禄。"宪果以骄纵败。

【原评】

永元初，何敞上封事，亦言及此。但在夺沁水公主田园及杀都乡侯畅之后，跋扈已著，未若伦疏之先见也。

【注释】

①诸马：东汉明帝马皇后为伏波将军马援之女，兄弟多为列侯，故称"诸马"。

②第五伦：复姓第五，名伦，汉章帝时擢司空，奉公尽节。

③椒房之亲：指外戚。

【译文】

东汉明帝马皇后的几个兄弟被封为列侯，后因罪罢免。从此之后，窦太后的势力权倾朝野。窦太后的兄长窦宪、其弟窦笃都十分喜欢结交宾客。司空第五伦上疏说："窦宪是外戚，又掌管禁军，出入各个官署衙门自由，这很

容易产生骄奢淫逸的恶习。外边有些闲言碎语说，当年马氏贵戚就是因为骄奢而废弃的，现在也应当用窦氏贵戚的奢侈来洗涮以往，就像要解除醉酒清醒后那种不舒适的感觉还需再用些酒一样。希望陛下在他们还未发展到那种骄奢程度之前加以防范，使窦宪能够永葆福禄。”后来，窦宪果然因为骄纵不法而受惩罚。

【译评】

东汉和帝永元初年，何敞也给皇帝奏书，说到此事。但这已是在窦宪抢夺沁水公主的田园并杀掉俟畅后，那时窦宪的飞扬跋扈已显示出来，所以说何敞不如第五伦更具先见之明。

马援　二条

【原文】

建武[1]中，诸王皆在京师，竞修名誉，招游士。马援[2]谓吕种[3]曰：“国家诸子并壮，而旧防未立，若多通宾客，则大狱起矣。卿曹戒慎之。”后果有告诸王宾客生乱，帝诏捕宾客，更相牵引，死者以数千。种亦与祸，叹曰：“马将军神人也。”

援又尝谓梁松、窦固[4]曰：“凡人为贵，当可使贱，如卿等当不可复贱。居高坚自持，勉思鄙言。”松后果以贵满致灾，固亦几不免。

【注释】

①建武：东汉光武帝年号。

②马援：东汉名将，曾被封为伏波将军，世称“马伏波”。

③吕种：时为马援之司马。

④梁松、窦固：二人皆是光武帝女婿。

【译文】

东汉光武帝年间，武帝诸子都还居住在京都，他们为提高自己的名望，争着招揽四方游士。将军马援对自己的司马吕种说：“国家的各个王子已经长大成人，而以前那些不许王子常住京师、不得结交宾客等的法度已不存在。如果诸王子再这样结交下去，恐怕就有大批人要入狱了。你们千万要相互告诫呀！”后来果然就发生了有人告诸王的宾客生乱的事，于是武帝就下令搜捕这些生乱的宾客，但是牵连的人也越来越多，数以千计的人因此而死。吕种也受牵连获罪，他感叹道：“马将军真是神人！”

马援劝诫光武帝的两个女婿梁松、窦固说：“平凡之人得到富贵，需要重回贫贱的生活中去，而你们不可重蹈贫贱，身居高位的人能够自控才好，希望你们好好考虑我这粗浅的言论吧。”后来，梁松果然像马援说的那样，因为自满于地位显贵，犯诽谤罪而死，窦固也因其兄受到牵连。

列御寇

【原文】

子列子穷，貌有饥色。客有言之于郑子阳者，曰：“列御寇，有道之士也。居君之国而穷，君毋乃不好士乎？”郑子阳令官遗之粟数十秉[①]。子列子出见使者，再拜而辞。使者去，子列子入。其妻望而拊心曰：“闻为有道者，妻子皆得逸乐。今妻子有饥色矣，君过而遗先生食，先生又弗受也，岂非命哉？”子列子笑而谓之曰：“君非自知我也，以人之言而遗我粟也。夫以人言而粟我，至其罪我也，亦且以人言，此吾所以不受也。”其后民果作难，杀子阳。受人之养而不死其难，不义；死其难，则死无道也。死无道，逆也。子列子除不义去逆也，岂不远哉！

【原评】

魏相公叔痤病且死，谓惠王曰：“公孙鞅[②]年少有奇才，愿王举国而听之。即不听，必杀之，勿令出境。”王许诺而去。公叔召鞅谢曰：“吾先君而后臣，故先为君谋，后以告子，子必速行矣！”鞅曰：“君不能用子之言任臣，又安能用子之言杀臣乎？”卒不去。鞅语正堪与列子语对照。

【注释】

①秉：古代量词，十六斗为一薮，十薮为一秉。

②公孙鞅：即商鞅。

【译文】

战国人列子生活贫困，面带饥色。有个门客对郑子阳说：“列御寇，是个道德高尚的人。在您的国家居住却生活穷困，您竟如此不喜爱士人吗！”郑子阳就派官吏送给列子数十秉的粮食。列子出门接见使者，拜了两拜却推辞没有接受。使者走后，列子回到家里。妻子远远地看着他，拍着胸膛说：“听说作为道德高尚的人，他的妻子孩子都能过得很舒适。如今你的妻子孩子面带饥色，国君派人来送你粮食，你却又不接受，难道这就是我们的命吗！”列子笑着对妻子说：“国君不是自己知道我，而是因为别人的话才送我粮食。因别人的话送我粮食，也有可能因别人的话而责罚我。这就是我不接受的原因。”后来百姓果然发难，杀了子阳。接受别人的给养而不为其殉难，是不义；为其殉难，就会死得不合道义；死得不合道义，就是叛逆。列子摒弃不义与叛逆，难道不是很有远见吗？

【译评】

魏相公叔痤病危时对梁惠王说：“公孙鞅年轻而且有奇才，希望举国上下都能听他的话，如果您不采纳这意见，就请杀掉他，千万不能让他出境到别国去。”惠王答应了。接着公叔痤召公孙鞅道歉说：“我做事要先君后臣，因此先为君主谋虑，然后再告诉你怎样做，现在你要尽快逃跑。”公孙鞅回答：“国君不因你的推荐任用我，又怎会因你的话杀掉我呢？”公孙鞅终于没有离开。公孙鞅的话正好与列子的话形成对照。

唐六如

【原文】

宸濠甚爱唐六如[①]，尝遣人持百金，至苏聘之。既至，处以别馆，待之甚厚。六如住半年，见其所为不法，知其后必反，遂佯狂以处。宸濠遣人馈物，则倮形箕踞[②]，以手弄其人道，讥呵使者；使者反命，宸濠曰："孰谓唐生贤，一狂士耳。"遂放归。不久而告变矣。

【注释】

①唐六如：唐寅，字伯虎，一字子畏，自号六如居士。他的画入神品，善诗文，是明代著名的才子。

②箕（jī）踞：伸开两脚而坐，是不礼貌的坐姿。

【译文】

宁王朱宸濠非常欣赏唐六如，曾派人拿着百两黄金，到苏州延聘他。唐六如来到后，朱宸濠把他安置在特别准备的馆舍，款待十分丰厚。住下半年后，唐六如看朱宸濠行事不合法度，知道他将来必定谋反，就装疯卖傻。朱宸濠派人馈送物品，唐六如却赤身裸体，像簸箕一样坐着，玩弄着自己的生殖器，讥笑呵斥使者。使者回去禀告，朱宸濠说："谁说唐六如贤能？不过是一名狂士罢了！"于是放他走了。不久，天下通告朱宸濠叛变。

郗超

【原文】

郗司空在北府[①]，桓宣武[②]忌其握兵。郗遣笺诣桓，子嘉宾[③]出行于道上，闻之，急取笺视，"方欲共奖王室，修复园陵。"乃寸寸毁裂，归更作笺，自陈老病不堪人间，欲乞闲地自养。桓得笺大喜，即转郗公为会稽太守。

【原评】

超党于桓，非肖子也，然为父画免祸之策，不可谓非智。后超病将死，缄[④]一箧文书，属其家人："父若哀痛，以此呈之。"父后哭超过哀，乃发箧

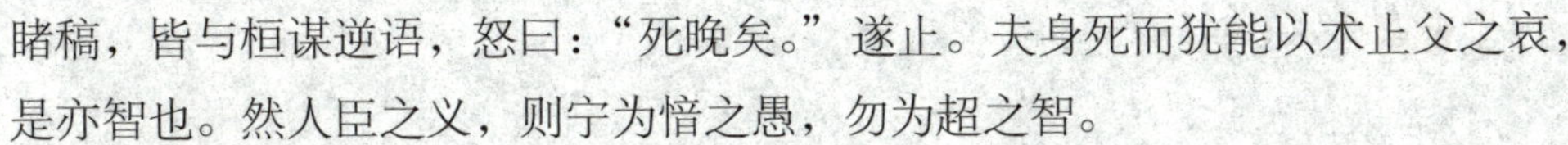

睹稿，皆与桓谋逆语，怒曰："死晚矣。"遂止。夫身死而犹能以术止父之哀，是亦智也。然人臣之义，则宁为愔之愚，勿为超之智。

【注释】

①北府：郗愔当时驻京口，东晋人称为北府。

②桓宣武：即桓温，谥号宣武。

③嘉宾：郗超，郗愔之子，字嘉宾。

④缄：封存。

【译文】

司空郗愔镇守北府的时候，桓温对他掌握兵权很是愤恨。一次郗愔托人捎给桓温一封信，郗愔的儿子郗超听说后，急忙追上送信之人，取出信来，看到信上写着：我要同您一起为王室出力，重修陵寝等等。郗超却将信撕毁，代替父亲重写了一封，自称身患旧病，不能忍受世间的繁杂事务，希望有一块闲地来颐养天年。桓温看到信后大喜，趁机提升郗愔为会稽太守。

【译评】

郗超代父亲写信给桓温，与桓温背地里勾结，虽是不孝，但是却帮父亲免除了祸患，这也是机智之举。后来郗超病重，临死之前，整理好一箱书信，并嘱托家人说："若我父亲太过悲伤，就把这些拿给他看。"郗愔真的因为儿子的死悲伤不已无法自制，家人就把他交代的书信拿给父亲看，结果书信内容全是与桓温谋划叛逆之言。郗愔看后大怒并骂道："这个逆子，你死得太晚了！"并立即止住了悲哀。郗超死后还有办法停止父亲的悲痛，实在聪明。但是做人臣的道德，宁肯像郗愔那样愚蠢，也不要学郗超这样的聪明。

张忠定

【原文】

张忠定公[①]视事退后，有一厅子熟睡。公诘之："汝家有甚事？"对曰："母久病，兄为客未归。"访之果然。公翌日差场务一名给之，且曰："吾厅岂有敢睡者耶？此必心极幽懑使之然耳，故悯之。"

【原评】

体悉人情至此，人谁不愿为之死乎？

【注释】

①张忠定公：张咏，谥忠定。

【译文】

宋朝张忠定公从外面办完公事回来，一进门便看见有一小差役睡得正熟，完全不知有人进来。忠定公叫醒他之后问他：“你家里是有什么事发生吗？”他回答说：“家母病了很久，我的兄长远出作客还未回来。”忠定公派人察访，事实果然如此。忠定公随即派总管事务的人协助他，而且说：“我的公堂里怎么会有敢睡觉的人呢？这一定是内心忧虑过度才会这样，所以我很怜悯他。”

【译评】

能够体谅人到这种地步，谁不愿为其效死呢？

亿中卷六

【原文】

镜物之情，揆①事之本；福始祸先，验不回瞬②；藏钩射覆③，莫予能隐。集“亿中”。

【注释】

①揆：测度。

②回瞬：转瞬，形容事物变化快。

③藏钩射覆：都是古代藏物的游戏。

【译文】

察照事物的真相，度量事物的根本。如此，在祸福发生以前就能迅速预测它。即使如藏钩射覆这样的事，也都不能蒙骗我。集此为“亿中”卷。

子贡

【原文】

鲁定公十五年正月，邾隐公①来朝，子贡观焉。邾子执玉②高，其容仰；公受玉卑，其容俯。子贡曰：“以礼观之，二君皆有死亡焉。夫礼，死生存亡之体也：将左右、周旋、进退、俯仰，于是乎取之；朝、祀、丧、戎，于是乎观之。今正月相朝而皆不度，心已亡矣。嘉事不体，何以能久！高仰，骄也；卑俯，替也。骄近乱，替近疾。君为主，其先亡乎？”五月公薨③。孔子曰：“赐不幸言而中，是使赐多言也！”

【注释】

①邾隐公：邾是鲁的附属小国，故地在今山东邹县，隐公，名益。

②执玉：周时诸侯相见，执玉璧或玉圭行礼。

③薨（hōng）：诸侯死谓薨。

【译文】

十五年正月，邾隐公来鲁国朝见鲁国君主鲁定公，子贡在一旁观礼。当邾隐公向定公进献宝物时，态度极其傲慢；而定公接受礼物时，态度异常地谦卑。子贡说道："若是以这种朝见之礼来看，两位国君皆有死亡的可能。礼是生死存亡的根本，小到个人日常生活的一举一动，一言一行，大到国家的祭祀事、丧礼以及诸侯之间的聘问相见，事事无论大小都得依循礼法。现在二位君主在如此重要的正月相朝大事上，说的话做的事都不合法度礼节，这有失君主身份。朝见不合礼，怎么能维持国之长久呢！高仰是骄傲的表现，谦卑是衰弱的先兆，骄傲代表混乱，衰弱接近疾病。而定公是主人，可能会先亡吧？"到五月，定公就去世了，孔子担心地说道："这次不幸被子贡说中了，恐怕会让他更成为一个轻言多话的人。"

范蠡

【原文】

朱公[1]居陶，生少子。少子壮，而朱公中男杀人，囚楚，朱公曰："杀人而死，职[2]也，然吾闻'千金之子，不死于市'。"乃治千金装，将遣其少子往视之。长男固请行，不听。以公不遣长子而遣少弟，"是吾不肖"，欲自杀。其母强为言，公不得已，遣长子。为书遗故所善庄生，因语长子曰："至，则进千金于庄生所，听其所为，慎无与争事。"长男行，如父言。庄生曰："疾去毋留，即弟出，勿问所以然。"长男阳[3]去，不过庄生而私留楚贵人所。庄生故贫，然以廉直重，楚王以下皆师事之。朱公进金，未有意受也，欲事成后复归之以为信耳。而朱公长男不解其意，以为殊无短长[4]。庄生以间入见楚王，言某星某宿不利楚，独为德可除之。王素信生，即使使封三钱之府[5]，贵

人惊告朱公长男曰："王且赦，每赦，必封三钱之府。"长男以为赦，弟固当出，千金虚弃，乃复见庄生。生惊曰："若不去耶？"长男曰："固也，弟今且赦，故辞去。"生知其意，令自入室取金去。庄生羞为儿子所卖，乃入见楚王曰："王欲以修德禳星，乃道路喧传陶之富人朱公子杀人囚楚，其家多持金钱赂王左右，故王赦，非能恤楚国之众也，特以朱公子故。"王大怒，令论杀朱公子，明日下赦令。于是朱公长男竟持弟丧归，其母及邑人尽哀之，朱公独笑曰："吾固知必杀其弟也，彼非不爱弟，顾少与我俱，见苦为生[⑥]难，故重弃财[⑦]。至如少弟者，生而见我富，乘坚策肥，岂知财所从来哉！吾遣少子，独为其能弃财也，而长者不能，卒以杀其弟。——事之理也，无足怪者，吾日夜固以望其丧之来也！"

【原评】

朱公既有灼见，不宜移[⑧]于妇言，所以改遣者，惧杀长子故也。"听其所为，勿与争事。"已明明道破，长子自不奉教耳。庄生纵横之才不下朱公，生人杀人，在其鼓掌。然宁负好友，而必欲伸气于孺子，何德宇之不宽也？噫，其所以为纵横之才也与！

【注释】

①朱公：范蠡，春秋时名相，助越王勾践灭吴，弃官隐居于陶，自号陶朱公，累资巨万。

②职：规定，常理。

③阳：佯，假装。

④短长：计策。

⑤三钱之府：贮藏黄金、白银、赤铜三种货币的府库。

⑥为生：经营。

⑦重弃财：看重花钱的事。

⑧移：改变。

【译文】

朱公住在陶地时，生下幼子。当幼子长大成人时，他的次子因为杀人被囚禁在楚国。朱公说："杀人处死，是常理，不过我听说'家富千金的人，就不该在闹市行刑而暴尸街头'。"于是朱公打点千金行装，想派幼子去看看。

这时，长子一再要去，朱公没有依从，长子因朱公不派他而派了他的小弟，认为自己是不肖之子，想自杀。他的母亲也极力为他说话，朱公不得已只好派长子去，并写一封信让他带给自己过去的好友庄生，同时告诫长子说："你到了那里，把这千金送到庄生家，听他处理，切不可同他争论事情。"长子来到楚国之后，按父亲嘱咐的那样做。庄生对长子说："你赶快离开这里，不要停留。你的弟弟出来了，也不必问为什么这样。"长子听了佯装离去，偷偷地留在楚国的一个贵人家里。庄生原来家境贫寒，但以清廉耿直被人们所尊重，从楚王以下都用师礼待他。朱公送上的千金，庄生没有接受的意思，想事成之后再归还朱公，以表示诚信。而朱公长子不懂得这个意思，认为庄生没什么救人的办法。一天，庄生乘机进见楚王，说某某星宿不利于楚国，只有施仁政才可以消除它。楚王平素相信庄生，必定派人封闭三钱之府。贵人惊异地告诉朱公长子说："楚王将要大赦了，每次大赦，必派人封闭三钱之府。"长子以为既然大赦，弟弟本来应该出来，送上的千金算是白白地丢掉了，于是又去见庄生。庄生惊讶地问道："你没有离开吗？"长子回答说："本来要走的，因我弟弟马上就要得到楚王的赦免了，所以特来向你辞行。"庄生明白了长子的来意，叫他自己到室内取回千金走了。庄生为自己被后生欺骗而感到羞辱，因而又去见楚王，说："大王想用仁政去除灾星，但是，路人纷传陶地富人朱公的儿子因为杀人被囚禁在楚国，他家拿了很多金钱贿赂大王的左右，所以大王才下赦免令。并不是抚恤楚国的人民，只是因为朱公的儿子的缘故。"楚王大怒，命令依罪杀掉朱公的儿子，第二天下达

大赦的命令。于是，朱公长子载着弟弟的尸首回家。他的母亲以及同乡都感到悲伤，只有朱公笑笑说："我本来就知道他要害死弟弟，并非是他不爱弟弟，他从小同我在一起，看到营治产业的艰难，因而看重要丢弃的钱财。至于他的小弟，生下来就看见我富有，乘坚车，骑肥马，怎能知道钱财来之不易呢？我派幼子，就是因为他能丢弃钱财，而长子不能做到这一点，结果害死了他的弟弟。这是事情的常理，不足为怪，我日夜所想的本来就是望他回家办理丧事。"

【译评】

朱公既然有灼见，就不应该听从妇人的话而改变主意，他所以改派长子，是因为惧怕长子自杀。"听从庄生处理，不要同他争论事情"，朱公已明明说破了，是长子自己不听父亲的教导。庄生纵横的才能，不在朱公之下，或让人活着，或把人杀掉，全操在他的手中。不过，宁肯背弃好友，而居然和一个小孩争一口气，为什么气量这样狭小呢？庄生之所以只具备纵横家的才能，原因也就在于此吧！

姚崇　二条

【原文】

魏知古起诸吏，为姚崇所引用，及同升[①]也，崇颇轻之。无何，知古拜吏部尚书，知东道选事。崇二子并分曹洛邑，会知古至，恃其蒙恩，颇顾请托。知古归，悉以闻。上召崇，从容谓曰："卿子才乎？皆何官也？又安在？"崇揣知上意，因奏曰："臣有三子，两人分司东都矣。其为人多欲而寡交，以是必干[②]知古，然臣未及闻之耳。"上始以丞相子重言之，欲微动崇意，若崇私其子，或为之隐；及闻所奏，大喜，且曰："卿安从知之？"崇曰："知古微时，是臣荐以至荣达。臣子愚，谓知古见德，必容其非，故必干之。"上于是明崇不私其子之过，而薄知古之负崇也，欲斥之。崇为之请曰："臣有子无状，挠[③]陛下法，陛下欲特原之，臣为幸大矣。而由臣逐知古，海内臣庶，必以陛下为私子臣矣，非所以裨玄化也。"上久之乃许。翌日，以知古为工部尚书，罢知政事。

姚崇与张说同为相，而相衔[4]颇深。崇病，戒诸子曰："张丞相与吾不协，然其人素侈，尤好服玩。吾身没后，当来吊，汝具陈吾平生服玩、宝带、重器罗列帐前。张若不顾，汝曹无类矣。若顾此，便录致之，仍以神道碑为请。既获其文，即时录进，先砻石[5]以待，至便镌刻进御。张丞相见事常迟于我，数日后必悔，若征碑文，当告以上闻，且引视镌石。"崇没，说果至，目其服玩者三四。崇家悉如崇戒。及文成，叙致该详，时谓"极笔"。数日，果遣使取本，以为辞未周密，欲加删改。姚氏诸子引使者视碑，仍告以奏御。使者复，说大悔恨，抚膺曰："死姚崇能算生张说，吾今日方知才之不及！"

【注释】

①同升：当时二人同为相。

②干：求取。

③挠：干扰。

④相衔：相互不和。

⑤砻石：磨好石碑。

【译文】

唐朝人魏知古出身于低级官吏，受姚崇推荐任用，后来虽然两人职位相当，而姚崇却颇为轻视他。后来魏知古升任吏部尚书，负责东都官员的考选任职。姚崇的两个儿子都在洛阳，魏知古到洛阳后，两个人仗着父亲对魏知古的恩惠，一再要他做这做那。魏知古回朝后，全都禀奏皇帝。皇帝于是召姚崇来，从容地说："你的儿子才干如何，有没有担任什么官职？现在人在哪里呢？"姚崇揣测到皇帝的心意，因而奏道："微臣有三个儿子，都在东都任职，欲望多而少与人交往，所以一定会去找魏知古求取职位，但我还没听到确实的消息。"皇帝是以"丞相儿子应该重用"之类的话来试探姚崇的心意。如果姚崇偏私自己的儿子，一定会想办法帮他儿子掩饰说好话。等到听了姚崇的奏言，皇帝信以为真，很高兴地说："你怎么猜到的？"姚崇说："知古本来出身低微，是微臣推荐他而有今日的荣显。微臣的儿子无知，认为知古会顾念我对他的恩德，必能应许不情之请，所以一定忙着去求取职位。"皇帝见姚崇不偏自己儿子的过失，于是反倒不齿魏知古辜负姚崇的行为，想免除魏知古的官职。姚崇为他请求说："微臣的孩子不肖，扰乱陛下的法令，陛下能

特别宽宥他们，已经是微臣的大幸了。如果因为微臣而免除知古的官职，全国的官员百姓一定认为陛下偏私微臣，这样就妨碍了皇上以德化育天下的美意。”皇帝答应了他。第二天下诏，罢除魏知古参知政事的宰相职位，改调为工部尚书。

姚崇与张说同时担任丞相，但相互之间怨恨尤深。姚崇病重时，告诫儿子说：“张丞相与我不和，然而他向来奢侈，尤为爱好收藏珍玩。我死了以后，他应当前来吊祭，你们把我平生所珍藏的服玩、宝带、重器等，全部罗列在篷帐前。如果张说不查看，你们就都没命了。如果他眷顾再三，你们就详记下来送给他，并趁机请他撰写铭文。拿到铭文后，随即抄写一份进呈皇上，先磨好碑石等着，皇上一看完就镌刻，并进呈皇上。张丞相发现事情玄机比我慢，几天后必定后悔，如果前来索取铭文，你们就告诉他已经奏报皇上，再带他去看刻好的石碑。”姚崇死后，张说果然前来吊祭，见了姚崇的珍玩爱不释手。家人完全遵照姚崇的告诫行事。铭文完成后，叙述得十分完备详尽，被誉为“极笔”。几天后，张说果然派人来索取铭文，认为言辞不够周密，打算加以删改。姚崇的儿子领着使者前去看石碑，并告诉他已经奏报皇上了。使者回报，张说十分悔恨，抚着胸说：“死了的姚崇居然还能算计活着的张说，我现在才知道才智不如他啊！”

陈同甫

【原文】

辛幼安[1]流寓江南，而豪侠之气未除。一日，陈同甫来访，近有小桥，同甫引马三跃而马三却。同甫怒，拔剑斩马首。徒步而行。幼安适倚楼而见之，大惊异，即遣人询访，而陈已及门，遂与定交。后十数年，幼安帅淮，同甫尚落落贫甚，乃访幼安于治所，相与谈天下事。幼安酒酣，因言南北利害，云：南之可以并北者如此，北之可以并南者如此。“钱塘非帝王居。断牛头山，天下无援兵；决西湖水，满城皆鱼鳖。”饮罢，宿同甫斋中。同甫夜思：幼安沉重寡言，因酒误发，若醒而悟，必杀我灭口。遂中夜盗其骏马而逃。幼安大惊。后同甫致书，微露其意，为假十万缗以济乏。

幼安如数与焉。

【注释】

①辛幼安：辛弃疾，字幼安。

【译文】

辛弃疾是宋朝大诗人，他寄居江南时，仍是满身豪气不减一分。有一天陈同甫来访，途经一道小桥，陈同甫扬鞭策马三次，马儿非但不向前走反而一直倒退，这可气坏了陈同甫，一气之下砍下马头，自己大步向前走去。辛弃疾恰巧看到此情形，赞叹陈同甫的豪气，立刻派人去邀请，而此时陈同甫已经上门来访，于是两人相交成为好友。数十年之后，辛弃疾已成为淮地一带的将帅，而陈同甫还贫困不得志。陈同甫依然直接上门去见辛弃疾，一起谈论天下事。辛弃疾在酒酣之际，开始论起南宋和北方外族的军事形势，并说明南宋若想收复北地应如何作战，而北方若想并吞南宋又该如何如何。辛弃疾说："钱塘地区不适合建为国都。牛头山若是被北人占领，就能阻断四方来援的勤王之师；然后再引来西湖的水灌城，整个京城的军民百姓都会成为瓮中之鳖。"辛弃疾酒后，留宿陈同甫馆里。陈同甫想起辛弃疾一向谨言慎行，这次喝醉说了不少军中要事，一旦酒醒回想起来，一定杀他灭口，于是偷骑了辛弃疾的马连夜逃走。辛弃疾醒后大惊。后来陈同甫写信给辛弃疾，向他借十万缗钱，并在信中暗示当晚辛弃疾说过的话，辛弃疾不得已如数给了他。

王晋溪

【原文】

嘉靖初年，北虏尝寇陕西，犯花马池，镇巡惶遽，请兵策应。事下九卿[①]会议，本兵[②]王宪以为必当发，否恐失事。众不敢异。王琼[③]时为冢宰[④]，独不肯，曰："我自有疏。"即奏云："花马池是臣在边时所区画，防守颇严，虏必不能入；纵入，亦不过掳掠；彼处自足防御，不久自退。若遣京军远涉边境，道路疲劳，未必可用，而沿途骚扰，害亦不细，倘至彼而虏已退，则徒劳往返耳。臣以为不发兵便。"然兵议实本兵主之，竟发六千人，命二游击将之以往。至彰德，未渡河，已报虏出境矣。

【原评】

按晋溪在西北，修筑花马池一带边墙，命二指挥总其役。二指挥甚效力，边墙极坚，且功役亦不甚费，有羡银二千余，持以白晋溪。晋溪曰："此一带城墙，实西北要害去处，汝能尽心了此一事，此琐琐之物何足问，即以赏汝。"后北虏犯边，即遣二指挥提兵御之，二人争先陷阵，其一竟死于敌。晋溪筹边智略类如此。又晋溪总制三边时，每一巡边，虽中火⑤亦费百金，未尝折干，到处皆要供具，烧羊亦数头，凡物称是。晋溪不数脔，尽撤去，散于从官，虽下吏亦沾及。故西北一有警，则人人效命。当时法网疏阔，故豪杰得行其意；使在今日，则台谏即时论罢矣。梅衡湘任播州监军，行时请帑金三千备犒赏之需，及事定，所费仅四百金，登籍报部，无分毫妄用。虽性生手段大小不同，要亦时为之也。

【注释】

①九卿：明朝将六部尚书、都御史、通政司使、大理寺卿合称九卿。

②本兵：兵部尚书。

③王琼：字德华，号晋溪，明中期名臣。

④冢宰：明清时代指吏部尚书。

⑤中火：中等的伙食。

【译文】

嘉靖初年，北方胡虏来犯陕西花马池，镇守当地的巡抚心生恐惧，请求朝廷派军队增援。皇帝就此事让九卿商议。兵部尚书王宪认为应该出兵，恐有其他变故。其他人都不敢有异议。只有王琼不同意，说："我自己另有奏疏。"于是奏道："花马池有非常严密的防守工事，胡虏很难入侵；即使侵入，也只是掠夺一些财物，当地的兵力足以防御，用不了多久胡虏便会撤兵。如果派京师的军队去边境支援，沿途劳累，未必有用，而且对沿途百姓也会有骚扰。假使军队刚达到战地，而胡虏已经退兵，那这些就是徒劳。微臣认为不出兵才对。"但由于兵部的一意孤行，最后还是派出六千名士兵，命令两名将领率领前往。军队到达彰德正待渡河，就传报胡虏已经出境。

【译评】

王琼尽心职守在西边修筑花马池边墙，并令两名指挥负责督导。两名指挥非常尽力，不仅边墙很坚固，而且完成修筑后还剩余二千多两银子。王琼说："你们能够尽心尽力完成防御西北的边墙，这些钱财的琐碎事我不过问，就赏给你们吧！"后来北方胡虏侵犯边区，就派这两名指挥带兵御敌，其中一名竟然就此殉职。王琼筹备边防事务，其做法大都和这种情形类似。另外，王琼镇守边境每次巡视时，都会花费百两金子吃饭，王琼自己吃得不多，都是犒赏给将士们的，所以西北地方一旦有战事，人人都乐于效命。当时法网疏漏，所以豪杰之士能按自己心志做事。若在今日，办事的官员马上就要被弹劾，主事者还会被罢官。梅衡湘任播州监军时，奏公款三千万钱准备犒赏士兵，但是只花费了四百万钱，其他的全都上缴兵部。虽然他们所用的方法手段不尽相同，但都是有必要的。

班超

【原文】

班超久于西域①，上疏愿生入玉门关②。乃召超还。以戊己校尉任尚代之。尚谓超曰："君侯③在外域三十余年，而小人猥承君后，任重虑浅，宜有以诲之。"超曰："班超塞外吏士，本非孝子顺孙，皆以罪过徙补边屯。而蛮夷怀鸟兽之心，难养易败④。今君性严急，水清无鱼，察政不得下和，宜荡佚⑤简易，宽小过，总大纲而已。"超去后，尚私谓所亲曰："我以班君尚有奇策，今所言平平耳。"尚留数年而西域反叛，如超所戒。

【注释】

①班超久于西域：班超任西域都护，立功绝域，安定五十余国，四十岁入西域，七十二岁返回中原。

②玉门关：在今甘肃敦煌西，出玉门关则为西域，入关则为中原。

③君侯：班超封定远侯，故有此尊称。

④难养易败：难以教化，容易坏事。

⑤荡佚：宽放。

【译文】

东汉时班超常年任西域都护，上疏奏请希望还能再进玉门关。于是班超这才被诏令回国，由戊己校尉任尚代替他的职务。任尚对班超说："您在西域已经三十多年之久，而我刚刚接管您的职务，我智虑有限，请您多加教诲。"班超说："塞外的官吏将士，本来就是一些不守法的子民流放至此。而蛮夷之人心如禽兽，难养易变。你个性比较严厉急切，要知道水至清则无鱼，你不要事事都斤斤计较，这样得不了属下的心，我建议你只把握一些大原则，对于小过失就睁只眼闭只眼不必追究了。"班超离开后，任尚私下对亲信说："我还以为班超会有什么奇策，原来也都是些平常话。"任尚留守数年后，西域反叛，果然如班超所说。

曹操　三条

【原文】

何进与袁绍谋诛宦官，何太后不听，进乃召董卓，欲以兵胁太后。曹操闻而笑之，曰："阉竖[①]之官，古今宜有，但世主不当假之以权宠，使至于此。既治其罪，当诛元恶，一狱吏足矣，何必纷纷召外将乎？欲尽诛之，事必宣露，吾见其败也。"卓未至而进见杀。

袁尚、袁熙奔辽东，尚有数千骑。初，辽东太守公孙康恃远不服，及操破乌丸，或说操："遂征之，尚兄弟可擒也。"操曰："吾方使康斩送尚、熙首来，不烦兵矣。"九月，操引兵自柳城还，康即斩尚、熙，传其首[②]。诸将问其故，操曰："彼素畏尚等，吾急之则并力，缓之则相图[③]，其势然也。"

曹公之东征也，议者惧军出，袁绍袭其后，进不得战而退失所据。公曰："绍性迟而多疑，来必不速；刘备新起，众心未附，急击之，必败，此存亡之机，不可失也。"卒东击备。田丰果说绍曰："虎方捕鹿，熊据其穴而啖其子，虎进不得鹿，而退不得其子。今操自征备，空国而去，将军长戟百万，胡骑千群，直指许都，捣其巢穴，百万之师自天而下，若举炎火以焦飞蓬[④]，覆沧海而沃漂炭，有不消灭者哉？兵机变在斯须，军情捷于桴鼓。操闻，必舍备还许[⑤]，我据其内，备攻其外，逆操之头必悬麾下矣！失此不图，操得归国，休兵息民，积谷养士。方今汉道陵迟，纲纪弛绝。而操以枭雄之资，乘跋扈之势，恣虎狼之欲，成篡逆之谋，虽百道攻击，不可图也。"绍辞以子疾，不许。丰举杖击地曰："夫遭此难遇之机，而以婴儿之故失其会，惜哉!"

【原评】

操明于翦备，而汉中之役，志盈得陇，纵备得蜀，不用司马懿、刘晔之计，何也？或者有天意焉？

【注释】

①阉竖：对宦官的蔑称。

②传其首：用驿马传递二人首级给曹操。

③相图：互相图谋对方。

④飞蓬：蓬草轻而易燃。

⑤许：今河南许昌，时为曹操都城。

【译文】

东汉末，何进与袁绍密谋诛杀宦官，何太后说什么也不愿意，他们就只好召董卓带兵进京以威胁太后。曹操听了，笑着说："太监历朝历代都有，只是不应该过于宠幸，赋予太多权力，让这些小人依仗权势为非作歹。若是要治他们的罪，只诛杀元凶一人就可以了，这事一个狱吏就能做的事，不必请来外地将军。若是想把太监赶尽杀绝，事情必然泄露，我认为他们不会成功。"果然，董卓还没到，何进就被杀了。

官渡之战后，袁熙和袁尚带领数千名骑兵投奔辽东。起初，辽东太守公孙康觉得自己远离京师，山高皇帝远，不听朝廷管辖。曹操攻下乌丸，有人劝曹操征讨，顺便可以擒住袁尚兄弟。曹操

说："我正准备让公孙康自己拿他们二人的脑袋来献呢，不必费一兵一卒。"九月，公孙康果然带着袁尚兄弟的头颅来进献曹操。诸将问曹操是何缘故，曹操说："公孙康一向害怕袁尚兄弟等人，我若紧逼，他们必会联合对抗我；我若放松，他们就会窝里斗，这是必然趋势。"

曹操带兵东征时，众将士害怕若是军队全都出动，袁绍会从后方袭击，这样的话，即使前进也无法放手一战，又失去了根据地。曹操说："袁绍个性迟缓而多疑，一定不会很快就来；刘备则是刚刚兴起，尚未有民心依附，若此刻去攻打他，必会成功，机会难得。"于是向东攻击刘备。田丰果然劝袁绍说："老虎正在捕鹿，熊去占有虎穴而吃掉虎子，老虎向前得不到鹿，退后又失去虎子。现在曹操亲自去攻击刘备，军队尽出，将军您有雄厚的兵力，如果直接攻进许都，捣毁他的巢穴，百万雄师从天而下，就像点一把大火来烧野草，倒大海的水来冲熄火炭，哪有不瞬间消灭的道理。只是这时机稍纵即逝，消息也传得很快，若是曹操知道了，一定放弃攻击刘备，回守许都。然而，那时候如果我们已经占领他的巢穴，刘备又在外面夹攻，我们很快就能取得曹操首级了。可是如果失去这个机会，等曹操回国的话，他就可以休养生息，储粮养士。如今汉室日渐衰微，万一等到曹操谋逆篡位的阴谋得逞，无论什么计谋都无法挽回了。"袁绍却借儿子生病推辞了。田丰气得拿手杖敲地说："这种千载难逢的机会，却为了一个婴儿而放弃，真是可惜啊！"

【译评】

曹操明白要得到天下，一定得消灭刘备。而汉中之役，却因急着占有陇地，而让刘备有机会占有蜀地。没有采纳司马懿、刘晔的计策，是什么原因呢？或者是天意吧？

郭嘉[①] 虞翻

【原文】

孙策既尽有江东，转斗千里，闻曹公与袁绍相持官渡，将议袭许。众闻之，皆惧。郭嘉独曰："策新并江东，所诛皆英杰，能得人死力者也。然策轻而无备，虽有百万众，无异于独行中原。若刺客伏起，一人之敌耳。以吾观之，必死于匹夫之手。”虞翻亦以策好驰骋游猎，谏曰：“明府用乌集之众，驱散附之士[②]，皆能得其死力，此汉高之略也。至于轻出微行，吏卒尝忧之。夫白龙鱼服，困于豫且；白蛇自放，刘季害之。愿少留意。”策曰：“君言是也！”然终不能悛，至是临江未济，果为许贡家客所杀。

【原评】

孙伯符[③]不死，曹瞒不安枕矣。天意三分，何预人事？

【注释】

①郭嘉：曹操的重要谋士，屡从征伐有功，早卒，操甚惜之。

②散附之士：游散附从之兵。

③孙伯符：孙策，字伯符。

【译文】

三国时，孙策占领整个江东地区之后，遂有争霸天下的雄心，听说曹操和袁绍在官渡相持不下，就打算攻打许都。曹操部属听了都很害怕，只有郭嘉说：“孙策刚刚并合了整个江东，诛杀了许多原本割据当地的英雄豪杰，而这些人其实都是能让人为他拚命的人物，这些人的手下对他一定恨之入骨。孙策本身的性格又轻率，对自己的安全一向不怎么戒备。虽有百万大军在手，和孤身一人处身野外其实没什么两样。若有埋伏的刺客突然而出，一个人就可以对付他。依我看，他一定会死在刺客手中。”虞翻也因为孙策爱好驰骋打猎，劝孙策说：“即使是一些残兵败将、乌合之众，在您指挥之下，都能立刻成为拼死作战的雄兵，这方面的能力您并不下于汉高祖刘邦。但是您常私下外出，大家都非常担忧。尊贵的白龙做大鱼游于海中，渔夫豫且就能捉住它，白蛇挡路，刘邦一剑就把它杀了。希望您稍微留意一些。”孙策说：“你的话很对。”然而毛病还是改不掉，所以军队还没有渡江，就被许贡的家客所杀。

【译评】

孙策不死，曹操就不能安枕，这或许是天意要三分天下，与人事有何干？

罗隐

【原文】

浙帅钱镠①时，宣州叛卒五千余人送款，钱氏纳之，以为腹心。时罗隐②在幕下，屡谏，以为敌国之人，不可轻信。浙帅不听。杭州新治，城堞楼橹甚盛。浙帅携僚客观之，隐指却敌，阳③不晓曰："设此何用？"浙帅曰："君岂不知备敌耶？"隐谬曰："若是，何不向里设之？"盖指宣卒也。后指挥使徐绾等挟宣卒为乱，几于覆国。

【原评】

迩年辽阳、登州之变，皆降卒为祟，守土者不可不慎此一着。

【注释】

①浙帅钱镠：时钱镠为唐镇海军节度使，治杭州。

②罗隐：唐末名人，时在钱镠幕下为掌书记。

③阳：假装。

【译文】

钱镠是五代吴越开国的国王。钱镠在两浙地区治理杭州并任军事首长一职。钱镠见宣州的五千多叛卒来归降，于是接纳了他们并作为自己的心腹。

当时钱镠幕僚罗隐多次劝谏，敌国的人不能轻易相信，可钱镠都没有听进去。杭州新建的城墙及望楼都筑得很宏伟，钱镠带着宾客部属去参观。罗隐明知是为了抗拒外敌而建，却假装不懂说："建这些是为了什么？"钱镠说："你不知道要防敌吗？"罗隐说："您如果是为了御敌，怎么不在里面建筑呢？"暗指要防范宣州叛卒，后来果然徐绾等人领宣州叛卒反叛，吴越几乎灭国。

【译评】

明朝辽阳、登州之变，都是降卒在作祟，防守疆土的人不可不慎防这一点。

陆逊 孙登

【原文】

陆逊[①]多沉虑，筹无不中，尝谓诸葛恪[②]曰："在吾前者，吾必奉之同升；在吾下者，吾必扶持之。君今气陵其上，意蔑乎下，恐非安德之基也！"恪不听，卒见死。

嵇康从孙登游三年，问终不答。康将别，曰："先生竟无言耶？"登乃曰："子识火乎？生而有光，而不用其光，果在于用光；人生有才，而不用其才，果在于用才。故用光在乎得薪，所以保其曜；用才在乎识物，所以全其年。今子才多识寡，难乎免于今之世矣！"康不能用，卒死吕安之难[③]。

【注释】

①陆逊：三国吴人，孙策之婿。

②诸葛恪：吴人，诸葛瑾之子，诸葛亮之侄。

③吕安之难：嵇康与吕安为友，钟会构陷二人谋反，遂被杀。

【译文】

三国东吴名将陆逊向来深思熟虑，所筹办的事情没有不成功的，曾经对诸葛恪说："地位在我之上的人，我一定遵奉他与之同进；地位在我之下的人，我一定提携他。现在你的气势凌驾于职位高于你的人，蔑视职位低于你的人，这恐怕不是安身修德之本吧！"诸葛恪不肯听从，最后果然被杀。

嵇康跟随孙登游学三年，向他询问始终不作答。嵇康将要告别，说："先生终究没有话要说吗？"孙登才说："你知道火吗？火自产生即有光，而不晓

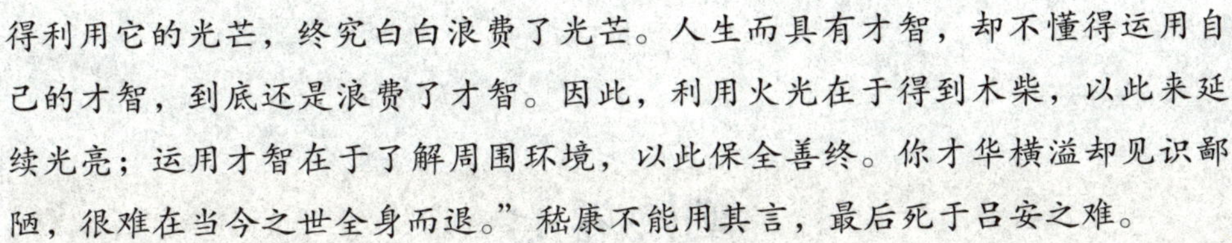
得利用它的光芒，终究白白浪费了光芒。人生而具有才智，却不懂得运用自己的才智，到底还是浪费了才智。因此，利用火光在于得到木柴，以此来延续光亮；运用才智在于了解周围环境，以此保全善终。你才华横溢却见识鄙陋，很难在当今之世全身而退。”嵇康不能用其言，最后死于吕安之难。

邵康节

【原文】

王安石罢相，吕惠卿参知政事。富郑公见康节①，有忧色。康节曰：“岂以惠卿凶暴过安石耶?”曰：“然。”康节曰：“勿忧。安石、惠卿本以势利相合，今势利相敌，将自为仇矣，不暇害他人也。”未几，惠卿果叛安石。

【原评】

按荆公行新法，任用新进。温公②贻以书曰：“忠信之士，于公当路时虽龃龉③可憎，后必得其力；谄谀之人，于今诚有顺适之快，一旦失势，必有卖公以自售者。”盖指吕惠卿也。

【注释】

①康节：邵雍，谥康节。

②温公：司马光，封温国公。

③龃龉：意见不合。

【译文】

王安石罢相后，吕惠卿担任副相。富弼见到邵雍，神色忧虑。邵雍说：“难道因为吕惠卿比王安石还要凶暴吗?”富弼说：“是的。”邵雍说：“不必担忧。王安石与吕惠卿的合作本来就是权利的结合，现在两人权势冲突，势必相互斗争，没有闲暇陷害别人了。”不久，吕惠卿果然叛离了王安石。

【译评】

王安石推行新法时，任用了许多新近仕进的官员。司马光赠言说：“忠实诚信的人，在您掌权时虽然和您意见不合，使您憎恶，但以后您定会得到他们的帮助。阿谀谄媚的人，目前的确顺意适心，令您愉悦，一旦您失去权势，定会为自己之利出卖您。”这段话大概是说吕惠卿吧。

剖疑卷七

【原文】

讹口如波，俗肠如锢[1]。触日迷津，弥天毒雾。不有明眼，孰为先路？太阳当空，妖魑匿步[2]。集“剖疑”。

【注释】

①锢（gù）：经久难愈的疾病。

②匿步：隐藏自己的行踪。

【译文】

口中的谎言如同波浪，一肚子的坏水犹如顽疾，漫天毒雾迷蒙了双眼，没有明亮的眼睛，怎么知道何去何从呢？就像太阳当空，妖魔自然会却步。集此为“剖疑”卷。

张说

【原文】

说有材辩，能断大义。景云初，帝谓侍臣曰：“术家[1]言五日内有急兵入宫，奈何？”左右莫对。说进曰：“此谗人谋动东宫[2]耳。陛下若以太子监国，则名分定，奸胆破，蜚语塞矣。”帝如其言，议遂息。

【注释】

①术家：巫术占卜之士。

②东宫：太子，即后来的唐玄宗李隆基。

【译文】

唐朝人张说有辩才，遇见紧急事情能迅速地做出正确判断。唐睿宗景云初，睿宗对侍臣说：“术士说五日之内会有人叛变带兵入宫，你们认为该怎么办才好?”左右随从不知道怎么办。张说进言道:“这一定是奸人的诡计,目的是让陛下更换太子。陛下若是让太子监国,确定了太子名分,这诡计就会不攻而破,流言自然消失。”睿宗照他的话做,谣言果然平息。

寇准

【原文】

楚王元佐,太宗长子也,因申救廷美不获[①],遂感心疾,习为残忍;左右微过,辄弯弓射之。帝屡诲不悛。重阳,帝宴诸王,元佐以病新起,不得预,中夜发愤,遂闭媵妾,纵火焚宫。帝怒,欲废之。会寇准通判郓州,得召见,太宗谓曰:“卿试与朕决一事,东宫所为不法,他日必为桀、纣之行,欲废之,则宫中亦有甲兵,恐因而招乱。”准曰:“请某月日,令东宫于某处摄行礼,其左右侍从皆令从之,陛下搜其宫中,果有不法之事,俟还而示之;废太子,一黄门力耳。”太宗从其策,及东宫出,得淫刑[②]之器,有剜目、挑筋、摘舌等物,还而示之,东宫服罪,遂废之。

【原评】

搜其宫中,如无不法之事,东宫之位如故矣。不然,亦使心服无冤耳。江充[③]、李林甫,岂可共商此事?

【注释】

①申救廷美不获:赵廷美,本名光美,是宋太宗赵光义之弟。太宗之母杜太后有遗嘱,要太宗死后传位给廷美。太宗即位后,将廷美流放,两年后死于流放地。当廷美被流放时,满朝廷臣无敢言者,只有赵元佐申救之。廷美死后,元佐闻讯而发狂。

②淫刑:残酷的刑罚。

③江充:汉武帝宠臣,与太子有过节,诬太子在宫中行巫蛊诅咒武帝,逼太子起兵,后太子兵败自杀。

【译文】

楚王赵元佐是宋太宗的长子,因没有成功解救赵廷美导致精神失常,性情暴戾,身边的侍从稍有过失,就用箭射杀。太宗屡教不改。重阳节时,太宗宴请诸王，赵元佐以新病初愈为借口不参加，半夜精神失常，放了把火把自己的侍妾烧死在寝宫。太宗对此很生气，打算废了他的太子之位。寇准那时正在郓州任通判，太宗特别召见他，对他说："我来找你商量太子废位一事。太子精神失常，滥杀左右无辜，这样的人他日必不能登上帝位。我想废了他，但太子东宫有自己的军队，恐怕因此引起乱事。"寇准说："请皇上于某月某日，命太子到某地代皇上祭祀，太子的左右侍从也都一起跟去，趁机搜查东宫，若搜到一些不法证物，就可以名正言顺地废掉太子，不会有人持异议。只需派个黄门侍郎宣布一下就行了。"太宗采用他的计策，等太子离去后，果然搜得一些残酷的刑具，包括挖眼、挑筋、割舌等残酷刑具。太子回来看到自己的刑具，当场服罪，于是被废。

【译评】

搜查东宫，如果没有不法的事，东宫的地位依旧。不然，也可以使他心服而不觉冤枉。只是江充（西汉邯郸人，字次倩，以巫蛊术诬害太子）、李林甫之类的人，难道可以共同商议这种事吗？

西门豹

【原文】

魏文侯[①]时，西门豹为邺令[②]，会长老问民疾苦。长老曰："苦为河伯[③]娶妇。"豹问其故，对曰："邺三老、廷掾[④]常岁赋民钱数百万，用二三十万为河伯娶妇，与祝巫共分其余。当其时，巫行视人家女好者，云'是当为河伯妇'，即令洗沐，易新衣。治斋宫[⑤]于河上，设绛帷床席，居女其中。卜日，浮之西门豹河。行数十里乃灭。俗语曰：'即不为河伯娶妇，水来漂溺。'人家多持女远窜，故城中益空。"豹曰："及此时幸来告，吾亦欲往送。"至期，豹往会之河上，三老、官属、豪长者、里长、父老皆会，聚观者数千人。其大巫，老女子也，女弟子十人从其后。豹曰："呼河伯妇来。"既见，顾谓三老、巫祝、父老曰："是女不佳，烦大巫妪为入报河伯：更求好女，后日送之。"即使吏卒共抱大巫妪投之河。有顷，曰："妪何久也？弟子趣之。"复投弟子一人于河中。有顷，曰："弟子何久也？"复使一人趣[⑥]之。凡投三弟子。

豹曰："是皆女子，不能白事。烦三老为入白[7]之。"复投三老。豹簪笔磬折[8]，向河立待，良久，旁观者皆惊恐。豹顾曰："巫妪、三老不还报，奈何?"复欲使廷掾与豪长者一人入趣之。皆叩头流血，色如死灰。豹曰："且俟须臾。"须臾，豹曰："廷掾起矣。河伯不娶妇也。"邺吏民大惊恐，自是不敢复言河伯娶妇。

【原评】

娶妇以免溺，题目甚大。愚民相安于惑也久矣，直斥其妄，人必不信。唯身自往会，簪笔磬折，使众著于河伯之无灵，而向之行诈者计穷于畏死，虽驱之娶妇，犹不为也，然后弊可永革。

【注释】

①魏文侯：战国初魏国的国君，在位五十年，任贤使能，使魏成强国。

②邺令：邺地方的长官。邺当时为北方重镇，在今河北磁县南。

③河伯：河神。

④三老、延掾：三老是乡里的官员，延掾是官府里的属吏。

⑤斋宫：斋戒祭神的地方。

⑥趣：催促。

⑦白：告白，说明。

⑧簪笔磬折：像磬一样弯着身子，拿着笔准备记录，形容西门豹做出恭敬的样子等待河伯的消息。

【译文】

战国魏文侯时，西门豹担任邺县县令，会见地方父老乡亲，询问百姓有什么疾苦。乡亲们说："百姓遭受的痛苦，是为河神娶媳妇。"西门豹询问其中的原因，乡亲们回答说："邺县的三老、廷掾每年向百姓征收赋税几百万钱，要用二三十万钱去替河神娶媳妇，剩下的钱，他们就与祝巫分掉了。每当到了为河神娶亲的日子，祝巫就出来到处寻找，看到人家有漂亮的姑娘，说是应该给河神做媳妇，就让她洗头洗澡，更换新衣，在河岸上设立斋戒用的房子，挂上红色的帐幕，床上铺好席子，让姑娘坐在中间。然后占卜吉日，把床浮在水面上，漂行几十里就沉到水里。民间传说：'如果不给河神娶媳妇，大水来了，人就要被冲走淹死。'所以，这里的人家大多数都带着女儿逃到远方去了。因此城中的人也越来越少了。"西门豹说："等到给河神娶媳妇的时候，希望你们来告诉我，我也想去送送亲。"

河神娶亲的那一天，西门豹来到河边上。地方上的三老、官吏、里长、百姓们都赶到这里，围观者有几千人。那个大巫婆是个老妇人，有十个女弟子跟在她的后面。西门豹说："喊河神的新娘子到我这儿来。"西门豹一见河神的媳妇，回头对三老、祝巫、乡亲说："这姑娘不好看，有劳老巫婆替我报告河神，另外找个漂亮的姑娘，后天送给他。"立即派衙役抱起老巫婆投到河里。过了一会儿，西门豹又说："老妇人为何这么久了还不回来？派一个弟子去催促她。"又将一个弟子投入河中。又过了一会儿，西门豹说："那个弟子为何这么久了还不回来？"又派一个人下河去催促她。总共投了三个弟子到河中。西门豹说："去的都是女子，不能把情况说清楚，麻烦三老到河中去说明这事。"又把三老投到河里。西门豹假装恭恭敬敬地站在河边等候，等了好久，旁观的人都感到又惊又怕。西门豹回头看看大家，说："老巫婆、三老还不回来报告，怎么办呢？"又想派一个差役和富豪再到河里去催促，这些人都跪在地上磕头，把头都磕破了，血流满地，面如死灰。西门豹说："暂且等候片刻。"过了一会儿，西门豹又说："差役都起来吧，河神不娶老婆了。"邺县的官吏、百姓都非常害怕，从这以后，谁也不敢再说为河神娶媳妇了。

【译评】

替河神娶媳妇可免除水患，是件大事，愚民为了生活安稳而受这种欺骗也已经太久了。如果西门豹直接斥责这种事的荒诞，人们必定不信。只有亲自到现场，让众人在事实面前明白河神并没有威灵，使那些进行诈骗的人计穷而怕死，即使催他们替河神娶媳妇，他们也不敢干了。这样，弊害才可以永远消除。

石佛首

【原文】

南山僧舍有石佛，岁传其首[①]放光，远近男女聚观，昼夜杂处。为政者畏其神，莫敢禁止。程颢始至，诘其僧曰："吾闻石佛岁现光，有诸?"曰："然。"戒曰："俟复见，必先白，吾职事[②]不能往，当取其首就观之。"自是不复有光矣。

【注释】

①首：指石佛的头。

②职事：有公务在身。

【译文】

宋朝时南山的寺庙中有座石佛，有一年传说石佛的头放出光芒，远近的善男信女都聚集观看，日夜杂居在一起。地方官畏惧神灵，都不敢禁止。程颢刚到任，询问寺庙的僧人说："我听说石佛像每年会发出光芒，有吗?"和尚说："是的。"程颢告诫说："等到再出现，务必先告诉我。如果我因公事不能前来，会取下佛首回去观看。"从此再也没有听说佛首放出光芒了。

妒女祠

【原文】

狄梁公[①]为度支员外郎，车驾将幸汾阳，公奉使修供顿。并州长史李玄冲以道出妒女祠，俗称有盛衣服车马过者，必致雷风，欲别开路。公曰："天子行幸，千乘万骑，风伯清尘，雨师洒道，何妒女敢害而欲避之？”玄冲遂止，果无他变。

【注释】

①狄梁公：狄仁杰，封梁国公。

【译文】

唐朝时，狄仁杰任度支员外郎一职。因为皇帝要驾临汾阳，狄仁杰奉命准备酒宴接驾。有个地方传说若是有盛装车马经过妒女祠，一定会刮风打雷。并州长史李玄冲恐有事端发生，想避开妒女祠另修一条路。狄梁公说：“威仪的天子驾临，千乘万骑跟随，刮风下雨是风伯为他清理尘垢，雨神为他洗刷道路，哪里的妒女胆敢伤害天子？”李玄冲因此打消念头，途经妒女祠果然没有什么事发生。

梦虎

【原文】

苏东坡知扬州，一夕梦在山林间，见一虎来噬，公方惊怖，一紫袍黄冠[①]以袖障公，叱虎使去。及旦，有道士投谒曰：“昨夜不惊畏乎？”公叱曰：“鼠子乃敢尔？本欲杖汝脊，吾岂不知汝夜来术邪？”道士骇惶而走。

【注释】

①紫袍黄冠：当时道士的装束，此处代指道士。

【译文】

苏东坡在扬州做官时，一天晚上，梦见在山林里有一只老虎来咬他，苏东坡正惊恐万分时，一名穿着紫袍、戴着黄帽的道士用袖子遮住了苏东坡，大声呵斥老虎离开。等到天亮，有个道士投递名帖求见，说：“昨天晚上有没有受惊吓？”苏东坡斥骂说：“鼠辈，竟敢如此，正打算杖打你的脊背，我难道不知是你使的夜来术吗？”道士惊惶失措，赶快离开。

魏元忠

【原文】

唐魏元忠[1]未达[2]时，一婢出汲方还，见老猿于厨下看火。婢惊白之，元忠徐曰："猿愍[3]我无人，为我执爨，甚善。"又尝呼苍头[4]，未应，狗代呼之。又曰："此孝顺狗也，乃能代我劳！"尝独坐，有群鼠拱手立其前。又曰："鼠饥就我求食。"乃令食之。夜中鸺鹠[5]鸣其屋端，家人将弹之。又止之，曰："鸺鹠昼不见物，故夜飞，此天地所育，不可使南走越，北走胡，将何所之？"其后遂绝无怪。

【注释】

①魏元忠：唐时太学生，好兵术，累迁至殿中侍御史。

②未达：未显达。

③愍：同"悯"，同情。

④苍头：仆人。

⑤鸺鹠（xiū liú）：猫头鹰。

【译文】

唐朝魏元忠还没有显达时，府里的婢女汲水回来，惊奇地看到有一老猿猴在自家厨房里看火，把这件事告诉了魏元忠。魏元忠听后慢慢地说："猿猴同情我没有人手，帮忙看火煮饭，这是极好的！"魏元忠曾唤奴仆，无人应答，而狗代他呼叫。魏元忠说："真是孝顺的狗，为我代劳。"一次魏元忠一个人在家里坐着，一群老鼠竟拱手站在他的面前。魏元忠说："老鼠饿了，来向我求食物。"于是就命令人拿食物喂老鼠。夜半时听到猫头鹰在屋顶叫，仆人想用弹弓赶走它，魏元忠又阻止他们说："猫头鹰白天看不见，晚上出来，这是天地所孕育的动物，你把它赶走，要它到哪里去？"从此以后，家人对魏元忠的此种行为都见怪不怪了。

经务卷八

【原文】

中流一壶，千金争挈。宁为铅刀，毋为楮叶。错节盘根，利器斯别。识时务者，呼为俊杰。集“经务”。

【译文】

渡河到中途时卖一壶酒，大家都会出高价。宁可做拙钝的刀子，不要成为中看不中用的玩物。碰到盘根错节时，才能分辨工具的利钝。识时务的人，才是俊杰。集此为：“经务”卷。

社仓

【原文】

乾道四年，民艰食，熹请于府，得常平米六百石赈贷。夏受粟于仓，冬则加息以偿歉，蠲其息之半，大饥尽蠲之。凡十四年，以米六百石还府，见储米三千一百石，以为“社仓”[①]，不复收息。故虽遇歉，民不缺食，诏下熹“社仓法”于诸路。

【原评】

陆象山[②]曰：“社仓固为农之利，然年常丰，田常熟，则其利可久；苟非常熟之田，一遇岁歉，则有散而无敛；来岁秧时缺本，乃无以赈之，莫如兼制平籴一仓，丰时籴之，使无价贱伤农之患；缺时粜之，以摧富民封廪腾价之计，析所籴为二，每存其一，以备歉岁，代社仓之匮，实为长便也。听民之便，则为社仓法；强民之从，即为青苗法矣，此主利民，彼主利国故也。”

今有司积谷之法，亦社仓遗训，然所积只纸上空言，半为有司干没，半充上官，无碍钱粮之用。一遇荒歉，辄仰屋窃叹，不如留谷于民间之为愈

矣。噫!

何良俊《四友斋丛说》[3]云:“今之抚按有第一美政所急当举行者,要将各项下赃罚银,督令各府县尽数籴谷;其有罪犯自徒流以下,许其以谷赎罪。大率上县每年要谷一万,下县五千。两直隶巡抚下有县凡一百,则是每年有谷七十余万,积至三年,即有二百余万矣。若遇一县有水旱之灾,则听于无灾县分通融借贷,俟来年丰熟补还,则东南百姓可免流亡,而朝廷于财赋之地永无南顾之忧矣。善政之大,无过于此!”

【注释】

①社仓:积谷备荒的义仓。始于隋代,由乡社所设,且自行经营管理,故名。此处的社仓为官府所设,沿用其名。

②陆象山:陆九渊,讲学于贵溪之象山,世称象山先生,与朱熹同时代人。

③何良俊《四友斋丛说》:何良俊,字元朗,松江华亭人,明翰林院孔目,博学多闻,所著《四友斋丛说》共三十八卷,此事在第十三卷。

【译文】

宋孝宗乾道四年,人民缺乏粮食,朱熹求救于州府,借到常平米六百石来施救。夏天从社里的谷仓借米粮,冬天加利息偿还。歉收时免除一半利息,大饥荒时利息全免。十四年后,六百石米全数还给州府,尚有储米三千一百石,作为社仓,不再收利息。所以虽然遭到歉收,人民也不担心缺乏粮食。孝宗于是下诏,使朱熹的社仓法在各路推行。

【译评】

陆象山说:“社仓固然是为农民的利益着想,然而要常年丰收,这种制度才可保持长久,如果不是可常年丰收的田地,一遇到歉收,则社仓的米只有借出而没有收入,来年播种时缺少种子,仍然没有办法施救。不如同时设立一个平籴仓,丰收时买入米粮,防止价贱伤农的祸害;歉收时出售米粮,以防止富家囤积粮食,抬高价格来获取暴利。把买进来的米粮分存两个仓库,其中一个仓库的存粮保留起来,不随便使用,以为歉收的年头所用,用这种方法来替代动辄匮乏的社会,显然比较实用。顺从人民的方便,是社仓法;强制人民听从的,则是青苗法。是因为前者主张利民,后者主张利国的缘故。”

当今官吏积存谷物的方法，也是社仓的遗训。然而所积的只是纸上的空言，一半已被负责官吏据为己有，一半变成朝廷非正常调用的钱粮来源。一碰到荒年歉收，除了摇头叹息，一点办法也没有，还不如不要设置，把谷物留在民间的好。唉！

何良俊《四友斋丛说》说：“当今地方首长的真正德政，当务之急是将各项赃款及罚银，督促各府县隶全数购买谷物。犯徒刑、流放以下的罪犯，准他们用谷物来赎罪。大致上大县每年要买谷一万石，小县要买五千石。两直隶巡抚之下有一百个县，则每年就有七十多万石谷物。累积三年之后，就有两百多万石了。如果遇到一个县有水旱灾，就向无灾害的县通融借贷，来年丰收补还，则各地百姓就免于流离逃难，而朝廷对那些供应政府财政支出的重点税收地区，也永远不需忧心荒年歉收的问题。最大的德政，没有比过它的了。”

虞集

【原文】

元虞集[①]，仁宗时拜祭酒，讲罢，因言京师恃东南海运，而实竭民力以航不测，乃进曰：“京东濒海数千里，皆萑苇之场，北极辽海，南滨青、齐，海潮日至，淤为沃壤久矣，苟用浙人之法，筑堤捍水为田，听富民欲得官者，分授其地而官为之限[②]，能以万夫耕者，授以万夫之田，为万夫长；千夫、百夫亦如之。三年视其成，则以地之高下，定额丁朝，而以次征之。五年有积蓄，乃命以官，就所储给以禄。十年则佩之符印，俾得以传子孙，则东南民兵数万，可以近卫京师，外御岛夷，远宽东南海运之力，内获富民得官之用，游食之民得有所归，自然不至为盗矣。”说者不一，事遂寝。

【原评】

其后脱脱[③]言：京畿近水地，利召募江南人耕种，岁可收粟麦百余万石，不烦海运，京师足食。元主从之，于是立分司农司，以右丞悟良哈台、左丞乌古孙良正兼大司农卿，给分司农司印，西自西山，南至保定、河间，北抵

檀顺，东及迁民镇，凡官地及元管各处屯田，悉从分司农司立法佃种，合用工价、牛具、农器、谷种，给钞五百万锭。又略仿前集贤学士虞集议，于江、淮召募能种水田及修筑圃堰之人各千人，为农师。降空名添设职事敕牒[4]十二道，募农民百人者授正九品。二百人者正八，三百人者从七，就令管领所募之人。所募农夫每人给钞十锭，期年散归，遂大稔[5]。

何孟春《余冬序录》云："国朝叶文庄公盛巡抚宣府时，修复官牛、官田之法，垦地日广，积粮日多，以其余岁易战马千八百余匹。其屯堡废缺者，咸修复之，不数月，完七百余所。今边兵受役权门，终岁劳苦，曾不得占寸地以自衣食，军储一切仰给内帑[6]，战马之费于太仆[7]者不资，屯堡尚谁修筑？悠悠岁月，恐将来之夷祸难支也！"

樊升之曰："贾生之治安，晁错之兵事，江统之徙戎，是万世之至画也。李邺侯之屯田，虞伯生之垦墅，平江伯[8]之漕运，是一代之至画也。李允则之筑圃起浮屠，范文正、富郑公之救荒，是一时之至画也。画极其至，则人情允协，法成若天造，令出如流水矣。"

【注释】

①虞集：字伯生，元成宗时为大都路儒学教授，累迁奎章阁侍读学士，平生为文万篇，为元时文章大家。

②限：规定、条例。

③脱脱：元顺帝时官至中书右丞相，为一代贤相。

④空名添设职事敕牒：写好了官职，未填写姓名的空白委任状。

⑤稔：丰收。

⑥内帑：国库。

⑦太仆：太仆寺，掌管国家畜牧，主要是战马的饲养。

⑧平江伯：陈瑄，合肥人。永乐初董北京海漕，筑淮阳海堤八百里。寻罢海运，浚会通河，通南北饷道，疏清江浦以避淮险，设仪真瓜洲坝港，凿徐州吕梁洪，筑刀阳、南旺湖堤，开白塔河通江，筑高邮湖堤，自淮至临清建闸四十七，建淮、徐临通仓以便转输，置舍卒导舟，设井树以便行者。

【译文】

元朝元仁宗时，虞集任祭酒一职为仁宗讲学。讲学闲暇，虞集谈起京师所依赖的东南海运，实际上是耗损人力物力严重的非常凶险的航行，于是向仁宗进言说："京师东方滨海都是数千里的芦苇丛生之地，北从辽海，南到青州、齐州，潮每日冲积，长期以来以淤积为肥沃之地，可耕种粮食。若是学浙江人的方法，筑堤挡潮使之成为水田，让想做官的富翁分别配领这些田地，由官府管制，有办法找到一万人耕田的，就给他一万人份的田地，让他做这一万人的首长；一千人或是一百人的也都如此。三年之内看他的结果，由朝廷依土地的肥瘠程度定额课税，依等级征收，五年之后能有积蓄，就任命他做官，就所积蓄的作为俸禄，十年后赐给他符节印信，使他能留传给子孙。这么一来，既可以有万民兵来对内保卫京师，对外防御海贼，又能不必依赖东南海运，人民能休养生息，使朝廷得到充足的粮食供应，无所事事的游民能有个正当生计，自然就不会做海贼了。"但是对此事众人意见不一，于是就没有施行。

【译评】

后来元顺帝时一代贤相脱脱也说京师靠近海，有地理优势，若招募江南人来耕种，不必仰赖海运，每年可得一百多万石粮食，供奉京师已经足够了。元主就按此法去执行，于是设立分司农司，让右丞悟良哈台、左丞乌古孙良正兼任大司农卿，给分司农司印，西自西山，南至保定、河间，北到檀顺，

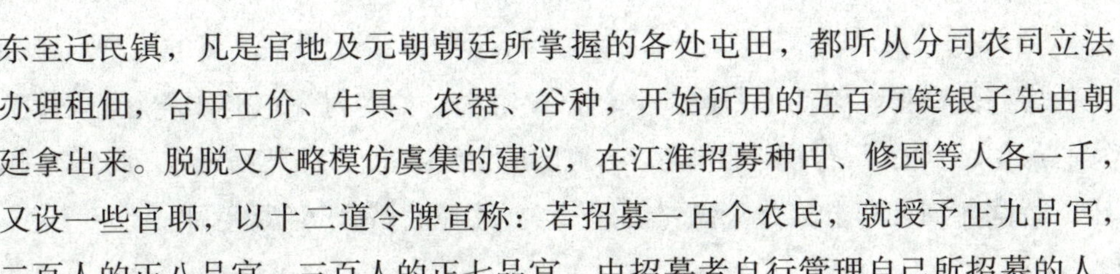

东至迁民镇，凡是官地及元朝朝廷所掌握的各处屯田，都听从分司农司立法办理租佃，合用工价、牛具、农器、谷种，开始所用的五百万锭银子先由朝廷拿出来。脱脱又大略模仿虞集的建议，在江淮招募种田、修园等人各一千，又设一些官职，以十二道令牌宣称：若招募一百个农民，就授予正九品官，二百人的正八品官，三百人的正七品官，由招募者自行管理自己所招募的人，并给每个农夫十锭银子，一年后放他们回去，于是大丰收。

何孟春在《余冬序录》里说：“明朝叶文庄公任巡抚宣府时，重修官牛官田的法令，土地日渐广大，粮食日益增多，用每年的余钱购买战马，修复城堡。几个月就修好了七百多个城堡。但现在边境将士多受权贵之门的奴役，一年到头劳累辛苦，还不足供给自己衣食，军中所需的一切费用都依靠中央的供应，养战马的费用由太仆支给的多得无法估计，城堡的修筑又能依靠哪里的费用？长期下来，恐怕将来外患一起就很难应付了。”

樊升之说：“贾谊上汉文帝的治安策，晁错的用兵之计，江统的徙戎论，都是万世最佳的计划，李邺侯的屯田，虞集的开垦荒地，平江伯的漕运，则是当代最佳的计划。李允则筑园圃、造浮屠、佛塔，范文正、富弼的救济饥荒，也是当时最佳的计划。计划能达到尽善尽美，则人情必诚信协和，因此好的计划往往有如天成，命令一出，执行起来便有如流水般的顺畅。”

刘大夏

【原文】

弘治十年，命户部刘大夏出理边饷，或曰：“北边粮草，半属中贵人子弟经营，公素不与先辈[①]合。恐不免刚以取祸。”大夏曰：“处事以理不以势，俟至彼图之。”既至，召边上父老日夕讲究[②]，遂得其要领。一日，揭榜通衢云：“某仓缺粮若干石，每石给官价若干，凡境内外官民客商之家，但愿输者，米自十石以上，草自百束以上，俱准告。”虽中贵子弟亦不禁。不两月，仓场充牣[③]。盖往时粮百石、草千束方准告，以故中贵子弟争相为市，转买边人粮草，陆续运至，牟利十五[④]。自此法立，有粮草之家自得告输，中贵子弟即欲收籴，无处可得，公有余积，家有余财。

【原评】

忠宣法诚善，然使不召边上父老日夕讲究，如何得知？能如此虚心访问，实心从善，何官不治？何事不济？昔唐人目台中坐席为“痴床”，谓一坐此床，骄倨如痴。今上官公坐皆“痴床”矣，民间利病，何由上闻？

【注释】

①先辈：指参与边饷的朝中老一辈官僚。

②讲究：议论、探讨。

③充牣：充满。

④十五：十分之五，即一半的利润。

【译文】

明孝宗弘治十年，朝廷命令户部刘大夏到边境掌理粮饷。有人说：“北方的粮草，大半属于宦官的子弟经营，您一向与这些亲贵不合，恐怕免不了因刚直而招来祸害。”刘大夏说：“做事要讲求合理而不能硬来，等我到那里以后自然会想得出办法。”刘大夏到任后，请来边境上的地方父老，早晚和他们研究，于是完全掌握了处理的要领。有一天，刘大夏在交通要道上贴出告示说：“某仓库缺少米粮若干石，每石给官价若干元，凡是境内外的官吏、人民或商人，只要愿意运米十石以上、草一百束以上的都批准。”虽是官宦子弟也不禁止。不到两个月，仓库都满了，因为以往运送米粮得高达一百石、草高达一千束才得批准，因而百姓无力竞争，只能由少数官宦子弟相互争取，加以垄断，买入边境上的粮草，陆续运来，利润高达五成。自从订立这个办法，有粮草的人家可以自己运送，宦官子弟即使想收买，也买不到，于是公家得到更多的粮草，民家则得到相当的利润。

【译评】

刘大夏的方法实在很好，然而假使不请边境上的父老来早晚研究，怎么能知道？能如此虚心请教，真心听从善言，有什么事做不好？有什么事成不了呢？从前唐朝人把御史台的座席看成“痴床”，说一坐上这个床，就骄傲自得，使人如白痴一般。当今朝廷官员都是坐在这样的痴床上，民间的利病怎么能传达给皇帝知道呢？

陶侃

【原文】

陶侃[①]性俭厉，勤于事。作荆州时，敕船官悉录锯木屑，不限多少。咸不解此意，后正会，值积雪始晴，厅事前除雪后犹湿，于是悉用木屑履之，都无所妨。官用竹，皆令录厚头，积之如山。后桓宣武伐蜀，装船悉以作钉。又尝发所在竹篙，有一官长，连根取之，仍当足[②]。公即超两阶用之。

【注释】

①陶侃：东晋人，少孤贫，由县吏积官至荆州刺史，转广州刺史，后平叛有功，封长沙郡公，都督八州军事。

②足：撑船所用竹篙，用铁具装其下端。

【译文】

陶侃为人处事十分严厉认真，凡事能尽职尽责。他在任荆州刺史的时候，嘱咐船官把锯木屑全部收藏起来，也不限制多少，大家都不理解他的意图。后来在正月初一那天，遇到连天飞雪刚刚转晴，议事厅堂前面的台阶上积雪除去后还很潮湿，于是用木屑撒在上面，这样行走时就没有妨碍。官府使用竹子，陶侃总是命令把截掉的竹子根部收藏好，结果堆积如山。后来桓温征伐蜀地，需要装备战船，这些竹根全部用来作钉子。又有一次，陶侃曾经在管区内征调竹篙，有一个官吏，把竹子连根拿来当作竹篙（因为根很坚硬，可以代替竹篙的铁头）。陶侃立即将他提升两级任用。

屯牧

【原文】

西番[①]故饶马，而仰给中国茶饮疗疾。祖制以蜀茶易番马，久而寖弛，茶多阑出[②]，为奸人利，而番马不时至。杨文襄[③]乃请重行太仆苑马之官，而严私通禁，尽笼茶利于官，以报致诸番。番马大集，而屯牧之政修。

【原评】

其抚陕西，则创城于平虏、红古二地，以为固原援。筑垣濒河，以捍靖虏[4]。其讨安化，则授张永策以诛逆瑾。出将入相，谋无不酬，当时目公为“智囊”，又比之姚崇，不虚也！

【注释】

①西番：泛指今青海、西藏等地少数民族。

②阑出：走私运出。

③杨文襄：杨一清，安宁人，明成化进士，官至太子太师、特进左柱国、华盖殿大学士，谥文襄。

④靖虏：靖虏卫，在今甘肃兰州附近。

【译文】

西番盛产马匹，而仰赖中国茶治疗疾病。历来的惯例是用四川茶叶交换番马。可是年代长久以后，逐渐废弛。茶叶多被奸人用来谋利，而番马却不按时送到。明朝时杨文襄奏请朝廷，重新设置专职交易马匹的官吏，严禁私自交易，把茶叶的利润完全收归官府所有，并通报到各番邦。于是番马大量送到，屯牧之政因而修明。

【译评】

杨文襄任陕西巡抚时，创建平虏、红古两座城，作为固原（地名）的后援。在河边修筑城墙，以捍卫靖虏。他讨伐安化时，全力协助张永策来诛杀奸宦刘瑾。出将入相，所作的谋略无不成功。当时把他看成智囊，拿他与姚崇相比，真是一点都不假。

苏州堤

【原文】

苏州至昆山县凡七十里，皆浅水，无陆途。民颇病涉，久欲为长堤，而泽国[1]艰于取土。嘉祐中，人有献计，就水中以蘧除刍藁为墙，栽两行，相去三尺；去墙六尺，又为一墙，亦如此。漉水中淤泥，实蘧除中，候干，则以水车汱去两墙间之旧水，墙间六尺皆土，留其半以为堤脚，掘其半为渠，取

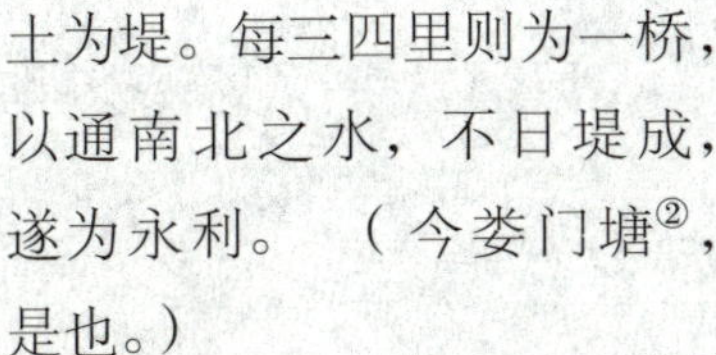

土为堤。每三四里则为一桥，以通南北之水，不日堤成，遂为永利。（今娄门塘②，是也。）

【注释】

①泽国：水泽遍布的地区。

②娄门塘：苏州城东门称娄门，塘在娄门之外。

【译文】

苏州到昆山县共七十里远，都是浅水，没有陆路可行。人民苦于涉水，早就想筑长堤。但是水泽之地很难取土。宋仁宗嘉祐年间，有人献计，就在水中用芦荻干草做墙，栽两行，相距三尺；离墙六丈，又做一墙，做法和前两墙相同。把水中的淤泥沥干，塞在干草中，等干了以后，用水车除去两墙之间的旧水，墙与墙之间都是泥土，留一半作为长堤的基础，挖另一半做河渠，把挖出来的土拿来筑堤。每三四里筑一座桥，以打通南北的水域。不久长堤完成，成为利民的好事。

叶石林

【原文】

叶石林[①]（梦得）在颍昌，岁值水灾，京西尤甚，浮殍[②]自唐、邓入境，不可胜计，令尽发常平所储以赈。唯遗弃小儿，无由处之。一日询左右曰："民间无子者，何不收畜？"曰："患既长或来识认。"叶阅法例：凡伤灾遗弃小儿，父母不得复取。遂作空券数千，具载本法，即给内外厢界保伍[③]，凡得儿者，皆使自明所从来，书券给之，官为籍记，凡全活三千八百人。

【注释】

①叶石林：叶梦得，字石林，吴县人，北宋时进士，南宋初，迁官至翰林学士兼侍读，除户部尚书，学识渊博，工于词。

②殍：饿死的人。

③内外厢界保伍：城乡内外的保长、伍长。

【译文】

宋朝人叶石林在武昌时，正逢水灾，京师西边一带特别严重，从唐邓等地漂来的浮尸不可胜数。叶石林命令以库存的常平米来救济灾民，但很多被遗弃的小孩却不知该如何处理。有一天，叶石林问左右的人说："民间没有孩子的人为什么不收养他们呢？"左右的人说："怕养大以后又被亲生父母认领回去。"叶石林翻阅旧法例：凡是因为灾害而被遗弃的小孩，亲生父母不能再认领回去。于是制作数十份空白契券，详细说明这条法令，发给城内外乡里之间的人家，凡是领养到小孩的，都让他们自己说明从哪里得来的，登录在契券后发给他们，并由官府登记在户籍里。如此一来，一共救活了三千八百个失怙的小孩。

虞允文

【原文】

先是浙民岁输丁钱[①]绢　，民生子即弃之，稍长即杀之。虞公允文[②]闻之

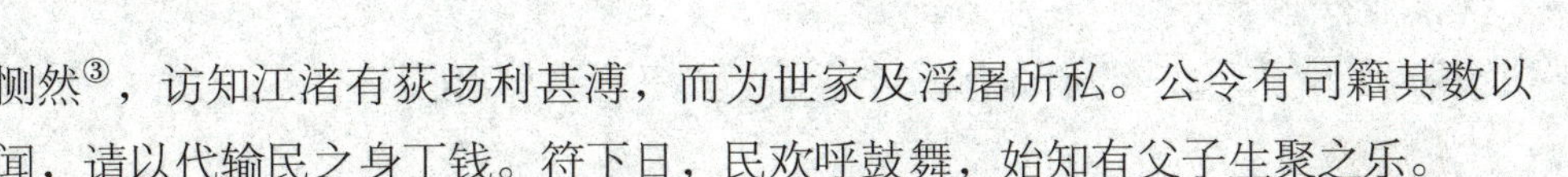
恻然[3]，访知江渚有荻场利甚溥，而为世家及浮屠所私。公令有司籍其数以闻，请以代输民之身丁钱。符下日，民欢呼鼓舞，始知有父子生聚之乐。

【注释】

①丁钱：人口税。

②虞公允文：虞允文，字彬甫，仁寿人，南宋进士，孝宗时为左丞相。

③恻然：同情怜悯。

【译文】

宋朝时，先前浙江人民都须缴纳丝绸为丁口税，人民负担不起，往往生了儿子就丢弃，或是还没有长成就杀掉。虞允文知道这个情形，十分不忍，后来查访到江边沙洲有荻草地，经济利益很大，皆被豪门世家及僧侣窃据。虞允文于是命令手下将这些豪门世家和僧侣全数登录下来，并要求这些人代替人民缴丁口税。命令下达的那一天，人民欢呼鼓舞，浙江一带的百姓至此才能安享父子天伦之乐。

习射　习骑

【原文】

种世衡所置青涧城[1]，逼近虏境，守备单弱，刍粮俱乏。世衡以官钱贷商旅，使致之，不问所出入[2]。未几，仓廪皆实。又教吏民习射，虽僧道、妇人亦习之，以银为的[3]，中的者辄与之。既而中者益多，其银重轻如故，而的渐厚且小矣。或争徭役轻重，亦令射，射中者得优处。或有过失，亦令射，射中则免之。由是人人皆射，富强甲于延州。

杨掞[4]本书生，初从戎习骑射，每夜用青布藉地，乘生马跃，初不过三尺，次五尺，次至一丈，数闪跌不顾。孟珙尝用其法，称为“小子房[5]”。

【原评】

按《宋史》，掞尝贷人万缗，游襄、汉间，入娼楼，箧垂尽。夜忽自呼曰：“来此何为？”辄弃去。已在军中，费官钱数万，贾似道[6]核其数，孟珙以白金六百与偿，掞又费之，终日而饮。似道欲杀之，掞曰：“汉祖以黄金四万斤付陈平，不问出入，如公琐琐，何以用豪杰？”似道姑置之。盖奇士也！

其参杜杲军幕，能出奇计，解安丰之围，惜乎不尽其用耳。

【注释】

①种世衡所置青涧城：在今陕西清涧。种世衡筑青涧城作为防御西夏的要塞。

②出入：买进卖出的差价。

③以银为的：用银做箭靶。

④杨掞：字纯甫，南宋末年临川人，入淮西制置使杜杲幕府，多善谋，后为京湖安抚制置大使孟珙聘为幕宾。

⑤子房：张良，字子房。

⑥贾似道：南宋末权相，卖国无能。

【译文】

种世衡所建的青涧城，非常靠近蕃族部落，守备的军力薄弱，粮草又缺乏。种世衡于是用官钱借给商人，供他们至内地买粮谋利，完全不加以干涉。不久，城里仓库的粮食都满了。种世衡又教官吏人民练习射箭，连僧侣、妇人都要练习，用银子作箭靶，射中的就给他。后来射中的人越来越多，就将箭靶改厚改小，但银子的重量依旧。有人为徭役的轻重而争执，也命令他们比赛射箭，射中的可以优先选择。有过失的人也命令他们射箭，射中的可以不处罚。从此人人都会射箭，人民生活的富裕程度和战斗力之强跃居整个延州第一。

宋朝人杨掞本是书生，后来跟戎人学习骑马射箭。每天晚上用青布铺在地上，骑着悍马跳跃。最初跳不过三尺，后来跳过五尺，最后甚至跳过一丈，屡次摔倒也不管。孟珙曾经采用他的方法，并称杨掞为“小子房”。

【译评】

按《宋史》记载，杨掞曾经向人借一万缗钱，浪荡于襄汉一带，在妓院

里几乎把钱全数用光。有天夜晚忽然对自己说："我干什么到这里来?"于是离开妓院。后来在军中，又私自花费官钱数万缗。贾似道来审核官钱，孟珙为他偿还白金六百两，杨掞却又把它花光，整天饮酒作乐。贾似道想杀他，杨掞说："汉高祖付给陈平黄金数万斤，而不问他花在何处。像您这样斤斤计较，怎么能任用豪杰!"贾似道听了，遂没有再加以追究。说起来，这杨掞也真是奇特之士。后来他担任杜杲的幕僚，献出奇计，解除安丰被围的困境，可惜不能完全施展他的才智。

汪立信 文天祥

【原文】

襄阳围急，将破[①]，立信[②]遗似道书，云："沿江之守，不过七千里，而内郡见兵尚可七十余万，宜尽出之江干，以实外御。汰其老弱，可得精锐五十万，于七千里中，距百里为屯，屯有守将；十屯为府，府有总督。其尤要害处，则参倍[③]其兵。无事则泛舟江、淮，往来游徼，有事则东西互援，联络不断，以成率然之势，此上策也!久拘聘使，无益于我，徒使敌得以为辞，莫若礼而归之，请输岁币以缓目前之急。俟边患稍休，徐图战守，此中策也!"后伯颜[④]入建康，闻其策，叹曰："使宋果用之，吾安得至此?"

北人南侵，文天祥[⑤]上疏，言："朝廷姑息牵制之意多，奋发刚断之意少，乞斩师孟[⑥]衅鼓，以作将士之气。"且言："宋惩五季之乱，削藩镇，建邑郡，一时虽足以矫尾大之弊，然国以变弱，故敌至一州则一州破，至一县则一县残，中原陆沉，痛悔何及?今宜分天下为四镇，建都督统御于其中，以广西益湖广，而建阃于长沙；以广东益江西，而建阃于隆兴[⑦]；以福建益江东，而建阃于番阳[⑧]；以淮西益淮东，而建阃于扬州。责长沙取鄂，隆兴取蕲、黄，番阳取江东，扬州取两淮。使其地大力众，足以抗敌，约日齐备，有进无退，日夜以图之，彼备多力分，疲于奔命。而吾民之豪杰者，又伺间出于其中。如此，则敌不难却也!"

【原评】

靖康有李纲不用，而用黄潜善、汪伯彦；咸淳有汪立信不用，而用贾似道；德祐有文天祥不用，而用陈宜中[9]。然则宋不衰于金，自衰也；不亡于元，自亡也!

【注释】

①襄阳围急，将破：南宋咸淳三年（公元1267年），元世祖忽必烈遣兵攻襄阳，至咸淳九年（公元1274年），襄阳城破，五年后，元灭南宋。

②立信：汪立信，襄阳被围时，权兵部尚书、荆湖安抚制置、知江陵府。襄阳失守后，受诏为端明殿学士、沿江制置使，即日上疏，云："今江南无一寸干净地，某去寻一片赵家地上死。"后自杀。

③参倍：三倍。

④伯颜：元朝丞相。

⑤文天祥：字宋瑞，履善，号文山，南宋吉水人，年二十举进士，德祐二年拜右丞相，出使元军被拘，在镇江逃出，进左丞相，后兵败复被擒，拘于燕京三年，不屈被杀。

⑥师孟：吕师孟，襄阳守将吕文焕之侄。襄阳城破，吕文焕出降，南宋为求媚于元，反擢升吕师孟为兵部尚书，而师孟益发自大放肆。

⑦隆兴：今江西南昌。

⑧番阳：即鄱阳，今江西鄱阳。

⑨陈宜中：南宋人，附媚于贾似道，进右丞相，他无治国之才，唯知乞和请迁，别无良策，宋亡后逃入暹罗。

【译文】

南宋时襄阳城被蒙古军围攻，情势急迫时，汪立信写信给贾似道说："沿长江的防线不过七千里，而内郡现有的士兵还有七十多万，应该都派到江边，充实对外防御的兵力。七十多万兵力中，淘汰掉老弱不堪作战者，还有五十万精锐。在七千里之间，每距一百里设一屯，每屯有守将，十屯为一府，每府有总督。地势特别重要的地方，兵力则增加三倍。平时在江淮之间泛舟来往保持联系，战时东西彼此支援，联络不断，以造成足以应付蒙古人忽然攻击的防御力量，这是上策。扣留蒙古人的使臣，对我们完全没有好处，只会给敌人更多攻击的借口。不如礼遇他们，放他们回去，并想办法以每年输送财帛的方式，和蒙古人达成暂时的和议，以缓和目前急迫的形势，等边境的压力稍微缓和下来，再从长计议战守的策略，这是中策。"后来蒙古伯颜攻入建康，听说汪立信这番策略，叹息道："假使宋室真的采用，今天我们怎么可能在这里呢？"

蒙古人南侵，文天祥上疏，大略是说："朝廷只求一时偏安，牵制前方将帅作战的气息太浓，而奋发进取、决心作战的意志太弱。并要求立刻斩杀师孟，以他的鲜血涂于鼓，来激励士气。"又说，"宋朝受五代之乱的伤害，虽然削弱拥兵的藩镇，建立邑郡，一时可以矫正军人拥兵作乱的弊病，然而也付出国力衰弱的代价。所以敌人每到一州，一州就残破，每到一县，一县也残破，最后弄得整个中原沦陷，如今后悔也来不及。如今应将天下分为四镇，每镇设立都督一人负责统领；将广西并入两湖为一镇，军府建于长沙；将广东并入江西为一镇，军府建于隆兴；将福建并入江东，军府建于鄱阳；将淮西并入淮东，军府建于扬州。要求长沙负责收复鄂地一带，隆兴负责蕲黄一带，鄱阳负责江东一带，扬州负责收复两淮一带。如此，才能使各镇地大兵多，足以对抗敌军。并找寻适当时机约定日期一起进军北伐，有进无退，倾尽全力攻击敌军，使敌军因战线扩大，必须防备各方的攻击兵力，而造成局部防御兵力的不足，疲于奔命，再加上我方策动敌后的百姓起义，从内部加以骚扰颠覆，如此敌人就不难击退了。”

【译评】

靖康年间有李纲不用，而用黄潜善、汪伯彦；咸淳年间有汪立信不用，而用贾似道；德祐年间有文天祥不用，而用陈宜中。可见宋朝不是因金人强大而衰弱，而是自我衰弱；不是被元灭亡，而是自我灭亡。

察智部第三

总 序

【原文】

冯子曰：智非察[1]不神，察非智不精。子思[2]云：“文理密察，必属于至圣。”而孔子亦云：“察其所安。”是以知察之为用，神矣广矣。善于相人者，犹能以鉴貌辨色，察人之富贵福寿贫贱孤夭，况乎因其事而察其心？则人之忠佞贤奸，有不灼然乎？分其目曰“得情”，曰“诘奸”，即以此为照人之镜而已。

【注释】

①察：明察，善于分辨。

②子思：孔伋，字子思，孔子的孙子。

【译文】

冯梦龙说：“智慧需要明察，才能显示出其效用，而明察若不以智慧为基础，则难以真正洞悉事物的精微关键之处。”子思说：“条理清晰，细致明辨，这才是真正的智慧。”孔子也说：“观察他做事情安与不安。”从而知道明察的作用，是非常神圣和广泛的。善于相面的人，能从一个人的长相神色，看出一个人的富贵或贫贱，长寿或夭折来。同样的，从一个人的行为处世之中，也能清楚判断出他是忠直还是奸邪，是贤能还是愚昧。因此，本部分为“得情”和“诘奸”两卷，可以用来作为照见人心的明镜。

得情卷九

【原文】

口变缁素，权移马鹿。山鬼昼舞，愁魂夜哭。如得其情，片言折狱。唯参与由，吾是私淑。集“得情”。

【译文】

奸狡善辩之人能混淆是非，有权势之人可以迫使人们附和他们颠倒是非的言论。山鬼白天舞蹈，愁苦的魂魄晚上哭泣。如果能察得内情，一句话就能断案。曾参与子路，是我所仰慕的人。集“得情”。

唐御史

【原文】

李靖[①]为岐州刺史，或告其谋反，高祖[②]命一御史案之。御史知其诬罔，请与告事者偕。行数驿，诈称失去原状，惊惧异常，鞭挞行典[③]，乃祈求告事者别疏一状。比验，与原状不同，即日还以闻。高祖大惊，告事者伏诛。

【注释】

①李靖：字药师，雍州三原（今陕西三原）人，隋末唐初杰出的军事将领，封卫国公，世称李卫公。

②高祖：即唐开国皇帝高祖李渊。

③行典：主管行装的人。

【译文】

李靖担任岐州刺史时，有人告发他谋反。唐高祖李渊命一位御史负责查案。御史知道事属诬陷，就请求和原告同行。走过几个驿站后，御史谎称原状丢失，惊恐异常，并鞭打主管行装的随行。随后请求原告再写一份状子，和原状比较检验，发现内容相差甚远，当天就回京禀报结果。唐高祖十分惊讶，原告遂因诬告被处决。

欧阳晔

【原文】

欧阳晔[①]治鄂州，民有争舟相殴至死者，狱久不决。晔自临[②]其狱，出囚坐庭中，出其桎梏[③]而饮食。讫，悉劳而还之狱，独留一人于庭，留者色动惶顾。公曰："杀人者，汝也！"囚不知所以。曰："吾观食者皆以右手持匕[④]，而汝独以左。今死者伤在右肋[⑤]，此汝杀之明验也！"囚涕泣服罪。

【注释】

①欧阳晔：字日华，宋真宗时进士，江西庐陵人，欧阳修叔父，善决狱。

②临：治理、管理。

③桎梏：脚镣和手铐。

④匕：古代的一种取食器具，长柄浅斗，形状像汤勺。

⑤肋：胸部的侧面。

【译文】

宋朝人欧阳晔管理鄂州时，有州民因为争船相互殴打致死，案子长时间悬而未决。欧阳晔亲自办理这起讼案。他派人把囚犯从狱中带出来，给他们除去脚镣和手铐来吃饭。饮食结束后，全都慰劳一番送回监狱，只留下一个人在大厅上。留下的人脸色改变，惶恐畏惧。欧阳晔说："杀人的是你！"这个囚犯不知所以然。欧阳晔说："我观察吃饭的人都用右手拿着器具，而只有你用左手。被杀的人伤口位于右胸处，这就是你杀人的明证。"囚犯这才哭着认罪。

殷云霁

【原文】

正德中，殷云霁字近夫，知清江，县民朱铠死于文庙西庑中，莫知杀之者。忽得匿名书，曰："杀铠者某也。"某系素仇，众谓不诬。云霁曰："此嫁

贼以缓治[①]也。”问左右：“与铠狎[②]者谁？”对曰：“胥姚。”云霁乃集群胥于堂，曰：“吾欲写书，各呈若字。”有姚明者，字类匿名书，诘之曰：“尔何杀铠？”明大惊曰：“铠将贩于苏，独吾候之，利其资，故杀之耳。

【注释】

①缓治：延缓破案。

②狎：亲近。

【译文】

明武宗正德年间，殷云霁，字近夫，任清江知县。县民朱铠死于文庙西边廊下，不知道凶手是谁，但有一封匿名信，说：“杀死朱铠的是某人。”某人和朱铠有旧仇，大家都认为很可能是他。殷云霁说：“这是真凶嫁祸他人，要误导我们的调查。朱铠左邻右舍谁和他亲近？”都回答说：“姚姓属吏。”殷云霁就将所有属吏聚集于公堂，说：“我需要一个字写得好的人，各呈上你们的字。”属吏之中，姚明的字最像匿名信的笔迹，殷云霁就问他：“为什么杀朱铠？”姚明大惊，只好招认说：“朱铠将到苏州做生意，我因贪图他的财物，所以杀了他。”

高子业

【原文】

高子业[①]初任代州守，有诸生江槔与邻人争宅址。将哄[②]，阴刃族人江孜等，匿二尸图诬邻人。邻人知，不敢哄，全畀以宅，槔埋尸室中。数年，槔兄千户楫枉杀其妻，槔嗾妻家讼楫，并诬楫杀孜事，楫拷死，无后[③]，与弟槩重袭楫职。讼上监司台，付子业再鞫。业问槔以孜等尸所在，槔对曰：“楫杀孜埋尸其室，不知所在。”曰：“楫何事杀孜？”槔愕然，对曰：“为槔争宅址。”曰：“尔与同宅居乎？”对曰：“异居。”曰：“为尔争宅址，杀人埋尸己室，有斯理乎？”问吏曰：“搜尸槔室否？”对曰：“未也。”乃命搜槔室，掘地得二尸于槔居所，刃迹宛然，槔服罪。州人曰：“十年冤狱，一旦得雪。”

州豪吴世杰诬族人吴世江奸盗，拷掠死二十余命，世江更数冬不死。子业覆狱牍，问曰：“盗赃布裙一，谷数斛。世江有田若庐，富而行劫，何也。”世杰曰：“贼饵色。”即呼奸妇问之曰：“盗奸若何？”对曰：“奸也。”“何时？”曰：“夜。”曰：“夜奸何得识贼名？”对曰：“世杰教我贼名。”世杰遂伏诬杀人罪。

【注释】

①高子业：高叔嗣，字子业，明朝人。

②哄：聚众斗殴。

③无后：没有后代。

【译文】

高叔嗣刚接任代州太守时，有个秀才江�和邻居争夺宅基地，几乎要发生争斗。江槔暗中杀死同族江孜等两人，把他们的尸体藏起来，企图诬陷邻居。邻居知道他的阴谋，不敢再争吵下去，就把宅基地全让给江槔。几年后，江槔当千户长的哥哥江楫无故杀了他的妻子，江槔就唆使死者家人去告江楫的状，并且诬陷他曾杀了江孜二人。为此，江楫被官府拷打致死。因江楫没有儿子，就由弟弟江槃承袭了江楫的职务。江槔不服，再次上诉监司台，监司台就把这个案子交给高叔嗣处理。高叔嗣问江槔，江孜二人的尸首现在什么地方。江槔回答说：“江楫杀了江孜他们之后，把尸体埋在他们家了，但具体地方却不知道。”高叔嗣问：“江楫是因为什么把他们二人杀掉的？”江槔愣了一下回答道：“是为了帮我争夺宅基地。”高叔嗣又问：“你跟江楫住在一起吗？”江槔说：“不住在一起。”高叔嗣说：“为你争夺宅基地而杀人，又把尸首埋在自己的屋里，有这样的道理吗？”接着他又询问手下僚属：“你们去江槔的住处搜查过尸体吗?”他们回答说没有。高叔嗣就下令搜查江槔的屋子，挖开他家地面后，就发现了江孜两人的尸首，尸首上刀砍的痕迹还很清楚。江槔只得认罪。代州的老百姓说：“十年的冤案，一个早晨就得到昭雪!”

代州的豪强吴世杰曾诬陷他的同族人吴世江奸淫抢劫，为此有二十多人被官府拷打致死，而吴世江则几年都没事。高叔嗣重新审查该案卷宗，把吴世杰召来问道：“吴世江抢劫的赃物只有一条布裙和几十斗谷子，而他既有田产又有房产，这样富有还去偷这点小东西，是什么缘故呢?”吴世杰说：“他贪图美色。”高叔嗣即传讯被奸污的妇女，问道：“吴世江是抢劫你，还是强奸你?”妇女回答：“强奸。”“什么时候?”回答：“晚上。”高叔嗣说：“既然是夜里你怎知道他就是吴世江?”妇女回答说：“是吴世杰教我说是吴世江的。”于是真相大白，吴世杰不得不承认自己犯了诬告杀人罪。

甘露寺常住金

【原文】

李德裕镇浙右。甘露寺僧诉交代常住[①]什物，被前主事僧[②]耗用常住金若干两，引证前数辈，皆有递相交领文籍分明，众词指以新得替人隐而用之，且云：“初上之时，交领分两既明，及交割之日，不见其金。”鞫成具狱，伏罪昭然。未穷破用之所[③]，公疑其未尽，微以意揣之，僧乃诉冤曰：“积年以来，空交分两文书，其实无金矣。众乃以孤立，欲乘此挤之。”公曰：“此不难知也。”乃召兜子[④]数乘，命关连僧人对事，遣入兜子中，门皆向壁，不令相见；命取黄泥各摸交付下次金样以凭证据，僧既不知形状，竟摸不成，前数辈皆伏罪。

【注释】

①常住：不能耗费的固定资产。

②主事僧：主管寺院事务的僧人，即住持。

③破用之所：挪用到什么地方。

④兜子：一种小轿子。

【译文】

唐代李德裕任浙右观察使时，有一天，甘露寺僧人前来告状，说在办理寺内固定资产移交时，被前任主事僧人私下用去若干两金子。所引用的证据，都有历任主事交接的文书，写得明明白白。僧徒们众口一词，指责这个主事僧把那些金子藏起来私用了，并且还说："刚上任之时，给予及受领两分明，等到正式新旧移交那一天，却不见其金。"

经过调查审讯，形成判决，主事僧也昭然服罪，只是没有弄清破整金为碎银花费的处所。李德裕怀疑其贪污的银两还没有用完，这是他自己这样猜测的。于是，那个被告向李德裕申诉了自己的冤枉说："多年以来，寺里都是空交账本，实际上没有金子。寺里的人们都孤立我，想借此把我排挤走。"李德裕说："这事不难搞清楚。"他就召来了几乘轿子，命令历届主事僧来对证。僧人们各自被打发进一乘轿中，轿门都面向墙壁，不让他们相见。然后给每人一团黄泥，让他们各自捏出上届交付下来的金块的模样，声称要以他们所捏的作为给案犯定罪的证据。那些僧人过去并不知金子的形状，终于捏不出来。这样，寺里以前的这几届主事僧都承认了自己的罪过。

张齐贤

【原文】

戚里[①]有分财不均者，更[②]相讼。齐贤曰："是非台府所能决，臣请自治之。"齐贤坐相府，召讼者问曰："汝非以彼分财多，汝分少乎？"曰："然。"具款，乃召两吏，令甲家入乙舍，乙家入甲舍，货财无得动，分书则交易，明日奏闻，上曰："朕固知非君不能定也。"

【注释】

①戚里：皇帝外戚聚居的地方，此处指外戚。

②更：互相。

【译文】

北宋时，有两户外戚家因分财不均，都告到皇上那里。张齐贤说："这不是官府所能决断的，我请求由我自己来处理。"齐贤坐在相府里，召来告状的两家人，问道："你们是不是都认为对方分得的财产多，而自己分得的少呢？"两家的人回答："是的。"张齐贤要他们签署凭证，然后召来两名官员监督执行，命令甲家的人搬到乙家，乙家的人搬到甲家，两家的财物都不要动，然后分别交换财产清单。第二天上奏朝廷，皇帝说："我早就知道没有你是不能平息这件事的。"

宣彦昭　范邵

【原文】

宣彦昭仕元，为平阳州判官，天大雨，民与军争簦[①]，各认己物。彦昭裂而为二，并驱出，使卒踵其后。军忿噪不已，民曰："汝自失簦，于我何与？"卒以闻，彦昭杖民，令买簦偿军。

范邵为浚仪令，二人挟绢于市互争，令断之，各分一半去，后遣人密察之，有一喜一愠之色，于是擒喜者。

【原评】

李惠[②]断燕巢事，即此一理所推也。

魏雍州厅事有燕争巢，斗已累日。刺史李惠令人掩护，试命纪纲断之，并辞。惠乃使卒以弱竹弹两燕，既而一去一留。惠笑谓属吏曰："此留者，自计为巢功重；彼去者，既经楚痛，理无固心。"群下服其深察。

【注释】

①簦（dēng）：雨伞。

②李惠：北魏献文帝皇后之父，长于思察，曾为青州刺史。

【译文】

宣彦昭在元朝时官任平阳州判官。一次，天下大雨，有个百姓和一名士兵争一把伞，各人都说伞是自己的。宣彦昭就把伞一撕为二，并把他俩赶出门去，但随即派人跟踪他俩。当兵的出去后非常气愤，两人仍吵骂不已，那百姓说："你自己丢掉了伞，与我有什么关系？"差役把听到的话报告宣彦昭。宣彦昭就令人把那百姓追回来，打一顿板子，并责令他买把伞偿还士兵。

范邵做浚仪县令时，有两人在市场上互相争夺一匹绢，都说是属于自己的。范邰就命令把绢剪断，各分一半后离去，然后他分别派人暗中观察。两人表现果然不同：一个喜形于色，一个怒气冲冲。于是范邰下令把那个高兴的人抓起来了。

【译评】

李惠判断燕窝的故事，也是运用上述道理推测的。

事情是这样的：北魏雍州府的厅堂外，有两只燕子争窝，相斗已有好几天了。刺史李惠试着让人遮住燕窝，让仆人阻隔并驱赶它们走，又让兵卒用小竹枝打两只燕子。

不久，燕子一飞一留。李惠笑着对下属官员说："这只留下的，是觉得自己做窝功劳大，舍不得离开；那只飞走的，因为挨了打，自然无心再占这个窝了。"手下的人听了，对他深刻的观察和分析十分佩服。

安重荣 韩彦古

【原文】

安重荣虽武人而习吏事。初为成德节度，有夫妇讼其子不孝者。重荣拔剑，授其父使自杀之。其父泣不忍，其母从旁诟夫，而夺剑而逐其子，问之，乃继母也。重荣为叱其母出，而从后射杀之。

韩彦古知平江府。有士族之母，讼其夫前妻子之者，以衣冠[①]扶掖而来，乃其嫡子也。彦古曰："事体颇重，当略惩戒之。"母曰："业已论诉，愿明公据法加罪。"彦古曰："若然，必送狱而后明，汝年老，必不能理对，姑留扶掖之子，就狱与证，徐议所决。"母良久云："乞文状归家，俟其不悛，即再告理。"由是不敢复至。

【注释】

①衣冠：此处指衣冠整齐。

【译文】

后晋时安重荣虽然是武人，但熟习文治的事，曾经任成德节度使。有一对夫妇控告自己的儿子不孝，安重荣拔剑交给父亲，叫他杀自己的儿子，父亲哭着不忍心下手，而母亲却在旁边责骂丈夫，并且抢下剑来追赶儿子。问

明原因，乃是继母，安重荣因而勒令母亲出去，而从后面杀了她。

宋朝人韩彦古出知平江府时，有一位士族的母亲前来控告她丈夫前妻的儿子，当时有一位士绅搀扶着她，原来是她的亲生子。韩彦古道："这件官司兹事体大，本官认为将令郎略加惩戒就好了。"妇人道："民妇已经告到官府了，但愿大人依法论罪。"韩彦古道："若是如此，就必须进行一段漫长且繁复的审讯过程，你年纪已老，能将所有细节一一分辨吗？我看暂且将你的亲生儿子关入狱中慢慢查证，再考虑如何处置比较好。"妇人想了良久，说："民妇请求将诉状暂且撤回，他如果仍不悔改，便可告请乡里公断。"于是，那名妇人再也不敢前来告状了。

孙主亮

【原文】

亮出西苑，方食生梅，使黄门[①]至中藏[②]取蜜渍梅，蜜中有鼠矢。亮问主藏吏曰："黄门从汝求蜜耶？"曰："向求之，实不敢与。"黄门不服，左右请付狱推[③]，亮曰："此易知耳。"令破鼠矢，里燥，亮曰："若久在蜜中，当湿透；今里燥，必黄门所为！"于是黄门首服。

【注释】

①黄门：宦官。

②中藏：宫中的仓库。

③推：决断。

【译文】

东吴君主孙亮出了西苑，正在吃生梅，派遣宦官到宫中的仓库取蜂蜜浸渍生梅，取来的蜜中有老鼠屎。孙亮询问主管仓库的官吏说："宦官从你这儿求取蜂蜜了吗？"说："他刚才求取蜂蜜，实在是不敢给他。"宦官不服，左右的人奏请交与狱官判决。孙亮说："这很容易弄清楚。"就命人剖开老鼠屎，见里面是干燥的。孙亮说："如果老鼠屎在蜜中很久了，里面一定湿透；现在里面还是干的，一定是宦官后来放入的。"宦官于是屈服认罪。

诘奸卷十

【原文】

王轨不端，司寇溺职；吏偷俗弊，竞作淫慝。我思老农，剪彼蟊贼；摘伏发奸，即威即德。集“诘奸”。

【译文】

高官滥权渎职，小吏钻营谄媚；智者便效法老农挑翦蚜虫的精神，揭发奸邪，纠举恶吏，造福百姓。集此为“诘奸”卷。

赵广汉　二条

【原文】

赵广汉[①]为颍川太守。先是颍川豪杰大姓，相与为婚姻，吏俗朋党。广汉患之，察其中可用者，受记。出有案问，既得罪名，行法罚之。广汉故漏泄其语，令相怨咎；又教吏为缿筩[②]，及得投书，削其主名。而托以为豪杰大姓子弟所言，其后强宗大族家家结下仇怨，奸党散落，风俗大改。

广汉尤善为钩距[③]，以得事情。钩距者，设欲知马价，则先问狗，已问羊，又问牛，然后及马，参伍[④]其价，以类相准，则知马之贵贱，不失实矣。唯广汉至精能行之，他人效者莫能及。

【注释】

①赵广汉：字子都，汉宣帝时为京兆尹，揭发奸邪如神，盗贼绝迹，后因受牵连被腰斩。

②缿筩：陶瓶和竹筒。口小肚大，投入东西不易取出，一般用来装检举文书。

③钩距：比喻使人陷入诈术中，借以刺探隐情，在对方放松戒备的情况

下，隐情不问而知。

④参伍：反复比较，相互验证。

【译文】

赵广汉担任颍川太守时，颍川豪门大族之间互相连亲，而官吏间也都互结朋党。赵广汉很担忧此事，便授计值得信赖的部属，外出办案时，一旦罪名确立就依法处罚。同时故意泄露当事人的供词，目的在于制造朋党间的猜疑。此外他又命属官设置意见箱，再命人投递匿名信，然后向外散播这些信都是豪门和大族的子弟写的，果然，原本很要好的豪门和大族，竟为了投书互相攻击而翻脸成仇，不久豪门和大族所各自结成的小团伙都陆续解散，社会风气大为改善。

赵广汉最擅长的还是利用“钩距”来刺探情报。例如想要知道马的价钱的时候，就先打听狗的价钱，然后再问牛羊的价钱，到最后才问马的价钱。因为彼此互问的结果，便能打听出比较可靠的标准行情，到最后就能够真正知道马的价钱。不过，只有赵广汉真正精于此道，其他人模仿的效果都不如他。

周文襄

【原文】

周文襄公忱巡抚江南，有一册历，自记日行事，纤悉不遗，每日阴晴风雨，亦必详记。人初不解。一日某县民告粮船江行失风，公诘其失船为某日午前午后，东风西风，其人所对参错[①]。公案籍以质[②]，其人惊服。始知公之日记非漫书也。

【原评】

蒋颖叔[③]为江淮发运，尝于所居公署前立占风旗，使日候之置籍焉。令诸漕纲吏程亦各记风之便逆。每运至，取而合之，责其稽缓者，纲吏畏服。文襄亦有所本。

【注释】

①参错：不合记录。

②质：核对。

③蒋颖叔：宋朝人，名之奇，字颖叔。宋神宗时曾任江淮荆浙发运使。

【译文】

明朝的周忱任江南巡抚时，身边随时带有一本记事册，记载每日行事，详细而无遗漏，即使每日天候的阴晴风雨也一并详加记录。刚开始，有许多人不明白周忱为什么要如此费事。一天，有位船主报告一艘载运米谷的粮船突遇暴风沉没。周忱讯问沉船的日期，沉船时间发生在午前或是午后，当时刮的是东风还是西风，周忱翻开记事本逐一详加核对，发现报案船主全是一派胡言，报案船主在恐惧下坦承罪行。这时众人才明白，周忱的记事本可不是随意乱写的。

【译评】

蒋颖叔任江淮漕运官时，也曾在公署前竖立一面占风旗，派人每天观测并记录在册子里。同时也要求各处漕运官要详细记载每日船行时的风向，等船只入港后就详加核对，对不按规定记载，或马虎随便的属吏便厉声责骂，属吏因害怕被责骂，都谨守规定。看来记载天候、风向，并非自周忱才开始。

王世贞　二条

【原文】

王世贞备兵青州，部民雷龄以捕盗横莱、潍[①]间，海道宋[②]购之急而遁，以属世贞。世贞得其处，方欲掩取，而微露其语于王捕尉者，还报又遁矣。世贞阳曰："置之。"又旬月，而王尉擒得他盗，世贞知其为龄力[③]也，忽屏左右召王尉诘之："若奈何匿雷龄？往立阶下闻捕龄者非汝邪？"王惊谢，愿以飞骑取龄自赎。俄龄至，世贞曰："汝当死，然汝能执所善某某盗来，汝生矣。"而令王尉与俱，果得盗。世贞遂言于宋而宽之。

官校捕七盗，逸其一。盗首妄言逸者姓名，俄缚一人至，称冤。乃令置盗首庭下差远，而呼缚者跽阶上，其足蹑丝履，盗数后窥之。世贞密呼一隶，蒙缚者首，使隶肖之，而易其履以入。盗不知其易也，即指丝履者，世贞大笑曰："尔乃以吾隶为盗！"即释缚者。

【注释】

①莱、潍：莱州和潍州，即今山东蓬莱和潍坊。

②海道宋：姓宋的海道。明代各省下设守道，莱州、青州和潍州为山东布政使属下的临海地区，所以叫海道。

③为龄力：为雷龄效力。

【译文】

明朝王世贞在青州统兵时，当地百姓中有个叫雷龄的盗匪横行莱、潍两州间，姓宋的海道派官军追捕，雷龄见风声很紧，就赶紧逃跑了，姓宋的海道把捉拿雷龄的任务交给王世贞。王世贞打听出雷龄藏匿的住处，正计划偷袭，不小心露了口风让一个王姓捕头知道，结果其密报于雷龄，雷龄又逃逸无踪。王世贞便故意说："既然他逃走就算了，等下次的机会吧。"过了十多天，王捕头擒获一名盗匪，王世贞知道他是得自雷龄的帮助。一天，王世贞命左右退下后召来王捕头，质问他说："你为什么要替雷龄通风报信？那天站在台阶下偷听我们谈论缉捕雷龄计划的就是你吧？"王捕头马上认错谢罪，请求率领捕役亲自缉捕雷龄，以赎前罪。不久果然擒住雷龄，王世贞对雷龄说："按你所犯罪行理应处死，但如果你能替我擒获某盗，将功赎罪，我就给你一条生路。"说完命王捕头与他一同前去捕盗，果然顺利擒获，于是王世贞奏请朝廷，请求赦免雷龄。

有一次官府擒获七名盗匪，但仍有一名匪徒在逃。土匪头故意谎报在逃者的姓名，不久，根据土匪头的供述抓来一名人犯，但那人一直喊冤。于是王世贞下令把土匪头带到庭下较远处，而要那名喊冤者跪在府阶上受审，这名喊冤者脚上穿着一双丝鞋，因此土匪头不断地从后面偷窥那名喊冤者。这时王世贞暗中让一名属吏脸上蒙着布罩，并且换上丝鞋，打扮成那名喊冤者的模样，土匪头并不知道人已掉包，仍指称穿丝鞋者即是同伙人，王世贞大笑说："你居然敢称我的属吏是匪盗，看来你前面所说的全是一派胡言。"说完立即释放那名喊冤者。

范槚

【原文】

范槚，会稽人，守淮安。景王出藩[①]，大盗谋劫王，布党起天津至鄱阳，分徒五百人，往来游奕。一日晚衙罢，门卒报有贵客入僦[②]潘氏园寓孥[③]者，问："有传牌乎？"曰："否。"命调之，报曰："从者众矣，而更出入。"心疑为盗，阴选健卒数十，易衣帽如庄农，曰："若往视其徒入肆者，阳与饮，饮中挑与斗，相执絷以来。"而戒曰："慎勿言捕贼也。"卒既散去，公命舆谒客西门，过街肆，持者前诉，即收之。比反，得十七人。阳怒骂曰："王舟方至，官司不暇食，暇问汝斗乎？"叱令就系。入夜，传令儆备，而令吏饱食以需。漏下二十刻[④]，出诸囚于庭，厉声叱之，吐实如所料。即往捕贼，贼首已遁。所留孥，妓也。于是飞骑驰报徐、扬诸将吏，而毙十七人于狱，全贼溃散。

【注释】

①出藩：离开京师到自己的封国去。

②僦（jiù）：租赁。

③孥：此处指家眷。

④漏下二十刻：半夜。

【译文】

会稽人范槚镇守淮安。景王要离开京师到自己的封国去，某大盗计划劫持景王。这名大盗的党羽遍布于天津到鄱阳间，他派出了五百名手下出入市集打探景王的消息。一天傍晚衙门快收班时，有门吏报告有贵客租下了潘家的宅邸安置家眷。范槚询问门吏："对方是否持有证明身份的令牌？"门吏答："没有。"于是范槚命人暗中窥视对方举动。密探回报说："对方随从人员很多，而且进出频繁。"范槚怀疑他们就是盗匪，于是暗中挑选几十名身材强健的士卒，换上便装，打扮成村夫的模样。范槚对他们说："你们看到那批人进酒馆，就跟着进去，与他们一块儿喝酒，再故意挑起冲突与之相斗，然后一同闹到府衙来。"接着又告诫他们说："你们千万不能谈及捕贼的事。"士卒散去后，范槚立即命人准备车到西门拜谒贵客，经过街市，正赶上闹事者告官，范槚命人全部收押，一共抓了对方十七人。范槚故意骂道："王爷刚驾到，我忙着接待王爷都来不及，哪有空管你们的事。"下令手下将一干人等全部关入牢中。到了半夜，范槚下令升堂问案，并要属下事先填饱肚子，准备长时间侦讯。午夜一过，范槚就要吏属将一干人带至庭上，经范槚厉声质问后，他们果真如范槚所猜测的是大盗的手下。范槚立即率兵围剿，贼首已闻风先逃，而所谓的妻眷，原来是一些妓女。于是范槚飞骑传送紧急公文，给徐州、扬州的将士官吏，而将捕获的十七名贼人处死，其余盗贼则全部溃散。

高湝 杨津

【原文】

北齐任城王湝领并州刺史，有妇人临汾水浣衣，有乘马行人换其新靴，驰而去。妇人持故靴诣州言之，湝乃召居城诸妪，以靴示之。绐[①]云："有乘马人于路被贼劫害，遗此靴焉，得无亲族乎？"一妪抚膺哭曰："儿昨着此靴向妻家也。"捕而获之，时称明察。

杨津为岐州刺史，有武功[②]人赍绢三匹，去城十里为贼所劫。时有使者驰驿而至，被劫人因以告之。使者到州以状白[③]津，津乃下教云："有人着某色衣，乘某色马，在城东十里被杀，不知姓名，若有家人，可速收视。"有一老母行哭而出，云是己子。于是遣骑追收，并绢俱获，自是合境畏服。

【注释】

①绐：假称。

②武功：地名，在今陕西。

③白：告诉。

【译文】

北齐时任城王高湝担任并州刺史，有位妇人在汾水边洗衣时，被一位骑马而过的路人换穿了她正要刷洗的一双新靴子。那位路人留下旧靴后，骑马扬长而去。妇人于是拿着这双旧靴告官。高湝召来城中的老妇人，拿出那双旧靴要她们辨认，接着骗她们说："有位骑马的过客在路上遭抢遇害，尸首难以辨认，只留下这双靴子，你们中间可有谁认识这靴子的主人？"一名老妇捂着胸哭道："我的儿子昨天就是穿着这双靴子到他妻子家去的呀！"高湝立即命人将其子追捕到案，当时人称高湝明察秋毫。

北魏杨津担任岐州刺史时，有一名带着三匹绢的武功人在离城十里处遭人打劫，当时正有一名朝廷使者骑着快马经过，遭抢的商人便一口咬定这个使者是劫匪。使者到官府后将事情经过告诉杨津，杨津于是命人贴出告示说："有人穿某色衣服，骑着某色马，在城东十里处被人杀害，由于不知死者姓名，若有谁亲友中符合以上特征者，可尽速至官府指认。"有位老太太哭着从人群中走出来，说死者是她的儿子，于是杨津便派官兵前去追捕，结果人赃俱获，从此全境再无盗贼。

陈襄

【原文】

襄[①]摄浦城令，民有失物者，贼曹捕偷儿数辈至，相撑拄。襄曰："某庙钟能辨盗，犯者扪[②]之辄有声，否则寂。"乃遣吏先引盗行，自率同列诣钟所，祭祷而阴涂以墨，蔽以帷，命群盗往扪。少焉呼出，独一人手不污。扣[③]之，乃盗也。盖畏钟有声，故不敢扪云。

【原评】

按襄倡道海滨[4]，与陈烈、周希孟、郑穆为友，号“四先生”云。

【注释】

①襄：陈襄，北宋庆历年间进士。

②扪：触摸。

③扣：审问。

④海滨：指福建沿海地区，陈襄与下文提到的四个人都是福建人。

【译文】

北宋陈襄代理浦城县令时，有一人财物失窃，捕役抓了几个小偷审问，都互相抵赖。陈襄说：“某某寺庙里有一口大钟，能够辨别盗贼，若是偷盗者，摸一摸它就会发出声音，否则就无声无息。”

于是命吏卒先押盗贼前去，陈襄自率一班人到存放大钟的寺庙，祭祀祈祷一番，并暗地在大钟上涂了墨，再用布帘把钟四周遮住，这时才命小偷们轮流去摸钟。一会儿，叫他们把手伸出来一看，只有一个人的手上没染上墨。经过审问，查明他就是那个偷东西的贼。原来在摸钟时，他怕钟真的会发出声来，所以不敢碰钟，这反倒暴露了他的罪行。

【译评】

陈襄提倡文章义理，与陈烈、周希孟、郑穆三人是好朋友，当时人称“四先生”。

盗牛舌

【原文】

包孝肃[1]知天长县，有诉盗割牛舌者，公使归屠其牛鬻之，既有告此人盗杀牛者[2]，公曰：“何为割其家牛舌，而又告之?”盗者惊伏。

【注释】

①包孝肃：包拯，谥孝肃。

②告此人盗杀牛：当时不许民间私自杀牛，所以杀牛是要被处罚的。

【译文】

宋朝人包孝肃治理天长县时，有位县民向官府报案，声称所养的牛遭人割断舌头，包公要他回去把牛宰杀后运到市集出售。不久，有人来县府检举某人盗牛贩卖，包公却对他说："你为什么先前割断那人所养牛的舌头，现在又诬告他是盗牛者呢？"那人一听大惊，知道无法隐瞒，只好低头认罪。

范纯仁

【原文】

参军宋儋年暴死。范纯仁使子弟视丧，小殓[①]，口鼻血出。纯仁疑其非命，按得其妾与小吏奸，因会，置毒鳖肉中。纯仁问："食肉在第几巡？"曰："岂有既中毒而尚能终席者乎？"再讯之，则儋年素不食鳖；其曰毒鳖肉者，盖妾与吏欲为变狱张本[②]，以逃死尔。实儋年醉归。毒于酒而杀之，遂正其罪。

【注释】

①小殓：给死者穿衣服。

②为变狱张本：为翻案留下借口。

【译文】

北宋时，参军宋儋年突然死去，范纯仁派弟子前去办理丧事，替死者穿衣服时，发现他的口鼻都流出血来。范纯仁怀疑宋儋年的死是被别人谋害的，查问后得知宋儋年的小妾与小吏有奸情，因而把毒药放在甲鱼肉中。纯仁便查问吃甲鱼是在饮酒的第几巡，查知是在开始的几巡，便说："难道有已经中毒还能吃完酒席的事吗？"便再次审讯，原来儋年一向不吃甲鱼，之所以说把毒放在甲鱼肉里，是因为小妾和小吏想为翻案作准备，以逃避死罪。实际上是儋年喝醉了酒回家后，妾又把毒放在酒里劝他饮下而害死他的。于是依法惩处了小妾、小吏。

胆智部第四

总 序

【原文】

冯子曰：凡任[1]天下事，皆胆也；其济[2]，则智也。知水溺，故不陷；知火灼，故不犯。其不入不犯，其无胆也，智也。若自信入水必不陷，入火必不灼，何惮而不入耶？智藏于心，心君而胆臣[3]，君令则臣随。令而不往，与夫不令而横逞者，其君弱。故胆不足则以智炼之，胆有余则以智裁之。智能生胆，胆不能生智。刚之克也，勇之断也，智也。赵思绾[4]尝言："食人胆至千，刚勇无敌。"每杀人，辄取酒吞其胆。夫欲取他人之胆，益己之胆，其不智亦甚矣！必也取他人之智，以益己之智，智益老而胆益壮，则古人中之以"威克"、以"识断"者，若而人，吾师乎！

【注释】

①任：承担。

②济：成功。

③心君而胆臣：指以智慧为主，以胆量为辅。

④赵思绾：五代时人，曾为晋昌节度使，以杀人烹食闻名。

【译文】

冯梦龙说：要肩负天下的大事，需要有足够的勇气，而可否胜任，则取决于智慧，这勇气和智慧，就称之为"胆智"。知道水会溺人却不被淹溺，知道火会灼人却不被烧灼，躲开淹溺和烧灼，并不是缺乏勇气的行为，而正是智慧的表现。然而若自信入水而不淹溺，近火而不烧灼，则即使赴汤蹈火，又有何伤害可言呢？胆智二字，智在上而胆在下，勇气的运用必须服从于智慧的判断，若智慧的判断认为应当勇往直前却裹足犹豫，这是勇气不足，有待智慧的锻炼。若是未经智慧的判断而逞强蛮干，则是勇气有余而需要用智慧来约束。智慧能生出勇气，勇气却不能增加智慧，所以真正刚强勇敢的人，必然是智慧过人者。赵思绾曾说："生食人胆到一千，就会无敌于天下。"因此他每杀死一人，便取出其胆来下酒。这样妄想以他人之胆来增加自己勇气的行为，不但无益于勇气的养成，而且是愚昧不智的行为。相反的，以他人的智慧来增进自己的智慧，却是有效而自然的，如此，不仅智慧增加，且勇气也能够自然成长。因此本部收集古人胆智的实录，分为"威克""识断"两卷，这样的人，才是我们的老师。

威克卷十一

【原文】

履虎不咥，鞭龙得珠。岂曰溟涬，厥有奇谋。集“威克”。

【译文】

踏住老虎的尾巴，它就不能再伤人；鞭打大龙的身躯，它就会吐出腹中的宝珠。智者并不需要神仙相助，因为他懂得运用谋略。集此做“威克”卷。

班超

【原文】

窦固[①]出击匈奴，以班超[②]为假[③]司马，将兵别击伊吾[④]，战于蒲类海[⑤]，多斩首虏而还。固以为能，遣与从事郭恂俱使西域。超到鄯善[⑥]，鄯善王广奉超，礼敬甚备，后忽更疏懈。超谓其官属曰：“宁觉广礼意薄乎？此必有北虏[⑦]使来，狐疑未知所从故也。明者睹未萌，况已著耶？”乃召侍胡，诈之曰：“匈奴使来数日，今安在？”侍胡惶恐，具服其状。超乃闭侍胡，悉会其吏士三十六人，与共饮，酒酣，因激怒之曰：“卿曹与我俱在西域，欲立大功以求富贵，今虏使到数日，而王广礼敬即废，如令鄯善收吾属送匈奴，骸骨长为豺狼食矣，为之奈何？”官属皆曰：“今危亡之地，死生从司马。”超曰：“不入虎穴，焉得虎子！当今之计，独有因夜以火攻虏，使彼不知我多少，必大震怖，可殄尽[⑧]也！灭此虏，则鄯善破胆，功成事立矣！”众不应有宜曰：“当与从事议之。”超怒曰：“吉凶决于今日，从事文俗吏，闻此必恐而谋泄，死无所名[⑨]，非壮士也。”众曰：“善。”初夜，遂将吏士往奔虏营。会天大风，超令十人持鼓，藏虏舍后，约曰：“见火然后鸣鼓大呼。”余人悉持弩，夹门而伏。超乃顺风纵火，前后鼓噪。虏众惊乱，超手格杀三人，吏兵斩其

使及从士三十余级，余众百许人，悉烧死。明日乃还告郭恂，恂大惊，既而色动，超知其意，举手曰："掾虽不行，班超何心独擅之乎？"恂乃悦，超于是召鄯善王广，以虏使首示之。一国震怖，超晓告抚慰，遂纳子为质，还奏于窦固。固大喜，具上超功效，并求更选使使西域。帝壮超节，诏固曰："吏如班超，何故不遣而更选乎？今以超为军司马，令遂前功。"超复受使，因欲益其兵，超曰："愿将本所从三十余人足矣。如有不虞⑩，多益为累。"是时于阗王广德新攻破莎车，遂雄张南道，而匈奴遣使监护其国。超既西，先至于阗，广德礼意甚疏，且其俗信巫，巫言神怒："何故欲向汉？汉使有马呙马，急求取以祠我。"广德乃遣使就超请马，超密知其状，报许之，而令巫自来取马。有顷，巫至，超即斩其首以送广德。因辞让之。广德素闻超在鄯善诛灭虏使，大惶恐，即攻杀匈奴使而降超。超重赐其王以下，因镇抚焉。

【原评】

必如班定远，方是满腹皆兵，浑身是胆。赵子龙、姜伯约不足道也。

辽东管家庄，长男子不在舍，建州虏至，驱其妻子去。三数日，壮者归，室皆空矣，无以为生。欲佣工于人，弗售。乃谋入虏地伺之，见其妻出汲，密约夜以薪积舍户外焚之，并积薪以焚其屋角。火发，贼惊觉。裸体起出户，壮者射之，贼皆死。挈其妻子，取贼所有归。是后他贼惮之，不敢过其庄云。此壮者胆勇，一时何减班定远，使室家无恙；或佣工而售，亦且安然不图矣。人急计生，信夫！

【注释】

①窦固：东汉外戚，兼习文武，明察边事。汉明帝时以奉车都尉出击匈奴，大胜而归。

②班超：班彪次子，班固弟，年少时投笔从戎，后出使西域，封定远侯。

③假：代理。

④伊吾：西域古国名，在今新疆哈密。

⑤蒲类海：今之巴里坤湖，在哈密之北。

⑥鄯善：西域古国名，在今新疆东南部。

⑦北虏：指匈奴。

⑧殄尽：全部消灭。

⑨死无所名：死得没有价值。

⑩不虞：不测。

【译文】

东汉初年，窦固率兵攻打匈奴，让班超代理司马，带兵走另外一条路去攻打西域门户伊吾，在蒲类海与匈奴军遭遇，斩了许多首领之后回来。窦固认为班超很能干，便派遣他与从事郭恂一道出使西域。班超到达鄯善国，鄯善国王迎奉接待班超的礼节非常隆重周到，后来突然变得疏远怠慢了。于是班超对他的随行官员说："你们感觉到国王对我们冷淡了没有？这肯定是有匈奴的使臣来了，他心里正在犯疑惑，不知道怎么办才好的缘故。明智的人能看出尚未明朗的事情，何况这已经很明显了！"于是立即召唤服侍他们的胡人来，诈他说："匈奴的使者来了好几日，现在在哪里？"胡人侍者害怕，把情况都说出来了。班超于是把侍者关起来，同自己带来的三十六名官吏、谋士一起饮酒，喝到兴头上，班超故意激怒大家，说："各位与我来到西域，就是想建立大功求得富贵。现在匈奴的使臣才来几天，国王对我们的礼遇就冷淡了。如果让鄯善国将我们逮起来送给匈奴，我们的骸骨只能给豺狼做食物了。大家觉得该怎么办？"众人说："现在我们身处危险境地，是死是活都听从你司马的。"班超说："不深入虎穴，就不能得到虎子。现在的对策，只有乘夜晚以火攻打匈奴使臣的驻地，他们不知道我们究竟有多少人，肯定惊恐万状，这样我们就可以把他们全部消灭掉。消灭了他们，鄯善国的人自然害怕极了，我们就大功告成了。"众人说："这件事应当和从事郭恂商量。"班超发怒说："是吉是凶决定于此时此刻，郭恂是个平庸的文官，听到这个计划肯定会恐慌以致把计划泄露出去，我们都得白白送死，也就称不上是壮士了。"大家说："好！"夜幕降临不久，班超便率领官员、谋士向匈奴使者的驻地奔去。这时恰逢天空刮起了大风，班超指定十个人拿着鼓躲藏在匈奴使者馆舍的后面，并相互约定："见到火烧起来后就一边击鼓一边大喊大叫。"其余的人全都手持弓箭在门两旁埋伏。班超于是顺风放火，前后一齐击鼓喊叫，匈奴人惊慌得乱作一团。班超亲手杀了三个人，随行官兵也杀了匈奴使臣及其随从人员三十多人，剩下的一百多人，全被火烧死了。第二天天亮，才回来报告郭恂，郭恂先是大吃一惊，后来脸色才渐渐好起来。班超明白他的意思，便拱手作

揖说："您虽然没有参加，但我哪能独占此功劳呢?"郭恂听了才面露喜色。班超于是约见鄯善国国王，把匈奴使者的头拿给他看，鄯善国君臣大为惊惧。班超对鄯善王晓之以理，并用好言安抚他，于是国王把儿子送到汉朝作为人质。班超等人回去向窦固禀报了此行经过。窦固非常喜悦，向皇帝报告班超的功绩，并且请求更换使者出使西域。皇帝赞赏班超的气节，下诏书给窦固说："有班超这样的官吏，为什么不派他而要换别人呢？现在任命班超任行军司马，嘉勉他以前的功劳。"班超再次担任使者，按照惯例可以给他增加卫兵，但班超说："我只想带着原来跟我的三十多人就足够了。如果发生意外，人多了反是拖累。"这个时候，于阗国国王广德刚刚攻下了莎车国，在西域南道一带称雄，而匈奴派使者来监护于阗国。班超往西行进，先到于阗，国王广德接待他的礼仪非常不周。而且这里的风俗是崇拜巫师的，巫师说："神发怒了，责问为什么要投向汉朝。汉朝的使者有一匹浅黑色的马，快去取来祭神。"广德便派人来向班超要马。班超暗中已了解了这些情况，便答应了，但要巫师自己来取马。过了一会儿，巫师来了，班超立即斩下他的首级送给国王广德，并责备了他。广德早就听说班超在鄯善国杀了匈奴使者的事，因而特别惧怕，于是便立即杀了匈奴使者，归顺了班超。班超重赏了国王和他的下属，就这样威慑并安抚了于阗国。

【译评】

只有像定远侯班超这样，才算得上满腹皆兵，浑身是胆的英雄。赵云、姜维没有什么可称道的。辽东管家庄有一家人，丈夫不在家，建州的敌人来了，把他的妻儿都掠走了。过了几天，这个人回到家，屋里空无一人。为了维持生活，只好去当佣工，没人要他。于是想起到敌人那边去寻找妻儿。果然见到妻子出来提水，便约定夜里用火柴堆在屋外烧，从屋角烧起。起火后，敌人猛然惊醒，赤裸着身体跑出门外。这人就用箭射他们，敌人都中箭而死。他携着妻儿，带着敌人所有的好东西回到庄上。此后听说其他盗贼都害怕他，都不敢打他庄上过。这个壮士有胆量且勇敢，当时他的胆识能比班超逊色吗？假使他妻儿没有遇祸或者有人雇佣他帮工，也就安定下来不会采取这种勇敢的举动了。人能急中生智，确实如此！

耿纯

【原文】

东汉真定王扬谋反，光武使耿纯[①]持节收扬。纯既受命，若使州郡者至真定，止传舍[②]。扬称疾不肯来，与纯书，欲令纯往。纯报曰："奉使见侯王牧守，不得先往，宜自强来！"时扬弟让、从兄绀皆拥兵万余。扬自见兵强而纯意安静[③]，即从官属诣传舍，兄弟将轻兵在门外。扬入，纯接以礼，因延请其兄弟，皆至，纯闭门悉诛之。勒兵而出，真定震怖，无敢动者。

【注释】

①耿纯：巨鹿人，字伯山，谥成。王莽时为纳言官，后投奔刘秀，为前将军，有战功，为"云台二十八将"之一，拜东郡太守，封东光侯。

②止传舍：下榻在驿馆中。

③安静：安详。

【译文】

东汉时真定王刘扬起兵谋反，光武帝派耿纯持兵符招抚刘扬。耿纯接受诏命后，就先派使者前往知会，自己随后起程。抵达真定后，耿纯下榻官舍，这时刘扬自称有病在身，不肯前来拜见，只写了一封信给耿纯，希望耿纯能移驾到他的住所。耿纯回复说："我是以奉了钦命的特使的身份前来接见你，怎能到你住所，我看你还是抱病勉强来一趟官舍吧。"当时刘扬的兄弟们都各自拥兵万人，刘扬盘算自己兵多气盛，而耿纯又丝毫没有交战的意图，就带

着兄弟部属来到官舍，刘扬的兄弟则率兵在官舍外等候。刘扬入屋后，耿纯很客气地接待他，并邀请他的兄弟进屋，等他们都到齐后。耿纯关闭门窗通道，将他们全部斩杀，这才率兵而出。消息传出，真定人惊恐万分，没有人再敢蠢动。

哥舒翰 李光弼

【原文】

唐哥舒翰为安西节度使，差都兵马使张擢上都奏事，逗留不返，纳贿交结杨国忠。翰适入朝，擢惧，求国忠除擢御史大夫兼剑南西川节度使。敕下，就第[①]谒翰，翰命部下捽于庭，数其罪，杖杀之，然后奏闻。帝下诏褒奖，仍赐擢尸，更令翰决尸[②]一百。

太原节度王承业，军政不修，诏御史崔众交兵于河东。众侮易承业，或裹甲持枪突入承业厅事，玩谑之。李光弼[③]闻之，素不平，至是交众兵于光弼，众以麾下来，光弼出迎，旌旗相接而不避[④]。光弼怒其无礼，又不即交兵，令收系之。顷中使[⑤]至，除[⑥]众御史中丞，怀其敕，问众所在。光弼曰："众有罪，系之矣。"中使以敕示光弼，光弼曰："今只斩侍御史；若宣制命，即斩中丞；若拜宰相，亦斩宰相。"中使惧，遂寝之而还。翼日，以兵仗围众至碑堂下，斩之。威震三军，命其亲属吊之。

【原评】

或问擢与众诚有罪，然已除西川节度使及御史中丞矣，其如王命何？盖军事尚速，当用兵之际而逗留不返、拥兵不交，皆死法也。二人之除命必皆夤缘[⑦]得之，而非出天子之意者，故二将得伸其权，而无人议其后耳。然在今日，莫可问矣。

【注释】

①就第：到哥舒翰府上。

②决尸：鞭尸。

③李光弼：唐代大将，当时任河东节度使。肃宗时曾平安史之乱，与郭子仪齐名，为唐室中兴名将。

④旌旗相接而不避：御史的官职低于节度使，所以崔众的旌旗仪仗应该避让李光弼的。

⑤中使：皇帝的使者，由宦官担任。

⑥除：提升。

⑦夤缘：攀附巴结。

【译文】

唐朝哥舒翰担任安西节度使时，派遣都兵马使张擢进京奏事。张擢逗留长安，逾期不归，贿赂勾结杨国忠。恰逢哥舒翰入朝奏事，张擢十分害怕，请求杨国忠任命自己为御史大夫兼剑南西川节度使。领到敕令后，张擢到哥舒翰府第拜谒。哥舒翰命部下在厅堂捉住张擢，列举他的罪状，乱棍打死，然后奏报朝廷。玄宗下诏褒奖他，并把张擢的尸首赐给他，让他鞭尸一百下。

太原节度使王承业，治军无方。朝廷诏令御史崔众接管其军权，转交于河东节度使李光弼。崔众有意侮辱王承业，其部下有的甚至戴甲持枪闯入王承业的府衙，玩弄嘲笑他。李光弼听说后，愤愤不平。等到与李光弼交接兵权时，崔众率部到来，李光弼亲自出迎，崔众车舆仪仗竟不知回避。李光弼愤怒于他的傲慢无礼，又不即刻交权，命令部下收押崔众。不多时，宣诏的宦官来到河东，任命崔众为御史中丞，拿着敕书问崔众在哪里。李光弼答道："崔众犯法，我已经将他收押。"宦官拿敕书给李光弼看。李光弼说："如今只是斩杀个侍御史；若宣旨，就杀御史中丞；如果任命他为宰相，照样杀宰相。"宦官害怕了，只好带着诏书回京。第二天，李光弼命部下将崔众押至碑堂下斩杀。李光弼此举，威震三军，仍命令崔众的亲属前来祭吊。

【译评】

有人会问张擢和崔众固然有罪，但张擢与崔众已分别被朝廷任命为西川节度使和御史中丞，这时杀死他二人，置朝命于何地？军法讲求神速，在用兵的关键时期，张擢逗留京师不归，崔众不即刻交出兵权，都犯了死罪。两人升官必定都是攀附权贵所得，而不是皇帝的旨意。所以，哥舒翰和李光弼能够使用权力斩杀他们，而没有人背后议论。

杨素

【原文】

杨素攻陈[1]时，使军士三百人守营。军士惮北军之强，多愿守营。素闻之，即召所留三百人悉斩之，更令简留，无愿留者。又对阵时，先令一二百人赴敌，或不能陷阵而还者，悉斩之。更令二三百人复进，退亦如之。将士股栗，有必死之心，以是战无不克。

【原评】

素用法似过峻，然以御积惰之兵，非此不能作其气。夫使法严于上，而士知必死，虽置之散地，犹背水[2]矣。

【注释】

①攻陈：此条记载是杨素平定汉王杨谅之事。隋炀帝即位时，并州（今山西太原）总管汉王杨谅起兵反叛，被杨素平定。所以下面称杨谅的军队为“北军”。“陈”应该读作“阵”。

②犹背水矣：像背水而战一样。

【译文】

隋朝的杨素有一次攻打陈国时，征求三百名自愿留营守卫的士兵。当时隋兵对北军心存畏惧，纷纷要求留营守卫。杨素得知士兵怕战的心理，就召来自愿留营的三百人，将他们全部处决，然后再下令征求留营者，再也没有人敢留营。到对阵作战时，杨素先派一二百名士兵与敌交战，凡是不能尽力冲锋陷阵苟且生还者，一律处死。然后再派二三百人进攻，退败的同样处死。将士目睹杨素的治军之道，无不心存戒惧，人人抱必死之心，于是与敌作战，没有不大获全胜的。

【译评】

杨素带兵看似过于严苛，但统领怠惰成性的士兵，非用严法不能提振士兵气势。如果带兵者立法严苛，士兵也深知兵败难逃一死的道理，那么即使在平地作战，也有如背水一战了。

安禄山

【原文】

安禄山[①]将反前两三日，于宅集宴大将十余人，锡赉[②]绝厚。满厅施大图，图[③]山川险易、攻取剽劫之势。每人付一图，令曰："有违者斩!"直至洛阳，指挥皆毕。诸将承命，不敢出声而去。于是行至洛阳，悉如其画。

【原评】

此虏亦煞有过人处，用兵者可以为法。

【注释】

①安禄山：唐朝人，得玄宗宠爱，曾自请为杨贵妃干儿子，天宝年间与史思明一起举兵谋反，史称"安史之乱"。他曾攻陷长安，自号雄武皇帝，国号燕，后被唐朝平定。

②锡赉：赏赐财物。

③图：标明。

【译文】

安禄山谋反之前的两三天，在府中宴请手下的十多名大将，宴中给每位将军丰厚的赏赐，并在府宅大厅放置一幅巨大的地图，图中标明各地山川的险易及进攻路线，另外每人都发了一幅同样缩小的地图。安禄山对各将领说："有敢于违背此图计划者斩首。"这幅图对直到洛阳的军事行动，都标得清清楚楚。所有的将领都不敢出声，领命离去。直到安禄山攻陷洛阳前，各军的行进完全遵照图中的指示。

【译评】

安禄山这蛮子也有过人之处，带兵的人可以参考他的这个方法。

宗威愍

【原文】

金寇犯阙，銮舆南幸[①]。贼退，以宗公汝霖尹开封。初至，而物价腾贵，至有十倍于前者。郡人病之，公谓参佐曰："此易事，自都人率以饮食为先，当治其所先，缓者不忧于平也。"密使人问米麦之值，且市之。计其值，与前此太平时初无甚增。乃呼庖人取面，令作市肆笼饼大小为之，乃取糯米一斛，令监军使臣如市沽酝酒，各估其值，而笼饼枚六钱，酒每觚七十足。出勘市价，则饼二十，酒二百也。公先呼作坊饼师至，讽之曰："自我为举子时来京师，今三十年矣，笼饼枚七钱，而今二十，何也，岂麦价高倍乎?"饼师曰："自都城经乱以来，米麦起落，初无定价，因袭至此，某不能违众独减，使贱市也。"公即出兵厨所作饼示之，且语之曰："此饼与汝所市重轻一等，而我以目下市直，会计薪面工值之费，枚止六钱，若市八钱，则有二钱之息，今为将出令，止作八钱，敢擅增此价而市者，罪应处斩。且借汝头以行吾令也。"明日饼价仍旧，亦无敢闭肆者。次日呼官沽任修武至，讯之曰："今都城糯米价不增，而酒值三倍，何也?"任恐悚以对曰："某等开张承业，欲罢不能。而都城自遭寇以来，外居宗室及权贵亲属私酿甚多，不如是无以输纳官曲之值与工役油烛之费也。"公曰："我为汝尽禁私酿，汝减值百钱，亦有利入乎?"任叩额曰："若尔，则饮者俱集，多中取息，足办输役之费。"公熟视久之，曰："且寄汝头颈上，出率汝曹即换招榜②，一觚止作百钱，是不患乎私酝之搀夺也!"明日出令："敢有私造曲酒者，捕至不问多寡，并行处斩。"于是倾糟破觚者不胜其数。数日之间，酒与饼值既并复旧，其他物价不令而次第自减，既不伤市人，而商旅四集，兵民欢呼，称为神明之政。时杜充守北京，号"南宗北杜"云。

【原评】

借饼师头虽似惨，然禁私酿、平物价，所以令出推行全不费力者，皆在于此。亦所谓权以济难者乎？当湖冯汝弼《祐山杂说》云："甲辰凶荒之后，邑人行乞者什之三，逋负[③]者什之九。明年，本府赵通判临县催征，命选竹板重七斤者，拶[④]长三寸者，邑人大恐，或诳行乞者曰：'赵公领府库银三千两来赈济，汝何不往？"行乞者更相传播，须臾数百人相率诣赵。赵不容入，则叫号跳跃，一拥而进，逋负者随之，逐隶人，毁刑具，呼声震动。赵惶惧莫知所措。余与上莘辈闻变趋入，赵意稍安，延入后堂。则击门排闼，势益猖獗。问欲何为，行乞者曰："求赈济。"逋负者曰："求免征。"赵问为首者姓名，余曰："勿问也，知其姓名，彼虑后祸，祸反不测，姑顺之耳。"于是出免征牌，及县备豆饼数百以进，未及门辄抢去，行乞者率不得食。抵暮，余辈出，则号呼愈甚，突入后堂矣！赵虑有他变，逾墙宵遁。自是民颇骄纵无忌。又二月，太守郭平川应奎推为首者数人于法，即惕然[⑤]相戒，莫敢复犯矣。向使赵不严刑，未必致变；郭不正法，何由弭乱？宽严操纵，唯识时务者知之。

【注释】

①銮舆南幸：皇帝的车驾向南行。

②招榜：招牌、价目牌。

③逋负：此处指欠官府租赋。

④拶（zǎn）：一种刑具。

⑤惕然：警惕的样子。

【译文】

宋朝时金人进犯京师，皇帝跑到南方。金人退兵后，宗汝霖（宗泽）奉命任开封府尹。初到开封时，开封物价暴涨，价钱几乎要比以前贵上十倍，百姓叫苦连天。宗汝霖对诸僚属说："要平抑物价并非难事，先从日常饮食开始，等民生物资价格平稳后，其他物价还怕不回跌吗？"于是暗中派人到市集购买米面，回来估算分量和价格，和以前太平时相差无几。于是召来府中厨役，命他制作市售的各种大小尺寸的糕饼，另外取来一斛（十斗）糯米，然后命人到市集购买一斛糯米所能酿成的酒，结果得到一个结论，每块糕饼的成本是六钱，每觚酒是七十钱，但一般市价却是糕饼二十钱，酒二百钱。宗汝霖首先召来坊间制饼的师傅，质问他说："从我中举人后入京，到今天已经三十年了。当初每块糕饼七钱，现在却涨到二十钱。这是什么原因，难道是谷价高涨了好几倍？"糕饼师傅说："自从京师遭逢战火后，米麦的涨跌并不能确定，但糕饼价却一直居高不下，我也不能扰乱市场，独自降价。"宗汝霖命人拿出厨役所做的糕饼，对那名师傅说："这饼和你所卖饼的重量相同，而我以现今成本加上工资重新计算后，每块糕饼的成本是六钱，如果卖八钱，那么就有二钱的利润，所以从今天开始我下令，

每块糕饼只能卖八钱，敢擅自加价者就判死罪，现在请借你项上人头，执行我的命令。"说完下令处斩。第二天，饼价回复旧价，也没有任何一家商户敢罢市。再隔一天，宗汝霖召来掌官酒买卖的任修武，对他说："现在京师糯米价格并没有涨，但酒价却涨了三倍，是什么原因呢？"任修武惶恐地答道："自从京师遭金人入侵后，皇室及一般民间酿私酒的情形很猖獗，不加价无法缴纳官税及发放工人工资、开支油水等费用。"宗汝霖说："如果我为你取缔私酒，而你减价一百钱，是否还有利润呢？"任修武叩头说："如果真能取缔私酒，那么民众都会向我买酒，薄利多销，应该足够支付税款及其他杂支开销。"宗汝霖审视他许久后，说："你这颗脑袋暂且寄在你脖子上，你赶紧带着你的手下，换贴公告酒价减一百钱，那你所担心的私酒猖獗情形，就不会再危害你了。"于是酿私酒者纷纷自动捣毁酒器。第二天，宗汝霖贴出告示："凡敢私自酿酒者，一经查获，不论数量多寡，一律处斩。"短短几天之内，饼与酒都恢复了旧价，而其他物价也纷纷下跌，既不干扰市场交易，更吸引

了四地商人云集，百姓不禁推崇为“神明之政”。当时杜充（字公美）守北京，人称“南宗北杜”。

【译评】

宗汝霖借糕饼师傅人头的做法，虽然看来有些残忍，但日后能禁酿私酒、平稳物价，命令得以完全彻底执行，毫不费力，都是因为有此事例在先。这也正是所谓的“权以济难”。当湖人冯汝弼在《祐山杂记》中记载：甲辰荒年过后，城中十人中就有三人靠乞讨度日，而无力缴税租者更高达九成。府城赵通判到县城催讨租税，城中百姓大为恐慌，有人故意散播谣言说：“赵公从府库中领取了三千两纹银，用来赈济县城百姓，我们何不赶快去赵府领救济呀?”乞丐们口耳相传，不一会儿就有好几百人相继前往赵的住处。赵命人驱赶群众，乞丐们大声叫跳，一拥而上，而欠税者也随之跟进，一时殴打属吏，毁坏公物，喊声震天。赵这才心惊害怕，不知该如何是好。我与赵上莘听说有暴动就急忙入城，赵这才稍感安心，请我们进入后堂。而聚集的群众却不停地拍击大门，大声吼叫，声势更加猖獗。问他们的目的，乞丐说：“要求救济!”欠税者说：“要求免除课税。”赵问他们带头者的姓名，我劝赵不要追问：“知道带领者的姓名，万一带头者顾虑官府日后追究，反而会为自己带来灾祸，现在不如暂时答应他们的要求。”于是赵命人贴出免课税的告示，并且准备了数百枚豆饼。豆饼才运到门口，就被民众抢夺一空，大部分乞丐仍然分不到食物。快近傍晚时，群众的吼叫声越来越大，最后突破防卫闯入后堂。赵怕发生其他暴动，就趁夜翻墙逃逸，自此暴民益发骄纵，难以约束。两个月后，太守郭平川将为首的暴民绳之以法后，其他暴民也就开始自我约束，不敢再任意滋事。当初如果赵用严刑镇压，或许不致产生暴动；而郭平川不将为首的暴民正法，暴乱就没有平息的一天。如何掌握宽严间的尺度，就只有深识时务者才能体会认识了。

识断卷十二

【原文】

能智生识，识生断。当断不断，反受其乱。集“识断”。

【译文】

能对事物有更深入的观察与了解，才能做出更正确的判断；但是在应该当机立断时，千万不能因为观察、了解而延迟、拖宕。

齐桓公

【原文】

宁戚，卫人，饭牛车下，扣角而歌。齐桓公异之，将任以政。群臣曰：“卫去齐不远，可使人问之，果贤，用未晚也。”公曰：“问之，患其有小过，以小弃大，此世所以失天下士也。”乃举火[①]而爵之上卿。

【原评】

韩、范已知张、李二生有用之才，其不敢用者，直是无胆耳。孔明深知魏延[②]之才，而又知其才之必不为人下，故未免虑之太深，防之太过，持之太严，宁使有余才，而不欲尽其用，其不听子午谷之计者，胆为识掩也。呜呼，胆盖难言之矣！

任登为中牟令，荐士于襄主[③]，曰瞻胥已，襄主以为中大夫。相室[④]谏曰：“君其耳而未之目也，为中大夫若此其易也！”襄子曰：“我取登，既耳而目之矣，登之所取，又耳而目之，是耳目人终无已也！”此亦齐桓之智也。

【注释】

①举火：点燃灯火，指不待次日，当夜就举行仪式。

②魏延：三国蜀汉大将，官至征西大将军，封南郑侯。每随诸葛亮出师，

请与亮异道，亮不许，延常叹己才用之不尽。诸葛亮死后，魏延有二心，被杀。

③襄主：赵襄子无恤。战国初年，与韩魏三分晋国。

④相室：执政之臣，即相国。

【译文】

春秋卫国人宁戚，每当他喂食拴在车下的牛时，总是一边敲打牛角一边唱歌。有一天，齐桓公从他身边经过，觉得这个人是个奇才，准备让他当官。大臣们说："卫国离我们齐国不远，可以派人去了解这个人的情况，果真是贤才，用也不晚。"齐桓公说："一了解他的情况，就会当心他有小毛病。因小问题而舍弃了他的大作用，这正是当今之世失去天下人才的原因啊！"于是提拔他当了上卿。

【译评】

韩琦、范仲淹知道张、李二生的才华，却不敢用，是无胆识的表现啊！诸葛亮深知部下魏延的才能，并且知道他的才能肯定不愿屈居别人之下，所以未免顾虑太深，防备过度，约束太严，宁可让他有多余的才能，也不愿让他充分发挥。他未采纳魏延出兵子午谷的计策，是他的胆量被见识所掩盖了。啊！胆量真是很难说呀！

任登任中牟令时，推荐一个叫瞻胥已的人给赵襄王。赵襄王便让他当了中大夫。相国劝阻道："国君您对这个人只是听说并没亲眼见到啊，任命为中大夫怎么这么轻易呢？"赵襄王说："我任用他，是既听说过又亲眼见过；对于王登所推荐的人我还要亲耳所闻，亲眼所见，这样就要永无休止去耳闻目睹了。"这也是齐桓公的明智之处。

周瑜　寇准

【原文】

曹操既得荆州，顺流东下，遗孙权书，言："治水军八十万众，与将军会猎于吴。"张昭等曰："长江之险，已与敌共。且众寡不敌，不如迎之。"鲁肃独不然，劝权召周瑜于鄱阳。瑜至，谓权曰："操托名汉相，实汉贼也。将军割据江东，兵精粮足，当为汉家除残去秽。况操自送死而可迎之耶？请为将军筹之。今北土未平，马超、韩遂尚在关西，为操后患；而操舍鞍马，仗舟楫，与吴越争衡；又今盛寒，马无藁草；中国[①]士众，远涉江湖之险，不习水土，必生疾病。——此数者，用兵之患也。瑜请得精兵五万人，保为将军破之！”权曰：“孤与老贼誓不两立！”因拔刀砍案曰：“诸将敢复言迎操者，与此案同。”竟败操于赤壁。

契丹寇澶州，边书告急，一夕五至，中外震骇。寇准不发，饮笑自如。真宗闻之，召准问计，准曰：“陛下欲了此，不过五日。愿驾幸澶州。”帝难[②]之，欲还内，准请毋还而行，乃召群臣议之。王钦若，临江人，请幸金陵；陈尧叟，阆州人，请幸成都。准曰：“陛下神武，将臣协和，若大驾亲征，敌当自遁，奈何弃庙社远幸楚、蜀？所在人心崩溃，敌乘势深入，天下可复保耶？”帝乃决策幸澶州，准曰：“陛下若入宫，臣不得到，又不得见，则大事去矣。请毋还内。”驾遂发。六军、有司追而及之，临河未渡，是夕内人相泣。上遣人瞯准。方饮酒鼾睡。明日又有言金陵之谋者，上意动。准固请渡河，议数日不决。准出见高烈武王琼[③]，谓之曰：“子为上将，视国危不一言耶？”琼谢之，乃复入，请召问从官，至皆嘿然。上欲南下，准曰：“是弃中原也！”又欲断桥因河而守，准曰：“是弃河北也！”上摇首曰：“儒者不知兵。”准因请召诸将，琼至，曰：“蜀远，钦若之议是也，上与后宫御楼船，浮汴而下，数日可至。”众皆以为然，准大惊，色脱。琼又徐进曰：“臣言亦死，不言亦死，与其事至而死，不若言而死。今陛下去都城一步，则城中别有主矣，吏卒皆北人，家在都下，将归事其主，谁肯送陛下者，金陵亦不可到也。”准又喜过望，曰：“琼知此，何不为上驾？”琼乃大呼逍遥子[④]，准掖上以升，遂渡河，幸澶渊之北门。远近望见黄盖，诸军皆踊跃呼万岁，声闻数十里。契丹气夺，来薄城，射杀其帅顺国王挞览[⑤]，敌惧，遂请和。

【原评】

按是役，准先奏请，乘契丹兵未逼镇、定，先起定州军马三万南来镇州，又令河东兵出土门路会合，渐至邢、洺，使大名有恃，然后圣驾顺动。又遣将向东旁城塞牵拽，又募强壮入虏界，扰其乡村，俾虏有内顾之忧。又檄令州县坚壁，乡村入保，金币自随，谷不徙者，随在瘗藏。寇至勿战，故虏虽深入而无得。方破德清一城，而得不补失，未战而困。若无许多经略，则渡河真孤注矣。

【注释】

①中国：中原之国，指曹魏。

②难：为难。

③高烈武王琼：高琼，时为殿前都指挥使。

④逍遥子：竹舆的别称。

⑤顺国王挞览：契丹元帅，有机勇，所部皆精兵。

【译文】

曹操取得荆州后，有了兴兵顺流而下，攻取东吴的念头，于是写了一封信给孙权，大意是自己将率领八十万水兵，约孙权在吴交战。当时以张昭为首的文臣已被曹操八十万大军的声势吓得魂不守舍，张昭说："我们所凭借的只有长江天险，在曹操取得荆州后，长江天险已为敌我双方所共有。再说敌众我寡，双方兵力悬殊。我个人以为如今之计不如迎接曹公到来。"坐在一旁的鲁肃却不认为归顺曹操是上策，于是向孙权建议，不如立即派人召回在鄱阳的周瑜商议大计。周瑜赶回后，激昂地对孙权说道："曹操虽名为汉朝丞相，其实却是汉朝的奸贼。主公据有江东，地域宽阔，兵精将广，应当为汉室除去奸贼。再说曹操现正自寻死路，我们哪有归顺他的道理？请主公听我详说平曹的计划：现在北方并未完全平定，关西的马超和韩遂是曹操的后患；如今曹操竟舍弃善战的骑兵，而想与长于水战的吴兵在水上决战，岂不是自取败亡？再加上现在正值隆冬季节，马草军粮的补给都不方便；而曹军远来南方，水土不服、定会生病。这些都是曹操用兵的不利情况，所以主公想要活捉曹操，现在正是千载良机。请求主公给我精兵五万人，我保证击败曹操！"孙权听了周瑜这番话后说："我与曹操这老贼势不两立！"说完抽出宝刀，一刀砍断桌子一角，道："诸位再有敢说归顺曹操的，就会和这桌子同样下场。"后来果然大败曹操于赤壁。

宋真宗时，契丹人出兵攻打澶州，一时边情紧急，一夜之间竟连发五道紧急文书。消息传到京师，朝野震惊。当时宰相寇准却不慌不忙，仿佛平常般谈笑饮酒。真宗接获军情紧急的报告，就召来寇准，与他商议大计。寇准

说："想要解除这种危急的状况，只要五天的时间就够了。臣恳请陛下驾幸澶州。"真宗听了颇感为难，想直接返回皇宫，寇准却再三恳请，真宗一时拿不定主意，于是召集群臣商议。临江人王钦若建议真宗避难金陵，阆州人陈尧叟则建议前往成都。寇准奏道："陛下英明睿智，才使得群臣齐心效命，如果陛下能御驾亲征，敌军必会闻风丧胆，为什么要舍弃宗庙，逃往他地呢？陛下无论幸临金陵或成都，一则路途太过遥远，二则将导致人心溃散，给予敌兵可乘之机，那又如何指望能保住大宋江山？"真宗听了这些话，才下定决心前往澶州。寇准说："请陛下即刻起程，不要再转回宫内，陛下若入宫，如果很长时间不出来，臣又进不去，怕误了大事。"于是真宗下令立即起驾。这时又有大臣阻拦，临河未渡。这晚，嫔妃个个哭成一团。真宗又派人询问寇准意见，不料寇准因喝醉了酒，竟鼾睡不醒。第二天，又有大臣向真宗建议迁都金陵，真宗有些心动。所以虽然寇准一再恳求真宗渡江，但一连几天真宗仍下不了决心，做不了决定。

一天，寇准碰到烈武王高琼，对他说："你身为大将军，见国家的情势已到如此危急的地步，难道不会向皇上说句话吗？"高琼向寇准谢罪，于是寇准又入宫，建议真宗不妨问问其他官员的意思，没想到在

朝的官员竟然个个哑口无言。这时真宗表示希望南下，寇准说："这种做法简直是舍弃中原。"真宗又想毁坏桥梁，凭借江河天险来防守。寇准说："这样河北一地就拱手送敌了。"真宗不由得摇头说："你是读书人，不懂得用兵之道。"于是寇准建议真宗询问各位将军的意见。高琼却说："我赞同王钦若的看法，蜀地远，但陛下若乘坐宫廷楼船，顺着汴江而下，几天的行程，就可抵达金陵。"在场的大臣纷纷表示赞同，寇准不由大吃一惊，只见高琼不慌不忙地接着又说："臣直言也是死，不说也是死，与其到事情发生时丧命，不如今日直言而死。今天只要陛下离开京师一步，那么整个天下就要改朝换代了，士兵们都是北方人，家小都在京师附近，若京师不保，他们都会回乡保护妻小，到时有谁肯护送陛下，即使近如金陵，陛下也到不了。"寇准听高琼如此说，顿时又面露喜色，说："你能明白这道理，为什么不自请为皇上跟前的御前将军呢?"高琼大喊一声，要轿夫起轿，寇准立刻将真宗请入轿中，全军于是顺利渡河。真宗抵达澶州北门时，远近的士兵们看见皇帝的车驾，不由欢声雷动，高呼万岁，数十里外都听得到阵阵的欢呼声。契丹人见宋真宗御驾亲征，气势大减，等攻城时，元帅顺国王挞览又遭宋兵射杀，更是胆战心寒，于是向宋请和。

【译评】

这场战役，寇准事先曾奏请真宗在契丹兵马尚未逼近镇州、定州时，先征调定州三万兵马南下到镇州，又命令河东兵出土门路来会合，逐渐逼近邢州、洺州，使得大名府有所依托，然后皇帝再亲征。同时寇准还派遣将领率兵向东牵制敌人，又招募强壮的兵丁混入契丹境内，骚扰契丹村庄，使契丹有内忧的困扰。寇准又发文到各州县，要他们各自加强守御，各乡村民纷纷组织自卫民团，金币财物随身携带，至于无法运走的米粮则全部妥善深藏。契丹兵至，千万不可与他们交手，如此一来，契丹人虽深入内地却毫无所获，只是攻下德清一城，而得不偿失，在未与宋兵交战前已是军需窘困。所以澶州之役宋军获胜并非侥幸，若事先没有这种种部署，那么真宗的渡河亲征，可就真的只是孤注一掷了。

术智部第五

总　序

【原文】

冯子曰："智者，术所以生也；术者，智所以转也。不智而言术，如傀儡[①]百变，徒资嘻笑，而无益于事。无术而言智，如御人舟子，自炫执辔如组，运楫如风，原隰[②]关津，若在其掌，一遇羊肠太行、危滩骇浪，辄束手而呼天，其不至颠且覆者几希矣。蠖之缩也，蛰之伏也，麝之决脐也，蚺之示创也，术也。物智其然，而况人乎？李耳化胡[③]，禹入裸国而解衣，孔尼较猎[④]，散宜生行贿，仲雍断发文身，裸以为饰。"不知者曰："圣贤之智，有时而殚。"知者曰："圣贤之术，无时而窘。"婉而不遂，谓之"委蛇"；匿而不章，谓之"谬数"；诡而不失，谓之"权奇"。不婉者，物将格[⑤]之；不匿者，物将倾之；不诡者，物将厄之。呜呼！术神矣！智止矣！

【注释】

①傀儡：木偶。

②隰（xí）：湿地。

③李耳化胡：相传老子入西域，化身为胡人。

④较猎：比赛打猎。

⑤格：压服。

【译文】

冯梦龙说："术即方法，真正的方法是从智慧中产生的；而通过适当的方法，智慧才能发挥无比的功用。没有智慧而只强调方法，就如同傀儡之戏的变化，非但于事无益，而且只是一场闹剧罢了；只有智慧而没有方法，则像驾车行船的人，在风平浪静或平坦广阔的原野上时，一切好像都得心应手，但一遇羊肠小道或险滩大浪，则束手无策，想不倾覆都难。蠖虫在行进时要有伸有缩，冬季的昆虫要藏于地下过冬，至春才出来，麝在被人追逐时会产生分泌物，蟒蛇翻身示创以明胆已被人取走，这都是对方法的运用。连动物都有这样的智慧，何况是人呢？老子李耳入西域化身为胡人，大禹进入裸人国而脱去衣服，孔子与人比赛打猎，散宜生行贿，仲雍南入蛮夷断发文身，以裸身为服饰。”无知的人说：“圣贤之人的智慧有时也有穷尽的时候。”智慧的人说：“圣贤之人的方法，没有穷尽的时候。”有时婉转而不直行，称之为“委蛇”；有时暂且隐匿不显，称之为“谬数”；有时诡谲而不失原则，称之为“权奇”。若不懂婉转，外物就会压制他；不懂隐匿，外物就会倾陷他；不懂诡谲，外物就会困厄他。唉呀！方法太神妙了，是智慧的最高境界！

委蛇卷十三

【原文】

道固委蛇，大成若缺。如莲在泥，入垢出洁。先号后笑，吉生凶灭。集“委蛇”。

【译文】

逶迤曲折之道，完满之中似有缺陷。正同生长在污泥中的莲蓬，经过洗涤才得显出本来面目。经历痛哭，最后才能微笑。运用得法，就能趋吉避凶。集此为“委蛇”卷。

箕子

【原文】

纣为长夜之饮而失日①，问其左右，尽不知也。使问箕子，箕子谓其徒曰：“为天下主，而一国皆失日，天下其危矣。一国皆不知，而我独知之，吾其危矣！”辞以醉而不知。

【原评】

凡无道之世，名为天醉。夫天且醉矣，箕子何必独醒？观箕子之智，便觉屈原之愚②。

【注释】

①日：日期。

②屈原之愚：这里指屈原有“众人皆醉我独醒”的诗句。

【译文】

商纣王整夜饮酒作乐以致忘记了日期，询问左右侍臣，侍臣都不知道。于是派人去问箕子，箕子对他的徒属说：“身为一国之君，而全国上下都忘记

了日期，天下就要有危险之事发生了！全国人都不知道，而只有我一个人知道，我将要有麻烦了。”于是以醉酒推辞说自己也不知道。

【译评】

凡是污浊黑暗的时代，称为天醉。若连天都糊涂了，那箕子又何必一个人清醒呢？看看箕子的智慧，便会感觉到屈原是多么愚蠢。

孔融

【原文】

荆州牧刘表不供职贡，多行僭伪，遂乃郊祀天地①，拟斥乘舆。诏书班②下其事，孔融上疏，以为“齐兵次楚，唯责包茅，今王师未即行诛，且宜隐郊祀之事，以崇国体。若形之四方，非所以塞邪萌。”

【原评】

凡僭叛不道之事，骤见则骇，习闻则安。力未及剪除而彰其恶，以习民之耳目，且使民知大逆之逋诛，朝廷何震③之有？召陵之役，管夷吾不声楚僭，而仅责楚贡，取其易于结局，度势不得不尔。孔明使人贺吴称帝，非其欲也，势也。儒家“虽败犹荣”之说，误人不浅。

【注释】

①郊祀天地：祭祀天地，是天子举行的仪式。

②班：颁布。

③震：威望。

【译文】

东汉末年，荆州牧刘表不向朝廷进贡，干了许多越轨的事，甚至胆敢祭祀天地，用天子的仪仗。皇上正要下诏书颁布这件事，孔融上疏说：“如今王师正如从前齐国进犯楚国，只是责备楚国不上贡茅包一样，并没有力量惩罚刘表，暂时应以郊祀之事为急务，以尊崇国体。如果张扬四方，不但不能收遏阻之效，反而更助长邪门歪道的气焰。”

【译评】

凡是越轨叛乱的事情，猛一见到会感到惊骇，听多了也就习惯了。在力量达不到剪除逆贼时，公布他们的罪恶，结果是使老百姓渐渐地习以为常，而且使老百姓得知这些大逆不道的人居然不被诛灭，朝廷还有什么威望？召陵之战时，管仲不声张楚国的僭越，仅仅责备楚国不交纳贡品，是因为这样说容易收场，根据形势不能不如此。诸葛孔明派人祝贺吴主称帝，并不是他的真心，是迫于形势。儒家“虽败犹荣”的说法，实在误人不浅。

王曾

【原文】

丁晋公①执政，不许同列留身②奏事，唯王文正③一切委顺，未尝忤其意。一日，文正谓丁曰：“曾无子，欲以弟之子为后，欲面求恩泽，又不敢留身。”丁曰：“如公不妨。”文正因独对，进文字一卷，具道丁事，丁去数步，大悔之。不数日，丁遂有珠崖之行。

【原评】

王曾独委顺丁谓，而卒以出谓，蔡京首奉行司马光，而竟以叛光，一则君子之苦心，一则小人之狡态。

【注释】

①丁晋公：封晋国公。宋仁宗时以欺罔罪贬崖州。

②留身：独留于皇帝身边。

③王文正：王曾，谥文正。

【译文】

宋朝人丁谓当权时，不允许同僚单独留下向皇帝奏报事宜，只有王曾一直委曲顺从，从未忤逆过他。某天，王曾对丁谓说：“我没有儿子，打算收养弟弟的儿子为后嗣，想当面奏请皇上恩准，但又不敢单独留下。”丁谓说：“你留下没关系。”王曾于是单独留下奏对，借机呈进一篇文章，详细陈诉了丁谓的恶行。丁谓离开后不久，大为后悔。没过几天，丁谓便被贬往崖州。

【译评】

只有王曾对丁谓委曲顺从，而最终将丁谓赶出朝廷。蔡京最初奉承听从司马光，最后却背叛了司马光。一个显现出君子的良苦用心，另一个则反映出小人的狡诈形象。

王翦等　三条

【原文】

秦伐楚，使王翦[1]将兵六十万人，始皇自送至灞上。王翦行，请美田宅园地甚众，始皇曰："将军行矣，何忧贫乎?"王翦曰："为大王将，有功终不得封侯；故及大王之向臣，臣亦及时以请园地，为子孙业耳。"始皇大笑。王翦既至关，使使还请善田者五辈，或曰："将军之乞贷亦已甚矣!"王翦曰："不然，夫秦王恒中粗[2]而不信人，今空秦国甲士而专委于我，我不多请田宅为子孙业以自坚，顾令秦王坐而疑我耶?"

汉高专任萧何关中事。汉三年，与项羽相距京、索间[3]。上数使使劳苦丞相，鲍生谓何曰："今王暴衣露盖，数劳苦君者，有疑君心也，为君计，莫若遣君子孙昆第能胜兵者，悉诣军所。"于是何从其计，汉王大悦。

吕后用萧何计诛韩信，上已闻诛信，使使拜何为相国，益封五千户，令卒五百人，一都尉为相国卫。诸君皆贺，召平独吊。曰："祸自此始矣!上暴露于外，而君守于内，非被矢石之难，而益封君置卫，非以宠君也，以今者淮阴新反，有疑君心，愿君让封勿受，悉以家财佐军。"何从之，上悦。其秋黥布反，上自将击之。数使使问相国何为，曰："为上在军，拊循勉[4]百姓，悉取所有佐军，如陈豨时。"客又说何曰："君灭族不久矣！夫君位为相国，功第一，不可复加。然君初入关中，得百姓心十余年矣，尚复孳孳得民和。上所为数问君，畏君倾动关中。今君胡不多买田地，贱贳[⑤]贷以自污。上心必安。"于是何从其计。上还，百姓遮道[⑥]诉相国，上乃大悦。

【原评】

（节选）陈平当吕氏异议之际，日饮醇酒，弄妇人；裴度当宦官熏灼之际，退居绿野[⑦]，把酒赋诗，不问人间事。古人明哲保身之术，例如此，皆所以绝其疑也。

【注释】

①王翦：秦始皇大将，灭赵、燕、魏、楚诸国，秦统一天下，翦居功最多，封通武侯。

②粗：粗暴。

③京、索间：京县、索县之间，今河南荥阳附近。

④拊循勉：抚慰、勉励。

⑤贳（shì）：赊。

⑥遮道：拦路。

⑦绿野：绿野堂，裴度所建别墅。

【译文】

秦始皇令大将王翦带领六十万人马征伐楚国，亲自送王翦至灞上。王翦将要动身时，向秦始皇要求很多良田和宅舍园林。秦始皇说："将军就要出发了，何必担心贫穷呢？"王翦说："作为大王手下的将领，即使有功劳最终也得不到封侯。所以，等大王因赏识而偏向臣下时，臣下也及时请求增加宅园田地，只是为了子孙后代的家业罢了。"秦始皇听后大笑。王翦到了潼关之后，接连派了五个人回去，向秦始皇请求增加良田。有人说："将军要求田园太着急了吧！"王翦说："不，秦王为人粗暴、狡猾，而且不信任人。现在把全国的军队委任给我一人，我如果不多多请求田宅作为子孙的家业，使自己坚实，难道还白等着秦王因此而怀疑我吗？"

汉高祖刘邦将关中的事情都委托萧何管理。汉高祖三年的时候，同项羽在京、索之间相对峙。这期间汉高祖多次派遣使者来慰劳萧何。鲍生对萧何说："现在汉王在外日晒夜露，还多次派人来慰劳您，是对您的忠心有怀疑。为您考虑，不如将您的子孙兄弟能够当兵的都送到部队中去。"于是萧何就依从了鲍生的计谋，汉高祖非常高兴。

汉高祖十一年，淮阴侯韩信在关中谋反，吕后用萧何的计谋诛杀了韩信。刘邦听说已经诛杀了韩信，便派使者来拜萧何为相国，加封五千户邑民，还派了五百人和一名都尉负责保卫相国的安全。诸位官员都来祝贺，唯独陈平表示哀悼说："祸害从此开始了。皇上奔波于外，而您守于京城之内，并没有冒被射弓箭的危险，却更加封晋级，设置卫队，这不是维护您，而是淮阴侯韩信起来造反刚被平息，皇上对您也产生了怀疑。希望您把皇帝的封赏让出，不要接受，把全部家财用以资助军队。"萧何听从了陈平的意见，刘邦见萧何这样，非常高兴。

这年秋天，黥布反叛，刘邦亲自率军征讨。此时仍数次派使者问萧何在做什么，萧何说："因为皇上亲征，我在内安抚百姓，勉励百姓，尽其所有帮助军队，像皇上讨伐陈稀时我所做的一样。"

不久，又有一个门客对萧何说："您离灭族不远了。您处于相国的高位，论功是全国第一，已无以复加。您入关中以来，十余年一直深得民心，而且目前仍孜孜不倦地致力于民和。皇上所以数次问您在做什么，是害怕您的威信太高，影响整个关中地带。现在您何不多多地买田地，以损污自己的名声。如此皇上的心就安宁了。"萧何采纳了他的计谋，用贱价强买了许多民宅、民田。高祖还京时，百姓拦路控诉相国的行为，皇上听了，心中暗暗高兴。

【译评】

陈平在吕氏对自己有疑虑时，整日醉酒调戏妇人；而唐朝的裴度在宦官气焰正盛时，也曾隐居乡间喝酒作诗，不过问朝廷之事。这些都是古人明哲保身的方法，其目的都是消除君主对自己的疑虑。

阮嗣宗

【原文】

魏、晋之际，天下多故①，名士鲜有全者。阮籍托志酣饮，绝不与世事。司马昭初欲为子炎求昏②于籍，籍一醉六十日，昭不得言而止。钟会数访以时事，欲因其可否致之罪，竟以酣醉不答获免。

【注释】

①多故：政局多变动。

②昏：同“婚”。

【译文】

魏、晋之时，天下纷扰多事，名士中很少有人能保全性命的。阮籍为韬光养晦，整天喝得酩酊大醉，绝口不谈天下世势。司马昭想为儿子司马炎求婚，与阮籍结为亲家，阮籍为逃避司马昭的纠缠，竟大醉六十天，司马昭得不到提出的机会，只好打消念头。当时司马昭的手下大将钟会曾数度拜访阮籍请教时事，想从阮籍的话中挑出毛病，加上罪名，而阮籍每次都醉得不能答话，也因此而保全一命。

谬数卷十四

【原文】

似石而玉，以镈为刃；去其昭昭，用其冥冥；仲父有言，事可以隐。集“谬数”。

【译文】

像是石头实际上却是宝玉，用戈戟的柄套也能成为兵刃；舍弃明显可见的用途，运用它幽微隐秘的妙处，这是管仲成事的谋略。集此为“谬数”卷。

武王

【原文】

武王立重泉[①]之戍，令曰：“民有百鼓之粟者不行。”民举所最粟以避重泉之戍，而国谷二十倍。

【原评】

假设戍名，欲人惮役而竞取粟，倘亦权宜之术，而或谓圣王不应为术以愚民，固矣！至若《韩非子》谓，汤放桀欲自立，而恐人议其贪也，让于务光[②]，又虞其受，使人谓光曰：“汤弑其君，而欲以恶名予子。”光因自投于河；文王资费仲[③]而游于纣之旁，令之间[④]纣以乱其心，此则孟氏所谓“好事者为之”。非其例也。

【注释】

①重泉：地名。

②务光：当时的隐士。

③资费仲：送资财给费仲。费仲是商纣王之佞臣。

④间：离间。

【译文】

周武王下令征调百姓赴重泉戍守，同时又发布命令说："凡百姓捐谷一百鼓（四石为一鼓）者，可以免于征调。"百姓为求免役，纷纷捐出家中所有积谷，一时国库的米粮暴增二十倍。

【译评】

武王借征调百姓戍守远地为名，利用百姓恐惧离乡的心理，征收谷粟充实国库，假若这只是一时权宜的做法，而有人却为此批评圣贤的君王不应用权术来欺骗百姓，确实是这样。《韩非子》曾记载，商汤讨伐桀后想自立为帝，又怕世人讥评他是因称王的贪念才讨伐桀的，于是故意推举务光为王，但又怕务光真的接受，就派人对务光说："汤弑杀他的君主，却想将弑君的罪名嫁祸给你。"务光听了，吓得投河自尽；文王也曾用重金贿赂费仲，要他日夜在纣王身边进谗言，迷惑纣王心智。我认为这是孟子所谓喜欢捏造假言生事的人为之，并不是真实的事例。

范仲淹

【原文】

皇祐二年，吴中大饥，时范仲淹领浙西，发粟及募民存饷，为术甚备。吴人喜竞渡，好为佛事。仲淹乃纵民竞渡，太守日出宴于湖上。自春至夏，居民空巷出游。又召诸佛寺主守，谕之曰："今岁工价至贱，可以大兴土木。"于是诸寺工作并兴。又新仓廒吏舍，日役千夫。监司劾奏杭州不恤荒政，游宴兴作，伤财劳民。公乃条奏："所以如此，正欲发有余之财，以惠贫者，使工技佣力之人，皆得仰食于公私，不致转徙沟壑耳。"是岁唯杭饥而不害。

【原评】

《周礼》荒政十二，或兴工作，以聚失业之人。但他人不能举行，而文正行之耳。凡出游者，必其力足以游者也。游者一人，而赖游以活者不知几十人矣。万历时吾苏大荒，当事者以岁俭禁游船。富家儿率治馔僧舍为乐，而游船数百人皆失业流徙，不通时务者类如此。

【译文】

宋仁宗皇祐二年，吴中出现了大饥荒。当时范仲淹在浙西做官，散发粮食，招募人民，多存粮饷，救灾的办法很完备。吴地百姓很喜欢赛龙船，又喜欢做佛事，范仲淹就鼓动老百姓赛龙船，自己每天都在西湖船中设宴观赏。从春到夏，老百姓都争着出游，街巷都空了。他又召集寺庙的主守前来，晓谕他们说："今年工价极低，你们可以大兴土木修建寺庙。"于是众多寺庙都开工扩建。又兴建仓库官舍，每天用劳力达千人。两浙饥荒严重，只有杭州很平安。

【译评】

《周礼》记载，连续十二年的饥荒，主政者应尽量提供工作机会，减少失业人口。可惜一般主政者都做不到，只有范仲淹做到了。凡是可以外出宴游者，一定是具有宴游的财力，一人外出宴游，而靠此人宴游花费的金钱生活的，不知道有几十人。明朝万历年间，苏州一带闹饥荒，主政者下令禁止百姓游船，于是富家子弟日日在僧院宴饮，而靠划船生活的船家都因失业而背井离乡，主政者的愚昧不识时务大都如此。

服练

【原文】

王丞相善于国事。初渡江，帑藏空竭，唯有练[①]数千端。丞相与朝贤共制练布单衣。一时士人翕然竞服，练遂踊贵[②]。乃令主者卖之，每端至一金。

【原评】

此事正与"恶紫"对照。谢安之乡人有罢官者，还，诣安。安问其归资，答曰："唯有蒲葵扇五万。"安乃取一中者捉之。士庶竞市，价遂数倍。此即王丞相之故智。

【注释】

①练：白绢。

②踊贵：价格跳动上涨。

【译文】

东晋时的丞相王导善于掌理国政。初渡江时，由于国库空虚，府库只存有数千匹丝绢。王导于是与朝中大臣商议，每人制作一套丝绢单衣，一时之间，官员及读书人纷纷仿效，于是丝价暴涨。王导接着下令管理府库的官员出售丝匹，每匹售价竟高达一两黄金。

【译评】

这件事情可以和齐桓公讨厌紫衣相对照。另外，东晋时，宰相谢安的一个同乡辞官回乡，临行前向谢安辞行。谢安问他回乡的路费可曾筹妥，同乡回答道："手上没有现金，只有五万把蒲葵扇。"于是谢安随手拿了其中一把扇子。没几天，士人百姓争相购买蒲葵扇，于是扇价高涨。这也是模仿王丞相的做法。

禁毂击

【原文】

齐人甚好毂击[①]，相犯以为乐。禁之，不止，晏子患之。乃为新车良马，出与人相犯也，曰："毂击者不祥。臣其祭祀不顺、居处不敬乎？"下车弃而去之，然后国人乃不为。

【注释】

①毂（gǔ）击：用车毂相撞击。毂，车轮中间车轴穿入处的圆木，安装在车轮两侧的轴上。

【译文】

齐人喜欢在驾车时用车毂相互撞击并以此为乐。官府虽多次禁止，但依然没有什么明显的成效，宰相晏婴为此感到十分烦恼。一天，晏婴乘坐一辆新车出门，故意与其他车辆相撞，事后说："与人撞车是不吉祥的凶兆，难道是我祭拜神明时心意不够诚敬、平日居家待人不够谦和的缘故吗？"于是弃车离去，从此国人皆不再以撞车为乐。

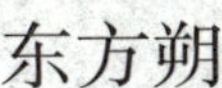

东方朔

【原文】

武帝好方士[①]，使求神仙不死之药。东方朔乃进曰："陛下所使取者，皆天下之药，不能使人不死；唯天上药，能使人不死。"上曰："天何可上?"朔对曰："臣能上天。"上知其谩诧，欲极其语[②]，即使朔上天取药。朔既辞去，出殿门，复还曰："今臣上天似谩诧者，愿得一人为信。"上即遣方士与俱，期三十日而返。朔既行，日过诸侯传饮，期且尽，无上天意，方士屡趋之，朔曰："神鬼之事难豫言，当有神来迎我。"于是方士昼寝，良久，朔觉之曰："呼君极久不应，我今者属从天上来。"方士大惊，具以闻，上以为面欺，诏下朔狱，朔啼曰："朔顷几死者再。"上曰："何也?"朔对曰："天帝问臣：'下方人何衣?'臣朔曰：'衣虫。''虫何若?'臣朔曰：'虫喙髯髯类马，色邠邠类虎。'天公大怒，以臣为谩言，使使下问，还报曰：'有之，厥名蚕。'天公乃出臣。今陛下苟以臣为诈，愿使人上天问之。'"上大笑曰："善。齐人[③]多诈，欲以喻我止方士也。"由是罢诸方士不用。

【注释】

①方士：炼丹药，言神仙，造不死之方的术士。

②极其语：使他的话说到极致，指让东方朔语尽词穷。

③齐人：东方朔是平原郡人，古属齐地。

【译文】

汉武帝喜爱方士，常派他们寻求长生不老之药。太中大夫东方朔于是进言说："陛下派人去寻求的药，都是人间的药，不能让人长生不老。只有天上的药，才能让人长生不老。"汉武帝问："天怎么能够上呢？"东方朔回答说："臣下能够上天。"汉武帝知道东方朔在说谎，想让他理屈词穷，就派遣东方朔上天取长生不老之药。东方朔辞别出去，一出殿门马上又转回来说："现在臣准备上天，但好像是骗人似的，希望皇上能派一人同行作证。"武帝便派方士和他同行，约定过三十天回来。东方朔告别之后，每天到诸侯处赌博饮酒，期限快到了，还没有上天的意思，方士多次催促他。东方朔说："鬼神的事难以预言，一定会有神仙来迎接我。"

于是，方士白天睡觉，睡了很长时间，东方朔突然弄醒方士说："叫你好久，你不答应，我现在已经从天上回来了。"方士大惊，把这事奏报给武帝。武帝以为东方朔是当众欺人，下诏把东方朔关在牢里。东方朔哭着说："我东方朔刚才有两次差点死去。"武帝说："怎么回事呢？"东方朔回答说："天帝问臣：'下方的人用什么做衣服？'臣朔回答说：'衣虫。'天帝又问：'什么样的虫？'臣朔回答说：'虫嘴上拉拉杂杂像是马，颜色斑斑点点像只老虎。'天帝大怒，以为臣是在胡说，派使臣下问，使臣回报说：'的确有这种东西，名字叫蚕。'天帝于是把臣放了。陛下如果以为臣是欺诈，可以派人上天去询问。"武帝大笑说："好！齐人大多狡诈，你的意思不过是劝喻我不要再听信方士之言呀。"于是武帝从此不再信用方士了。

颜真卿

【原文】

真卿[①]为平原太守，禄山逆节[②]颇著，真卿托以霖雨，修城浚壕，阴料丁壮，实储廪，佯命文士饮酒赋诗。禄山密侦之，以为书生不足虞，未几禄山反，河朔尽陷，唯平原有备。

【原评】

小寇以声驱之，大寇以实备之。或无备而示之有备者，杜其谋也；或有备而示之无备者，消其忌也。必有深沉之思，然后有通变之略。微乎！微乎！岂易言哉？

【注释】

①真卿：颜真卿，唐开元进士，累迁至侍御史，任平原太守时，度安禄山必反，暗中守备，安史之乱中，平原独完好。德宗时为宰相卢杞陷害，被派往叛军李希烈处，后遇害。

②逆节：叛逆的事端。

【译文】

唐代颜真卿做平原太守时，安禄山反叛的行径已经很明显了，颜真卿就借口防止连绵的大雨来修复城墙，疏通壕沟，同时还暗中征集训练士兵，充实仓储，表面上却与文人士子尽情饮酒赋诗。安禄山派密探侦察，认为颜真卿不过是个书生，不值得担忧。没有多久，安禄山发动叛乱，河东一带全部沦陷，只有平原郡因有防备而未失守。

【译评】

对待实力不大的贼寇，只需虚张声势就可吓走他们；对待强大的敌人，就要以雄厚的实力去防备他们。有时没作准备而假装有备，目的是想杜绝他的阴谋企图；有时有准备而假装没有防备，是为了麻痹敌人，消除其顾忌。一定要有深沉的思虑，然后才能有随机应变的策略。微妙，微妙，这难道是容易用言词来阐述的吗！

谢安 李郃

【原文】

桓温[①]病笃，讽[②]朝廷加己九锡[③]。谢安使袁宏具草，安见之，辄使宏改，由是历旬不就，温薨，锡命遂寝。

【原评】

按袁宏草成，以示王彪之。彪之曰："卿文甚美，然此文何可示人？安之频改，有以也。"

【注释】

①桓温：晋明帝时以战功封南郡公加九锡，威势煊赫，渐有不臣之心，曾废帝立简文帝。阴谋篡位，事败而死。

②讽：暗示。

③九锡：古时赐给重臣的九种礼器，为最高礼遇。

【译文】

东晋时，权倾朝野的大将桓温病得很厉害，暗示朝廷给他加九锡。谢安让袁宏起草加锡奏文，起草后，谢安看了，让人再修改。就这样，看了改，改了看，过了十几天还没有定稿。桓温死了，加九锡问题也就没有了。

【译评】

当初袁宏草拟诏命时，曾将文稿拿给王彪之看，王彪之说："你的文笔非常好，但这篇文章怎能给外人看？谢大人频频要你修改，并不是文章不好，一定另有原因。"

权奇卷十五

【原文】

尧趋禹步，父传师导。三人言虎，逾垣叫跳。亦念非仪，虞其我暴。诞信递君，正奇争效。嗤彼迂儒，漫云立教。集“权奇”。

【译文】

唐尧前行，夏禹跟随；父辈传授，师傅引导。三人说有老虎，大家会跳墙喊叫。既要顾念对他人的礼仪，也要防范对方的横暴。虚妄与诚信交替主宰，正、奇彼此发挥效用。嗤笑迂儒，到处树立教化。集成“权奇”卷。

狄青

【原文】

南俗尚鬼，狄武襄征侬智高时，大兵始出桂林之南，因祝曰：“胜负无以为据。”乃取百钱自持之，与神约：“果大捷，投此钱尽钱面[1]。”左右谏止：“倘不如意，恐阻师。”武襄不听，万众方耸视，已而挥手倏一掷，百钱皆面，于是举军欢呼，声震林野。武襄亦大喜，顾左右取百钉来，即随钱疏密，布地而帖钉之，加以青纱笼，手自封焉，曰：“俟凯旋，当谢神取钱。”其后平邕州还师，如言取钱。幕府士大夫共视，乃两面钱也。

【原评】

桂林路险，士心惶惑，故假神道以坚之。

【注释】

①钱面：明代以前铜钱仅一面有文字，称面。

【译文】

南方习俗崇尚鬼神，狄青带兵征讨侬智高，大军刚离开桂林南部时，狄青祷告说："胜负没有凭据。"于是取出百枚铜钱拿在手里，与神灵誓约说："如果大获全胜，投掷的百枚铜钱全部钱面朝上。"属下极力劝谏欲阻止说："倘若不尽如人意，恐怕会动摇军心。"狄青没有理会，在千万官兵注视下，手一挥，掷出百枚铜钱，全部钱面朝上。一时间官兵欢呼，声震山林。狄青也非常高兴，命左右取来百枚铁钉，即刻将铜钱原封不动地钉在地面上，盖上青纱，亲手加封，接着祷告说："等凯旋回来，一定重谢神灵，取回铜钱。"后来，狄青平定邕州敌寇，班师凯旋，履行诺言前来取钱。幕僚官吏一起察看铜钱，才发现两面都是钱面。

【译评】

桂林路途艰难险阻，兵士人心惶惶疑惑不定，所以狄青假借神明来增强士气。

杨琎

【原文】

杨琎授丹徒知县。会中使[①]如浙，所至缚守令置舟中，得赂始释。将至丹徒，琎选善泅水者二人，令著耆老[②]衣冠，先驰以迎。中使怒曰："令安在，汝敢来谒我耶?"令左右执之，二人即跃入江中，潜遁去。琎徐至，绐曰："闻公驱二人溺死江中，方今圣明之世，法令森严，如人命何?"中使惧，礼谢而去。虽历他所，亦不复放恣云。

【注释】

①中使：天子的私人使者，常由宦官担任。

②耆老：年老的乡绅。

【译文】

杨琎被任命为丹徒知县，适逢中使到了浙江，所到之处即把州县长官捆绑到船上，直到送给他们财物后才会被释放。中使将要到达丹徒县时，杨琎挑选了两名擅长潜水的人扮成老人前去迎接。中使看到这两人后，非常生气地说："县令在哪里？你们是什么人？怎么敢随便就来见我呢?"然后命令随从将二人抓起来，这二人即跳入江中潜水逃走了。此时杨琎才登上船，骗中

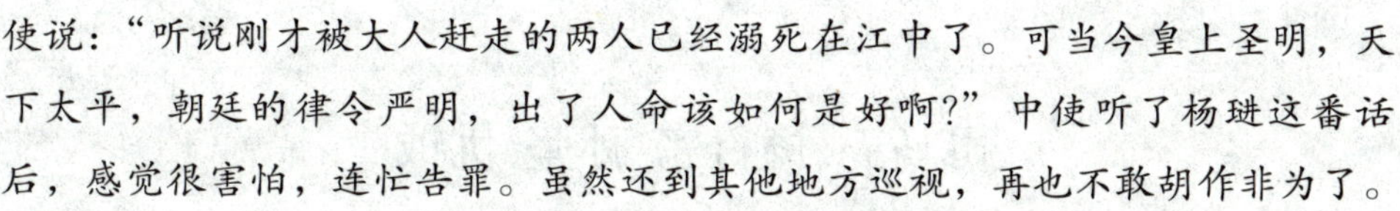

使说：“听说刚才被大人赶走的两人已经溺死在江中了。可当今皇上圣明，天下太平，朝廷的律令严明，出了人命该如何是好啊?”中使听了杨琎这番话后，感觉很害怕，连忙告罪。虽然还到其他地方巡视，再也不敢胡作非为了。

太史慈

【原文】

北海相孔融闻太史慈避地东海，数使人馈问其母。后融为黄巾贼所围，慈适还，闻之，即从间道入围，见融。融使告急于平原相刘备。时贼围已密，众难其出，慈乃带鞬①弯弓，将两骑自从，各持一的②持之，开门出，观者并骇。慈径引马至城下堑内，植所持的射之，射毕还。明日复然，如是者再。围下人或起或卧，乃至无复起者。慈遂严行蓐食，鞭马直突其围。比贼觉，则驰去数里许矣，竟从备乞兵解围。

【注释】

①鞬（jiān）：装弓的袋子。

②的：箭靶。

【译文】

北海相孔融听说太史慈因受人牵连到东海避祸，就经常派人带着食物、金钱照顾他母亲的生活。有一次孔融被黄巾贼围困，这时太史慈已由东海回来，听说孔融被围，就从小径潜入贼人的包围圈中见孔融。孔融遂请太史慈突围向平原相刘备求援，但这时贼人已经合围，小路也不通了，很难突围。太史慈拿着弓箭，率领两名骑士，让两名骑士各持一个箭靶，三人打开城门出来。贼人大吃一惊，屏息以待，只见太史慈牵着马走到城墙下，开始练习射箭，等到箭都射完了，就牵着马回去。第二天仍然如此。几天后，贼人每天见太史慈出城门，以为他又出来练习射箭，坐的坐，躺的躺，理都不理他。谁知太史慈这次却忽然快马冲出，穿过贼人的包围，等到贼人发觉，太史慈已经在好几里路外了。最后顺利地向刘备求来援兵，解了孔融之围。

司马懿 杨行密 孙坚 仇钺

【原文】

曹爽擅政，懿[1]谋诛之，惧事泄，乃诈称疾笃。会河南尹李胜[2]将莅荆州，来候懿，懿使两婢侍持衣，指口言渴，婢进粥，粥皆流出沾胸，胜曰："外间谓公旧风发动耳，何意乃尔?"懿微举声言："君今屈并州，并州近胡，好为之备，吾死在旦夕，恐不复相见，以子师、昭为托。"胜曰："当忝本州，非并州。"懿故乱其词曰："君方到并州。"胜复曰："忝荆州。"懿曰："年老意荒，不解君语。"胜退告爽曰："司马公尸居余气[3]，形神已离，不足复虑。"于是爽遂不设备。寻诛爽。

安仁义、朱延寿，皆吴王杨行密将也，延寿又行密朱夫人之弟。淮徐已定，二人颇骄恣，且谋叛，行密思除之。乃阳为目疾，每接延寿使者，必错乱其所见以示之，行则故触柱而仆，朱夫人挟之，良久乃苏，泣曰："吾业成而丧明[4]，此天废我也，诸儿皆不足任事，得延寿付之，吾无恨矣。"朱夫

人喜，急召延寿。延寿至，行密迎之寝门，刺杀之，即出[5]朱夫人，而执斩仁义。

孙坚举兵诛董卓，至南阳，众数万人，檄南阳太守张咨，请军粮，咨曰："坚邻二千石耳，与我等，不应调发。"竟不与。坚欲见之，又不肯见。坚曰："吾方举兵而遂见阻，何以威后?"遂诈称急疾，举兵震惶，迎呼巫医，祷祠山川，而遣所亲人说咨，言欲以兵付咨。咨心利其兵，即将步骑五百人，持牛酒诣坚营。坚卧见，亡何起，设酒饮咨，酒酣，长沙主簿入白："前移南阳，道路不治，军资不具，太守咨稽停义兵，使贼不时讨，请收按军法。"咨大惧，欲去。兵阵四围，不得出，遂缚于军门斩之。一郡震栗，无求不获，所过郡县皆陈糗粮以待坚军。君子谓坚能用法矣。法者，国之植也，是以能开东国[6]。

正德五年，安化王寘鐇反，游击仇钺陷贼中，京师讹言钺从贼，兴武营守备保勋为之外应。李文正[7]曰："钺必不从贼，勋以贼姻家，遂疑不用，则诸与贼通者皆惧，不复归正矣。"乃举勋为参将，钺为副戎[8]，责以讨贼。勋感激自奋，钺称病卧，阴约游兵壮士，候勋兵至河上，乃从中发为内应。俄得勋信，即嗾人谓贼党何锦："宜急出守渡口，防决河灌城。遏东岸兵，勿使渡河。"锦果出，而留贼周昂守城。钺又称病亟，昂来问病，钺犹坚卧呻吟，言旦夕且死。苍头卒起，捶杀昂，斩首。钺起披甲仗剑，跨马出门一呼，诸游兵将士皆集，遂夺城门，擒寘鐇。

【注释】

①司马懿：三国魏人，有雄才，杀曹爽后，代为丞相，专朝政，父子擅权，至其孙司马炎终代魏政。

②李胜：曹爽心腹。李胜是南阳人，属荆州，所以下文说"当忝本州"。

③尸居余气：形如死尸，只是还有一口气在。

④丧明：丧失视力。

⑤出：抛弃妻子。

⑥开东国：在东方创立国家，指建吴国。

⑦李文正：李东阳，谥文正，官至文渊阁大学士。

⑧副戎：副总兵。

【译文】

三国时期的曹爽骄纵专权，司马懿想诛杀他，又恐事谋划不秘而泄露，于是就对外宣称自己得了重病。河南令尹李胜去荆州上任，前来问候司马懿，司马懿让两个婢女扶着自己出来，又拉着婢女的衣角指着嘴巴表示自己口渴了，让婢女端来一碗粥，司马懿却喝得胸上都流满了粥汁。李胜说：“外面传言说您的痛风病发，怎么会这么严重呢?”司马懿声音微弱地说道：“听说你屈身在并州，并州离胡人很近，你要小心防备。我生命垂危，以后怕见不到你了，小儿司马师、司马昭就托付你多多照顾了。”李胜说：“我在荆州，不是并州。”司马懿装出满脸糊涂的神色说：“哦，你才刚到并州啊?”李胜又纠正了他一次：“我在荆州。”司马懿又说：“我年纪大了，脑子不清楚了，听不懂你在说什么。”李胜在离开司马府后，非常高兴地对曹爽说：“司马老头儿现在只剩下一口气了，神色相离，不用忧虑他了。”于是曹爽就放松了对司马懿的戒备，使得司马懿终于有机可乘，杀了曹爽。

安仁义、朱延寿都是吴王杨行密的将军，朱延寿又是杨行密夫人的弟弟。自从平定淮南后，安、朱二人骄纵放肆，并暗中商议着谋反。杨行密知道后，想要除去这两个人，于是就谎称自己得了眼病，每次接见朱延寿派来的使者，都将使者所呈上的公文胡乱指评，走路也常因碰到屋柱而摔倒，虽然有朱夫

人在一旁搀扶着他，也要很久才能苏醒过来。杨行密哭着说：“我虽然功业已成，可是却丧失了视力，这是老天要废我啊。儿子们都不能担当重任，幸好有朱延寿可以托付后事，我也就没什么可遗憾的了。”朱夫人听了后暗自高兴，立即召朱延寿入宫。朱延寿入宫的时候，杨行密在寝宫门口迎接他，等到朱延寿一踏入寝宫，就杀了他。朱延寿死后，杨行密下令将朱夫人逐出宫廷，将安仁义斩首。

东汉末年，孙坚发兵讨伐董卓，率领数万大军来到南阳，发文请求南阳太守张咨支援米粮。张咨说：“孙坚是二千石的太守，和我职位一样，不应该向我调发军粮。”于是不加理会。孙坚想要见他，张咨也不肯相见。孙坚说：“我刚刚起兵就受到这样的阻碍，以后如何树立威信呢?”于是谎称自己得了重病，消息很快传开了，全军士兵都非常担心，不但延请医生诊治，并且焚香祝祷。孙坚派亲信告诉张咨，想将军队交由张咨统领，张咨贪图那些兵力，于是率领五百兵士，带着美酒来到孙坚的营中探望。孙坚躺在床上见他，过了一会才起身设酒宴款待。二人喝得正高兴的时候，长沙主簿进入营帐求见孙坚，说：“前几天大军来到南阳，前行的道路没有修好，军中物资缺乏，太守张咨又拒绝提供军粮，使得大军无法按计划讨贼，请将他收押并按军法处置。”张咨惊慌失措想要逃走，但是军队已经将他团团包围，没有办法逃出去，于是众兵将张咨绑在军门前斩首。郡民听说后非常惊讶，从此对孙坚的要求无不照办。后来孙坚所经过的郡县都准备好粮草等待他的军队取用。君子认为孙坚懂得用“法”。法是建立一个国家的根本，这也是孙坚后来能够开创吴国的原因之一。

明武宗正德五年，安化王朱寘鐇叛变。游击将军仇钺被俘，京师谣传仇钺投降了叛贼，而兴武营守备保勋则是外应。李东阳说：“仇钺一定不会投降贼人。至于保勋，如果因为他和寘鐇有姻亲关系，就怀疑他是贼人的外应，那么凡是和贼人有交往的，都会害怕而不敢归附我们了。”于是推荐保勋为参将，仇钺为副将，将讨贼的任务交给他们。保勋十分感激，暗暗发誓一定要消灭贼人。仇钺在贼营中谎称生了病，暗中却集结旧部在河岸边等候保勋的部队，伺机接应。不久得到了保勋的书信，就唆使人告诉贼将何锦说：“要赶紧调派军队防守河口，严防朝廷大军决堤灌城。并阻击东岸的朝廷军队，不要让他们渡河。”何锦果然上了当，命令周昂守城，自己则带着军队去河口防守。仇钺又谎称自己的病情加重，于是周昂前去探视，仇钺正躺在床上痛苦呻吟，看到周昂来后就说：恐怕自己的死期到了。然后趁周昂不注意，突然起身杀了周昂，砍下他的首级。接着仇钺披上盔甲拿起剑，骑上快马冲出营门，召集从前的部下，一举攻下城门，擒获了寘鐇。

曹冲

【原文】

曹公有马鞍在库，为鼠所伤。库吏惧，欲自缚请死。冲[①]谓曰：“待三日。”冲乃以刀穿其单衣，若鼠啮者，入见，谬为愁状。公问之，对曰：“俗言鼠啮衣不吉，今儿衣见啮，是以忧。”公曰：“妄言耳，无苦。”俄而库吏以啮鞍白，公笑曰：“儿衣在侧且啮，况鞍悬柱乎。”竟不问。

【注释】

①冲：曹冲，曹操之子，幼年多智如成人，早卒。

【译文】

曹操有副马鞍放在府库中，被老鼠咬破。看管仓库的小吏很害怕，打算主动向曹操认罪请求处死。曹冲就对他说：“不用怕，等三天再说吧。”曹冲就用刀把自己的单衣戳了个洞，看起来好像老鼠咬的，去见曹操，故意装作悲伤的样子。曹操问他原因，曹冲回答说：“俗话说老鼠啃噬衣服不吉利，今天我的衣服被咬破了，因此担忧。”曹操说：“那是瞎说，不要悲伤。”一会儿，小吏禀报曹操马鞍被老鼠咬坏，曹操笑着说：“我儿的衣服穿在身上都会被老鼠咬，何况马鞍悬挂在柱子上呢！”最终没有追究此事。

捷智部第六

总 序

【原文】

冯子曰：成大事者，争百年，不争一息[①]。然而一息固百年之始也。夫事变之会，如火如风。愚者犯焉，稍觉，则去而违之，贺不害斯已也。今有道于此，能返风而灭火，则虽拔木燎原，适足以试其伎而不惊。尝试譬之足力，一里之程，必有先至，所争逾刻耳。累之而十里百里，则其为刻[②]弥多矣；又况乎智之迟疾，相去不啻千万里者乎！军志有之："兵闻拙速，未闻巧之久。"夫速而无巧者，必久而愈拙者也。今有径尺之樽[③]，置诸通衢，先至者得醉，继至者得尝，最后至则干唇而返矣。叶叶而摘之，穷日不能髡一树；秋风下霜，一夕零落：此言造化之捷也。人若是其捷也，其灵万变，而不穷于应卒，此唯敏悟者庶几焉。呜呼！事变之不能停而俟我也审矣，天下亦乌有智而不捷，不捷而智者哉！

【注释】

①一息：一呼一吸的短暂时间。

②刻：古时一昼夜为一百刻，一刻相当于今天的十四分二十四秒。

③樽：酒坛。

【译文】

冯梦龙说："成大事的人争的是百年，而不是片刻。然而一时的成败，却恰好是千秋成败的开始。尤其是在事物激变的时候，就会像大火漫天一样瞬间造成无法弥补的损失，愚昧的人往往过不了当前的考验，如果这样，哪里还有千秋大事的成败可言呢？而真正的智者，能立刻远离灾患，并将那漫天大火消弭。因此，这样的激变，刚好提供给了智者显示自己才智的机会。以一里的短距离跑步为例，先到后到虽然相差的时间往往很短，但是十里百里的长路累积下来，所差的时间就会很多；更何况智慧的人和愚蠢的人的迟缓差别，本来就要远远大于人跑步速度的差异。”兵法中说：“用兵只有笨拙的迅捷，而没有什么巧妙的迟缓。”迅捷而不巧妙的，时间长了肯定更笨拙。就像把一壶美酒摆在大街之上，先到的人能畅饮大醉，其次到的人也还能喝到几杯，至于最后到的人就只能是口干舌燥地败兴而返了。用人力来摘树叶，一天一棵树也摘不完，而秋风一起霜雪一降，一夜之间树叶就会全部陨落了，天地造化的速捷便是这样的。人们如果能够掌握天地造化的意境，则当然能在事物激变的时候灵活应变，而不会在仓促之间束手无策，这便只有真正敏悟智慧的人才可能做到吧！唉，激变的事物是不会停滞下来等人想办法去应对它的，这是再明白不过的道理。因此，天底下哪有智慧而不敏捷，敏捷而无智慧这回事呢！

灵变卷十六

【原文】

一日百战，成败如丝。三年造车，覆于临时。去凶即吉，匪夷所思。集“灵变”。

【译文】

一日之内上百次会战，胜负之机往往在一线之间。花三年的时间造好一辆马车，往往因一刹那的疏忽而倾覆。洞见危机，趋吉避祸，难以想象。集此为“灵变”卷。

汉高帝

【原文】

楚、汉久相持未决，项羽谓汉王曰：“天下汹汹[①]，徒以我两人。愿与王挑战决雌雄，毋徒罢天下父子为也。”汉王笑谢曰：“吾宁斗智，不能斗力。”项王乃与汉王相与临广武[②]间而语，汉王数羽罪十，项王大怒，伏弩射中汉王，汉王伤胸，乃扪足曰：“虏中吾指。”汉王病创卧，张良强起行劳军，以安士卒，毋令楚乘胜于汉。汉王出行军，病甚，因驰入成皋[③]。

【原评】

小白不僵而僵，汉王伤而不伤。一时之计，俱造百世之业！

【注释】

①汹汹：动荡不安的样子。

②广武：今河南荥阳之北，有三皇山，上有东西二城，各在一山头，相距二百余步，中隔山涧，刘邦与项羽即在此处对话。

③成皋：在广武之西不足百里。

楚、汉两军相持，未能决出胜负，项羽对刘邦说："如今天下战乱不息，都是因为我们两人。希望我们两人单挑以决雌雄，免得让天下人因我们两人而征战不休。"刘邦笑着对项羽说："我宁可和你斗智，不愿意和你斗力。"于是，项羽和刘邦相互约定在广武间展开辩论，刘邦列举了项羽的十条罪状，项羽一听怒火中烧，搭弓射击刘邦，正中前胸。刘邦忍痛弯腰摸着脚说："你这个奴隶射中了我的脚趾。"刘邦伤势严重，卧床不起。张良坚持要求刘邦起来慰劳士兵，除安定军心外，同时不让项羽乘机攻打汉军。刘邦出营指挥兵士，但由于病情严重，不得已快马返回成皋。

【译评】

小白没有死而装作死亡，刘邦受伤而佯装没有受伤。瞬间的机灵应变，都造就了百年的基业！

宗典 李穆 昙永

【原文】

晋元帝叔父东安王繇，为成都王颖所害，惧祸及，潜出奔。至河阳，为津吏[①]所止，从者宗典后至，以马鞭拂之，谓曰："舍长，官禁贵人，而汝亦被拘耶？"因大笑，由是得释。

宇文泰与侯景战，泰马中流矢，惊逸，泰坠地。东魏兵及之，左右皆散。李穆下马，以策击泰背，骂之曰："笼东[②]军士，尔曹主何在？"追者不疑是贵人，因舍而过。穆以马授泰，与之俱逸。

王廞之败，沙门[③]昙永匿其幼子华，使提衣幞自随。津逻[④]疑之，昙永呵华曰："奴子何不速行？"捶之数十，由是得免。

【注释】

①津吏：把持渡口的官吏。

②笼东：溃败、不振作的样子。

③沙门：和尚。

④津逻：巡逻渡口的兵卒。

【译文】

晋元帝的叔叔东安王司马繇被成都王司马颖陷害，害怕惹祸上身，于是逃离京城，在渡河的时候却被守军拦了下来。随行的宗典追赶上来，用马鞭打司马繇，对他说："朝廷下令禁止朝廷大官渡河，没想到你竟然也被当成贵人拦了下来。"士兵听后没有怀疑他，于是东安王得以平安地渡河脱险。

南北朝时期的宇文泰和侯景交战的时候，坐骑被箭射中了，受到惊吓而四处狂奔，宇文泰从马上摔了下来。这时东魏的士兵已经越来越近，而宇文泰的侍卫已经走散。大将李穆在旁边，跳下马来用鞭子抽打宇文泰，骂道："你这个无能的败兵，你的主子在哪里？为什么你一个人躺在这里？"东魏的士兵没有怀疑这是大人物就匆匆过去了，李穆于是把马让给了宇文泰，和他一起逃跑了。

晋朝时王廞战败之后，有个叫昙永的和尚收留了王廞的幼子王华，让王华提着包袱跟随在自己身后。巡逻的士兵对王华的身份产生了怀疑，正要上前盘查，昙永灵机一动，对着王华骂道："你这个下贱的奴才还不赶快走！"并对他拳打脚踢，就这样安然脱险。

王羲之

【原文】

王右军①幼时，大将军②甚爱之，恒置帐中眠。大将军尝先起，须臾，钱凤入，屏人论逆节事，都忘右军在帐中。右军觉，既闻所论，知无活理，乃剔吐污头面被褥，诈熟眠。敦论事半，方悟右军未起，相与大惊曰："不得不除之。"王羲之及开帐，乃见吐唾纵横，信其实熟眠。由是得全③。

【注释】

①王右军：王羲之，王敦之侄。官至右军将军、会稽内史，故世称王右军。大书法家，草隶冠天下。

②大将军：王敦。

③得全：得以保全性命。

【译文】

王羲之小时候很受大将军王敦喜爱，常常把他放在自己的帐子里睡觉。一次王敦先起床，接着钱凤入门来，两人便屏退别人秘密商量谋反，却忘记了还有小孩在帐中睡觉。王羲之当时已醒，听到了他们密谋的事，知道自己性命难保，在千钧一发之际，王羲之急中生智，用手指捅喉部引起呕吐，把自己的脸和被头都弄脏了，并作出睡得很香的样子。王敦商议谋反事商议了一半，才醒悟王羲之还没有起床，和钱凤一起大惊道："不得不除掉他！"拉开帐子，就看见到处都是唾液口水，相信他睡熟了。王羲之因此得以安全无事。

刘备

【原文】

曹公素忌先主[①]。公尝从容谓先主曰："今天下英雄，唯使君与操耳！本初[②]之徒，不足数也！"先主方食，失匕箸。适雷震，因谓公曰："圣人云，迅雷风烈必变。良有以也。一震之威，乃至于此。"

【原评】

相传曹公以酒后畏雷，闲时灌圃轻先主，卒免于难。然则先主好结氂[③]，焉知非灌圃故智？

【注释】

①先主：刘备，史称蜀先主。

②本初：袁绍，字本初。

③结氂：编织毛制品。

【译文】

曹操一向对刘备存有戒心。曹操曾经从容地对刘备说："当今天下的英雄，只有使君和我曹操二人而已！本初（袁绍）一类人，算不上英雄！"刘备正在进食，听到此言，吃了一惊，筷子失手落地。这时正好天上打雷，刘备便对曹操说："圣人讲，打炸雷，刮暴风，必是天地有巨变的征兆，确实很有道理。一声惊雷竟这样厉害，吓得我连筷子都掉了。"

【译评】

相传曹操曾以酒后害怕雷声而掉下筷子，闲的时候养花莳草，而认为刘备不会有大作为，才打消了杀刘备的念头。然而刘备又以喜欢编织毛毯出名，又怎能知道这是不是和养花莳草一样，都是避杀身之祸的一种方法呢？

颜真卿 李揆

【原文】

安禄山反，破东都[①]，遣段子光传李憕、卢奕、蒋清首，以徇河北。真卿绐诸将曰："吾素识憕等，其首皆非是。"乃斩光而藏三首。

李尚书揆[②]素为卢杞所恶，用为入蕃会盟使。揆辞老，恐死道路，不能达命。帝恻然，杞曰："和戎当择练[③]朝事者，非揆不可，揆行，则年少于揆者，后无所避矣。"揆不敢辞。揆至蕃，酋长曰："闻唐有第一人李揆，公是否？"揆畏留，因绐之曰："彼李揆安肯来耶？"

【注释】

①东都：洛阳。

②李尚书揆：李揆，性警敏，仪表不凡，善文章，唐德宗时官尚书左仆射。

③练：熟悉。

【译文】

安禄山造反，攻破东都洛阳，派遣段子光传送唐东都留守李憕、御史中丞卢奕、采访判官蒋清三人的首级，到河北示众。平原太守颜真卿骗众将说："我原来就认识李憕等人，那些首级不是真的！"于是将段子光斩首，而把李憕等三人的首级藏了起来。

唐德宗宰相卢杞一向讨厌尚书李揆，想刁难他，于是向德宗推荐李揆为朝廷特使，到番邦签订盟约。李揆以"年老多病，怕路途遥远，恐难达成使命"为由请辞。德宗一时感到非常为难，便问卢杞："李尚书恐怕是过于老迈

了吧？”

卢杞答道：“到吐蕃去与戎人议和，不派遣干练和熟悉朝廷旧典的人是不行的。因此，非李揆莫属。况且，李揆此次去了，今后朝中那些比李揆年轻的人，谁敢不为朝廷效命呢。”

李揆于是只得硬着头皮只身前往。到了吐蕃后，吐蕃的酋长问道：“听说唐朝有被称为‘天下第一人’的李揆尚书，特别能干，大概就是你吧？”李揆担心因此被留下来，便哄骗他道：“我哪比得上那个李揆，那个李揆根本就不肯来呀！”

李迪

【原文】

真宗不豫①，李迪②与宰执以祈禳③宿内殿。时仁宗幼冲，八大王元俨素有威名，以问疾留禁中，累日不出。执政患之，无以为计。偶翰林司④以金盂贮熟水，曰：“王所需也。”迪取案上墨笔搅水中尽黑，令持去，王见之，大惊。意其毒也，即上马驰去。

【注释】

①不豫：天子有病。

②李迪：宋真宗时为资政殿大学士、同平章事，时称贤相。

③祈禳：祈祷祛灾。

④翰林司：官名，唐宋内廷中供奉之官。

【译文】

宋真宗生病，李迪与宰相为祈神消灾而留宿宫中。当时仁宗尚年幼，八大王赵元俨向来较有威望，因探问真宗留在宫中，已经好几天了都没有离宫的意思。辅政大臣很担心，但也没有办法。碰巧翰林司端着用金盂盛的开水，说：“是八大王需要的。”李迪取来案桌上的毛笔在盆中一搅，水都变成黑色，命翰林司端去。八大王一见盆水发黑，十分惊恐，以为有人想毒害他，立刻上马飞驰离开了内宫。

太史慈

【原文】

太史慈在郡。会郡与州有隙，曲直未分，以先闻者为善。时州章已去，郡守恐后之，求可使者。慈以选行，晨夜取道到洛阳，诣公车[①]门，则州吏才至，方求通。慈问曰："君欲通章耶？"吏曰："然。""章安在？题署得无误耶？"因假章看，便裂败[②]之，吏大呼持慈，慈与语曰："君不以相与，吾亦无因得败，祸福等耳，吾不独受罪，岂若默然俱去？"因与遁还，郡章竟得直。

【注释】

①公车：汉代官署，负责接待臣民上书和征召。

②败：毁坏。

【译文】

太史慈在郡中时，正逢郡和州之间有矛盾，朝廷对是非曲直没法分别，哪个先上告哪个就对。当时州里的奏章已送出，郡里官员怕落后，寻求得力的人做使者，太史慈被选派去了。太史慈日夜兼程赶到洛阳，赶到朝廷主管文书奏章的官署门前，这时州里派来的官吏也刚到，正在求人通报。太史慈问："您是要进去呈递奏章吗？"那官吏说："是的。""奏章在哪？题款不会有错吧？"乘机把奏章借过来看，并把它撕坏了。州吏大叫着抓住太史慈，太史慈对他说："你不把奏章给我看，我也没法把它撕掉，是祸是福我们共同承担，我不会独自受罪，还不如咱俩都悄无声息地离开这里。"于是一起逃回。郡守的奏章最终得到朝廷认可。

应卒卷十七

【原文】

西江有水，遐不及汲。壶浆箪食，贵于拱璧。岂无永图，聊以纾急？集“应卒”。

【译文】

滔滔而逝的西江水，却遥远得不能解燃眉之急。一箪食一壶水，有时比璧玉还珍贵。人生难免有危难，正确地应变，才能化解突发的灾难。集此为“应卒”卷。

张良

【原文】

高帝已封大功臣二十余人，其余日夜争功不决。上在洛阳南宫，望见诸将往往相与坐沙中偶语。以问留侯，对曰：“陛下起布衣。以此属取天下，今为天子。而所封皆故人，所诛皆仇怨，故相聚谋反耳。”上忧之，曰：“奈何？”留侯曰：“上生平所憎，群臣所共知，谁最甚者？”上曰：“雍齿数窘我。”留侯曰：“今急[①]。先封雍齿，则群臣人人自坚矣。”乃封齿为什邡侯，群臣喜曰：“雍齿且侯。吾属无患矣。”

【原评】

温公[②]曰：“诸将所言，未必反也。果谋反，良亦何待问而后言邪？徒以帝初得天下，数用爱憎行诛赏。群臣往往有觖望自危之心。故良因事纳忠以变移帝意耳！”袁了凡曰：“子房为雍齿游说，使帝自是有疑功臣之心，致三大功臣相继屠戮，未必非一言之害也！”由前言，良为忠谋；由后言，良为罪案。要之布衣称帝，自汉创局，群臣皆比肩共事之人，若觖望自危，其势必反。帝所虑亦止此一著，良乘机道破，所以其言易入，而诸将之浮议顿息，不可谓非奇谋也！若韩、彭俎醢[3]，良亦何能逆料之哉！

【注释】

①急：情况紧急。

②温公：司马光，封温国公。

③韩、彭俎醢（zǔ hǎi）：汉诛杀韩信三族，又诛彭越，醢其肉赐诸侯。俎醢，剁为肉酱。

【译文】

汉高祖封了大功臣二十多人之后，其余的人白天黑夜地争功。汉高祖定不下来如何封赏才好。一次，他在洛阳南宫，远远望见众位将领星罗棋布地坐在沙土地上相对私语，便问留侯张良这些人在说什么。张良回答说："您从平民起家，凭借着这些人取得了天下。现在您做了天子，而您所封的都是您的旧交，所杀的都是您平时恨的人，所以他们聚在一起想谋反。"汉高祖对这种情况感到很忧虑，说："怎么办好呢？"留侯张良说："您平素最憎恨的、又是群臣也都知道您最憎恨的人是谁呢？"汉高祖说："雍齿曾经使我屡次受窘。"张良劝告道："那么，现在赶快封雍齿，群臣就会人心安定了。"于是，汉高祖马上册封雍齿为什邡侯。这下子，群臣都欢呼跳跃起来，高兴地说："像雍齿这样极不讨陛下喜欢的人都能被拜爵封侯，我们这些人还有什么可担心的呢？"

【译评】

司马光就这件事评论道：“众位将领在一起窃窃私语，未必是商议着谋反。如果他们真的是商议造反的话，那么，张良作为汉高祖的心腹谋臣，应该早些告诉皇帝才对；只是因为皇帝刚刚得到天下，屡次根据自己的爱憎来施行赏罚，群臣常常有失望、怨恨和自危之心，所以张良借着这件事献纳忠言，想用这种方法来改变汉高祖的思想罢了。”

袁了凡说：“张良为雍齿游说，使皇帝从此有了怀疑功臣的想法，致使三大功臣相继被杀，这未必不是张良这句话带来的祸害。”

由前者看张良是忠臣，由后者看张良是祸首。总的说来，平民百姓做皇帝，从汉代开始，群臣都是并肩作战共成大事的人，如果人人失望自危，这种形势必然导致造反。高祖忧虑的也正是这一点，张良乘机说破，所以他的话易被采纳，诸位将领的急躁情绪也立即平息，不能说不是奇妙的策略。后来韩信、彭越被杀，张良事先又哪能预料到呢？

猪脬渡淮

【原文】

太宗①以北兵渡淮，时无一苇之楫。有人于囊中取干猪脬十余，内气其中，环著腰间，泅水而南。径夺舟以济。

【注释】

①太宗：宋太宗赵光义。

【译文】

宋太宗率领北方兵渡淮河，找不到渡河用的船。有位士兵从背囊中取出十多节干猪脬，将猪脬灌满气，然后绑在腰间，向南边游去，夺取船只，让全军顺利地渡过涯河。

塞城窦

【原文】

颜常道曰："某年河水围濮州，城窦失戒[①]，夜发声如雷，须臾巷水没骭。士有献衣袽之法，其要，取绵絮胎，缚作团，大小不一，使善泅卒沿城扪漏便塞之，水势即弭，众工随兴，城堞无虞。"

【注释】

①城窦失戒：城墙的漏洞疏于防护。

【译文】

颜常道说："有一年河水暴涨，濮州被水围困，由于城墙的漏洞疏于防护，河水从孔洞中涌入，夜晚发出的声音好像巨雷一般，一会儿工夫，城中巷道的积水就已经到达了膝头。有人建议，用破衣物将那些洞堵住，取来大大小小的棉团，命令善于游泳的士兵沿着城墙用手探索墙上的孔洞然后塞入棉团，果然不久城内的积水就退去了，随后工人们立即动工修补城墙，城池没有危险。"

治堤

【原文】

熙宁中，睢阳界中发汴堤淤田[①]。汴水暴至，堤防颇坏陷，人力不可制。时都水丞侯叔献莅役相视，其上数十里有一古城，急发汴堤注水入古城中，下流遂涸，使人亟治堤陷。次日，古城中水盈，汴流复行，而堤陷已完矣，

徐塞古城所决，内外之水，平而不流，瞬息可塞。众皆伏其机敏。

【注释】

①发汴堤淤田：打开河堤放出河水，用河水中的沉积物灌耕地，有施肥的作用。

【译文】

北宋神宗熙宁年间，睢阳一带筑汴堤来排水，想让低洼地成为可耕的田地。未料汴河水位突然暴涨，堤防崩塌，一时之间无法抢修。当时都水臣侯叔献巡视灾情后，发现上游数十里外有一座废弃古城，命人掘开一部分堤防，引水入古城，于是下游的水量减少，工人才有办法靠近修堤。第二天古城积水已满，河水又开始往下奔涌，但堤防已修复，于是将古城处掘开的堤防堵塞，使河水能沿着河道平稳地流淌，而城内的积水在短时间内也都消退，众人都对侯叔献的机智聪明佩服不已。

孙权

【原文】

濡须[①]之战，孙权与曹操相持月余。权尝乘大船来观公军，公军[②]弓弩乱发，箭著船旁，船偏重，权乃令回船，更一面以受箭，箭均船平。

【注释】

①濡（rú）须：渡口名，在今安徽巢湖东南。

②公军：曹军，曹操被封为魏国公。

【译文】

濡须之战，孙权与曹操对峙有一个多月。孙权曾乘大船来窥伺曹军，曹军弓箭乱发，许多箭射中船舷，船往一边偏斜。孙权下令让船转过去，以另一面受箭，船的两侧中箭均匀，船也就平衡了。

敏悟卷十八

【原文】

剪彩成花，青阳笑之。人工则劳，大巧自如。不卜不筮，匪虑匪思。集“敏悟”。

【译文】

人工的剪纸再美丽，也比不上大自然的美景天成。人的思虑再周全，也难预料上天冥冥中的安排。智者有时不算、不卜、不思、不虑，靠当时的领悟来作出反应。

司马遹

【原文】

晋惠帝太子遹[①]，自幼聪慧。宫中尝夜失火，武帝登楼望之，太子乃牵帝衣入暗中。帝问其故，对曰：“暮夜仓卒，宜备非常，不可令照见人主。”时遹才五岁耳，帝大奇之。尝从帝观豕牢[②]，言于帝曰：“豕甚肥，何不杀以养士，而令坐费五谷?”帝抚其背曰：“是儿当兴吾家。”后竟以贾后谗废死，谥愍怀。吁，真可愍可怀也!

【原评】

此智识人，何以不禄?噫!斯人而禄也，司马氏必昌，而天道僭矣。遹谥愍怀。而继惠世者，一怀一愍，马遂革而为牛[③]，天之巧于示应乎?

【注释】

①晋惠帝太子遹（yù）：司马遹，晋惠帝长子，少聪颖，及长不好学，为晋惠帝皇后贾南风所忌，废为庶人，后被害死。

②豕牢：猪圈。

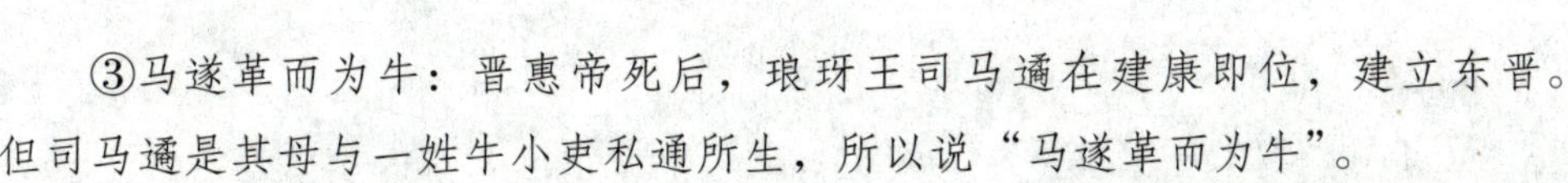
③马遂革而为牛：晋惠帝死后，琅玡王司马遹在建康即位，建立东晋。但司马遹是其母与一姓牛小吏私通所生，所以说“马遂革而为牛”。

【译文】

晋惠帝的太子叫作司马遹，从小就聪明异常。晋武帝时，一天夜里宫中发生了大火，武帝登楼观看火势，司马遹拉着武帝的衣角让武帝隐身在暗处。武帝问司马遹原因，司马遹说：“夜色昏暗，火场一片混乱，需要小心防范意外发生，皇上不应站在火光映照、每个人都能看得见的地方。”这时司马遹才五岁，武帝感觉非常惊异。还有一次，司马遹随同晋武帝去检查猪圈，他指着满栏的肥猪对晋武帝说：“这些猪已经养得非常肥了，为什么不杀了来犒劳将士，反让它们白白浪费粮食呢？”武帝听后，抚摸着太子的背说：“这个孩子日后必定能使我家兴旺。”没想到日后惠帝却因贾后的谗言使太子惨死，谥号愍怀，真是一位值得怜悯、值得怀念的太子啊！

【译评】

太子智慧过人，可是怎么会如此短命啊？唉！如果太子能活得长些，司马氏必定会昌盛。然而，如果真是这样的话，是不是会违反天道运行的正常规律呢？司马遹谥号愍怀，而惠帝死后，继承帝位的竟然分别是怀帝和愍帝。司马氏最后为牛氏所取代，难道是上天的安排，早就已经巧妙地显示出来了吗？

文彦博 司马光

【原文】

彦博幼时，与群儿戏，击毬，毬入柱穴中，不能取，公以水灌之，毬浮出。

司马光幼与群儿戏，一儿误堕大水瓮中，已没，群儿惊走，公取石破瓮，遂得出。

【原评】

二公应变之才，济人之术，已露一斑。孰谓“小时了了[①]者，大定不佳”耶？

【注释】

①了了：聪明。

【译文】

文彦博小时候，和一群同伴玩游戏，打球时球滚入洞穴中，取不出来。文彦博就用水灌满洞穴，球于是飘浮了出来。

司马光小时候，和同伴玩耍游戏，有个小孩不小心掉入大水缸中，已经沉入水中。伙伴们惊慌逃散，司马光拿起一块大石头，把水缸砸破，溺水的孩子因此得救。

【译评】

文彦博与司马光应变的才干，救济他人的策略，小时候已初露端倪。谁说"小时候聪明的人，长大后一定不出众"？

王戎

【原文】

王戎年七岁时，尝与诸小儿游，瞩见道旁李树，有子扳折，诸小儿竞走之，唯戎不动。人问之，答曰："树在道旁而多子，此必苦李。"试之果然。

【原评】

许衡[①]少时，尝暑中过河阳，其道有梨，众争取啖之，衡独危坐树下自若。或问之，曰："非其有而取之，不可。"曰："人亡世乱，此无主矣。"衡曰："梨无主，吾心独无主乎？"合二事观，戎为智，衡为义，皆神童也。

【注释】

①许衡：元时著名学者，博学多才，慨然以道为己任。

【译文】

王戎七岁那年，曾经和一群同伴游玩，看见路旁有棵李树，果实累累压折了树枝，同伴们争先恐后地去采摘，只有王戎原地不动。有人问他原因，他回答说："李树在路旁长满了果子，却没人摘采，可见一定是苦李子。"尝了一口果然如此。

【译评】

许衡年少时，曾经在暑夏经过河阳，路旁有棵梨树，同伴争着摘食，只有许衡端坐在树下镇静自如。有人问他原因，许衡说："不是我的而拿取，绝对不可以。"那人说："世道混乱，百姓流亡，这棵梨树没有主人。"许衡说："梨没有主人，难道我内心也没有主见吗？"从王戎和许衡的故事来看，王戎表现为智慧，许衡表现为大义，两人都是神童。

曹冲

【原文】

曹冲，自幼聪慧。孙权尝致[①]巨象于曹公。公欲知其斤重，以访群下，莫能得策。冲曰："置象大船之上，而刻其水痕所至，称物以载之，一较可知矣。"冲时仅五六岁，公大奇之。

【注释】

①致：赠与。

【译文】

曹冲从小就很聪明。有一次孙权献一头大象给曹操，曹操想知道它的重量，就询问属下，没有人能想出办法。曹冲说："把象牵到大船上，刻下船身吃水的痕迹，再换载其他相当的物品，一比较就可以算出大象的重量了。"曹冲当时只有五六岁，曹操感到十分惊讶。

怀丙

【原文】

宋河中府[①]浮梁[②]，用铁牛八维之，一牛且数万斤。治平中，水暴涨绝梁，牵牛没于河。募能出之者。真定僧怀丙以二大舟实土，夹牛维之，用大木为权衡状钩牛，徐去其土，舟浮牛出。转运使[③]张焘以闻，赐之紫衣[④]。

【注释】

①河中府：今山西永济。

②浮梁：浮桥。

③转运使：官名，掌军需粮饷、水陆转运。

④紫衣：唐以后，朝廷以赐僧人紫色袈裟表示荣宠。

【译文】

宋朝时河中府曾经建了一座浮桥，并铸了八头铁牛来镇桥，一头铁牛的重量有上万斤。治平年间河水暴涨，冲毁了浮桥，铁牛也沉入了河底。官员招募能让铁牛浮出水面的人。有个叫怀丙的和尚用两艘装满泥土的大船，将铁牛固定在中间，用钩状的巨木钩住牛身，然后慢慢地除去两船中的泥土，船身的重量减轻，自然会浮起来，连带也将铁牛钩出了水面。转运使张焘听说之后，赐给和尚一件紫色袈裟以表嘉奖。

梁武帝

【原文】

台城[①]陷，武帝语人曰："侯景必为帝，但不久耳。破'侯景'字乃成'小人百日天子'。"景篡位，果百日而亡。

【注释】

①台城：南朝谓朝廷为台，故称宫城为台城。

【译文】

梁武帝时台城陷落，武帝曾经对人说："侯景必定会当皇帝，但是时间不会太长。因为侯景两个字拆开来看便是'小人百日天子'。"果然侯景篡位，百天之后就被讨平了。

杨德祖　四条

【原文】

杨修为魏武[①]主簿。时作相国门，始构榱桷[②]。魏武自出看，题门作"活"字，便去。杨见，便令坏之，曰："门中活，'阔'字，王正嫌门大也。"

人饷魏武一杯酪，魏武啖少许，盖头上题"合"字以示众。众莫能解[③]，

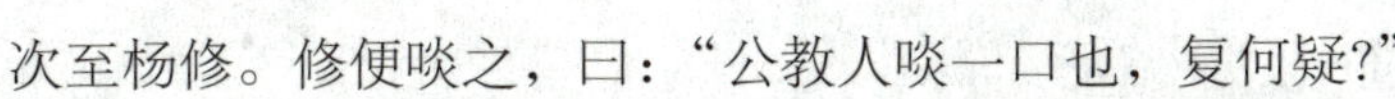
次至杨修。修便啖之，曰："公教人啖一口也，复何疑？"

魏武尝过"曹娥碑"下，杨修从。碑背上见题作"黄绢幼妇外孙齑臼"八字。魏武谓修曰："解否？"答曰："解。"魏武曰："卿未可言，俟我思之。"行三十里，魏武乃曰："吾已得。"令修别记所知。修曰："黄绢，色丝，于字为'绝'；幼妇，少女，于字为'妙'；外孙，女子，于字为'好'；齑臼，受五辛[4]之器，于字为'辞'。所谓'绝妙好辞'也！"魏武亦记之，与修同，叹曰："吾才去卿乃三十里。"

操既平汉中，欲讨刘备而不得进，欲守又难为功。护军不知进止，操出教，唯曰："鸡肋。"外曹莫能晓，杨修曰："夫鸡肋，食之则无所得，弃之则殊可惜，公归计决矣。"乃私语营中戒装[5]，俄操果班师。

【原评】

德祖[6]聪颖太露，为操所忌，其能免乎？晋、宋人主多与臣下争胜诗、字，故鲍照多累句，僧虔用拙笔，皆以避祸也。

【注释】

①魏武：曹操。

②始构榱桷（cuī jué）：刚开始搭椽子。

③解：了解，懂得。

④五辛：各种辛辣的食物。

⑤戒装：整理行装。

⑥德祖：杨修字德祖。

【译文】

杨修担任曹操的主簿官之时，有次曹操修府邸大门，刚开始搭椽子。曹操从内室走出，察看施工的情形，在门上题了一个“活”字后就离开了。杨修命令人将门拆毁，说：“门中活为‘阔’字，魏王这是嫌门太宽了。”

有人献给曹操一杯乳酪，曹操吃了一点，在盖上写了一个“合”字给大家看。众人不知道曹操的用意，杨修见后，便拿起杯子喝了一口，说：“曹公教‘人’各喝‘一口’，各位还有什么好迟疑的呢？”

杨修有一次随曹操经过曹娥碑，见碑上题有“黄绢幼妇外孙虀臼”八个字。曹操问杨修：“知道是什么意思吗？”杨修回答说：“知道。”曹操说：“你先不要说出答案，让我思考一下。”等走了三十里路后，曹操说：“我明白了。”让杨修写下他的答案，杨修写道：“黄绢，是色丝，合为绝字；幼妇，是少女，合为‘妙’字；外孙，是女儿之子，合为‘好’字；虀臼，是受辛之器，合为‘辞’字（辞古字为受辛）。因此是‘绝妙好辞’。”曹操也把自己的答案写下来。曹操所写的和杨修相同。事后曹操感叹地说：“我的才华与你的相差三十里远。”

曹操平定汉中之后，想要继续讨伐刘备，却没有办法向前推进；想要坚守汉中，又很难防御得住。将军们也不知道该守还是该战。一天曹操发布命令，只是说：“鸡肋。”外面的官员不知曹操的意思。杨修说：“鸡肋，吃起来没有多少肉，但是扔掉又觉得很可惜，我看曹公已经决定班师回朝了。”于是私下让兵士们整理装备准备回家，不久曹操果然下令班师回朝。

【译评】

杨修正是因为聪颖太露，遭到了曹操的忌恨，招致祸难。晋、宋两朝的君主，常常喜欢和大臣在诗词书法上争胜负，因此鲍照的文章中常常会有低俗、累赘的言辞，僧虔写字时也会用拙笔，这都是为了避祸啊！

丁晋公

【原文】

广州押衙崔庆成抵皇华驿，夜见美人，盖鬼也。掷书云："川中狗，百姓眼，马扑儿，御厨饭。"庆成不解，述于丁晋公①，丁解云："川中狗，蜀犬也；百姓眼，民目也；马扑儿，瓜子也②；御厨饭，官食也。乃'独眠孤馆'四字。"

【注释】

①丁晋公：丁谓，时贬于崖州。

②马扑儿，瓜子也：马扑为掴，掴与瓜音近。

【译文】

广州有个叫崔庆成的押衙抵达皇华驿站后，晚上碰到美丽的女鬼，女鬼丢了张字条给他，上面写着："川中狗，百姓眼，马扑儿，御厨饭。"崔庆成看不懂，拿去请教丁谓。丁谓解释说："川中狗就是蜀犬，合为'独'；百姓眼就是民目，合为'眠'；马扑儿是瓜子，合为'孤'；御厨饭就是官食，合为'馆'。是'独眠孤馆'四字。"

刘伯温

【原文】

高祖①方欲刑人②，刘伯温③适入，亟语之梦："以头有血而土傅之，不祥，欲以应之。"公曰："头上血，'眾'字也，傅以土，得众且得土也，应在三日。"上为停三日待之，而海宁降。

【注释】

①高祖：明太祖朱元璋，谥高皇帝。

②刑人：处死人。

③刘伯温：刘基，字伯温，官至御史中丞、太史令，封诚意伯。

【译文】

明太祖想要杀死犯人，恰好刘伯温入宫来，于是太祖急忙把梦到的内容告诉他："满脸泥土，并且流血不止，不是吉兆，想杀死刑犯以应验梦中血兆。"刘伯温说："头上有血是'眾（众）'字，有泥土表示得到土地，能得到众人的心再得到土地，那么在三天之内必定会有好消息传来。"三天后，盘踞海宁的张士诚军队果然投降了。

占状元　二条

【原文】

孙龙光状元及第，前一年，尝梦积木数百，龙光践履往复。既而请一李处士[①]圆之，处士曰："贺郎君喜，来年必是状元。何者？已居众材之上。"

郭俊应举时，梦见一老僧着屐。于卧榻上蹒跚而行。既寤，甚恶之。占者曰："老僧，上座也；着屐于卧榻上，行屐高也；君其巍峨[②]矣。"及见榜，乃状元也。

【注释】

①处士：学问高但没有做官的人。

②巍峨：高大的样子。

【译文】

孙龙光状元及第的前一年，曾经梦到数百根木头，自己穿着鞋来回在上面走。请李处士替他圆梦，李处士说："恭喜郎君，来年一定高中状元。为什么？你已经位于众材之上了。"

郭俊参加举人考试的时候，曾经梦到一位穿着木屐的老和尚，在床上来回地走动。醒来后感觉非常讨厌。解梦人说："老僧代表高位，穿着木屐在床上走动代表屐（技）高，先生考试一定能够名列前茅。"等到放榜之时，郭俊果然高中状元。

剃髭 剃发

【原文】

宋李迪美须髯[1]，御试[2]日，梦剃削俱尽。占者曰："剃者，替也，解元是刘滋，今替滋矣。"果状元及第。

曹确[3]判度支，亦有台辅之望，或梦剃发为僧，心甚恶之，有一士善占梦，确召而诘之。此士曰："前贺侍郎，旦夕必登庸；出家者，剃度也，度、杜同音，必代杜为相矣。"无何。杜相[4]出镇江西，而确大拜。

【注释】

①须髯：胡须。

②御试：由皇帝亲自主持的考试，即殿试。

③曹确：唐懿宗时同平章事，居位六年，有雅望。

④杜相：杜审权，懿宗立，进为同中书门下平章事，出为镇海军节度使。

【译文】

宋朝人李迪蓄有一把漂亮的胡须，殿试那天梦到胡须全被人剃光了。占梦人说："剃者，替也，今年解元是刘滋（留髭），先生一定能替刘滋之位成为新科状元。"果然应验。

唐朝时曹确为判度支，拜相的呼声甚高。一日，梦到自己剃发为僧，心情很恶劣，请相士解梦。相士说："贺喜侍郎官，不久必登相位。出家人一定要行剃度礼，'度''杜'二字同音，侍郎一定会代杜审权的相位。"果然杜审权奉命镇守江西，曹确登宰相位。

季毅

【原文】

王濬[1]梦悬三刀于梁上，须臾又益一刀。季毅曰："三刀为州，又益者，明府其临益州乎？"果迁益州刺史。

【注释】

①王濬（jùn）：西晋人，初为参军，荐为巴郡太守，迁益州刺史，官至抚军大将军。晋朝平定东吴时，是前线的重要将领。

【译文】

晋朝人王濬梦到梁柱上悬着三把刀，一会儿又增添了一把。李毅说："合三刀就是一个'州'字，又加了一把刀，加的意思就是'益'，难道你要去益州吗?"后来王濬果然被任命为益州刺史。

语智部第七

总　序

【原文】

冯子曰：智非语也，语智非智也，喋喋者必穷，期期者有庸，丈夫者何必有口哉！固也，抑有异焉。两舌相战，理者必伸；两理相质，辩者先售。子房①以之师，仲连②以之高，庄生以之旷达，仪、衍③以之富贵，端木子以之列于四科④，孟氏以之承三圣⑤。故一言而或重于九鼎，单说而或强于十万师，片纸书而或贤于十部从事，口舌之权顾不重与？“谈言微中，足以解纷”；“言之无文，行之不远”。君子一言以为智，一言以为不智。智泽于内，言溢于外。《诗》曰：“唯其有之，是以似之。”此之谓也。

【注释】

①子房：张良。

②仲连：鲁仲连，其事见卷十九“鲁仲连”条。

③仪、衍：张仪、公孙衍，二人为战国大纵横家。

④端木子以之列于四科：端木子，指端木赐，即子贡，孔子列德行、政事、言语、文学四科，子贡与宰我入“言语”。

⑤三圣：指孔子、曾子、子思。

【译文】

冯梦龙说：智慧不等于言语本身，言语上的聪明机巧不等于一个人有智慧，喋喋不休的人一定不会有好结果，反倒是那些看似不能言的人能够成功，因此有智慧的人，又何须机巧的语言能力呢？然而也有另一个看待这个问题的角度，两方不同的言论激辩，有理的一方当然会获胜；两种不同的道理互相质疑，善于辩解的一方会占得先机。历史上张良因此成为王者之师，鲁仲连因此获得了高名，庄子因此而有旷达的哲学，张仪、公孙衍因此而享有荣华富贵，子贡因此成为孔子的学生，孟子因此继承了儒家思想。因此，有时一句话比朝廷的权威还重要，有时一个游说可以敌过十万军队，有时一纸建言比所有的州郡佐吏的辛苦工作还要有用，又怎么能不重视言语呢？精微的言论，可以解开纷杂的困境。语言虽然有道理但是没有文采，就不会流传久远，而言语是否有智慧从此也可以看出来。内心有充溢的智慧，自然会生出智慧的言语来。《经》说：“因为内在是这个样子，因此表象看来是这样的。”说的就是这个意思。

辩才卷十九

【原文】

侨童有辞，郑国赖焉；聊城一矢，名高鲁连；排难解纷，辩哉仙仙；百尔君子，毋易繇言。集“辩才”。

【译文】

子产以口舌折服晋楚，使郑国免祸数十年；鲁仲连以一封绑在箭上的信，说服燕军退兵。历史上有无数危难，都在智者的辩才下消于无形。集此为“辩才”卷。

鲁仲连

【原文】

秦围赵邯郸，诸侯莫敢先救。魏王使客将军辛垣衍间[①]入邯郸，欲与赵尊秦为帝。鲁仲连适在赵，闻之，见平原君胜。胜为介绍，而见之于辛垣衍。鲁连见辛垣衍而无言。辛垣衍曰：“吾视居此围城之中者，皆有求于平原君者也，今观先生之玉貌，非有求于平原君者，曷为久居此围城之中而不去也？”鲁连曰：“秦弃礼义、上首功[②]之国也，权使其士，虏使其民，彼肆然而为帝，则连有赴东海而死耳，不忍为之民也。所为见将军者，欲以助赵也。”辛垣衍曰：“助之奈何？”鲁连曰：“吾将使梁[③]及燕助之，齐、楚固助之矣。”辛垣衍曰：“燕吾不知；若梁，则吾乃梁人也。先生恶能使梁助之耶？”鲁连曰：“梁未睹秦称帝之害故也，使睹秦称帝之害，则必助赵矣。”辛垣衍曰：“秦称帝之害奈何？”鲁连曰：“昔齐威王尝为仁义矣，率天下诸侯而朝周。周贫且微，诸侯莫朝，而齐独朝之。居岁余，周烈王崩，诸侯皆到，齐后往，周怒，赴于齐曰：‘天崩地坼，天子下席，东藩之臣田婴齐后至，则斩之！’威王勃

然怒曰：‘叱嗟，鲁仲连而母婢也！’卒为天下笑。故生则朝周，死则叱之，诚不忍其求也。彼天子固然，其无足怪。”辛垣衍曰：“先生独未见夫仆乎？十人而从一人者，宁力不胜，智不若耶？畏之也！”鲁连曰：“梁之比于秦若仆耶？”辛垣衍曰：“然。”鲁连曰：“然则吾将使秦王烹醢梁王。”辛垣衍怏然不悦，曰：“嘻，亦太甚矣，先生又恶能使秦王烹醢梁王？”鲁连曰：“固也，待吾言之。昔者鬼侯、鄂侯、文王，纣之三公也。鬼侯有子而好，故入之于纣，纣以为恶，醢鬼侯；鄂侯争之急，辩之疾，并脯鄂侯；文王闻而叹息，拘于羑里之库百日，而欲令之死。曷为与人俱称帝王，卒就脯醢之地也？齐湣王将之鲁，夷维子执策而从，谓鲁人曰：‘子将何以待吾君？’鲁人曰：‘吾将以十太牢[④]待子之君。’夷维子曰：‘吾君，天子也。天子巡狩，诸侯避舍，纳管键，摄衽抱几，视膳于堂下，天子已食，退而听朝也。’鲁人投其钥[⑤]，不果纳。将之薛，假途于邹。当是时，邹君死，湣王欲入吊，夷维子谓邹之孤曰：‘天子吊，主人必将倍殡柩，设北面于南方，然后天子南面吊也。’邹之群臣曰：‘必若此，吾将伏剑而死。’故不敢入于邹。邹、鲁之臣，生则不能事养，死则不得饭含，然且欲行天子之礼于邹、鲁之臣，不果纳。今秦万乘之国，梁亦万乘之国，交有称王之名，睹其一战而胜，欲从而帝之，是使三晋之大臣，未如邹、鲁之仆妾也。且秦无已而帝，则且变易诸侯之大臣，彼将夺其所谓不肖，而予其所谓贤，夺其所憎，而予其所爱，彼又将使其子女谗妾为诸侯妃姬，处梁之宫，梁王安得晏然而已乎？而将军又何以得故宠乎？”于是辛垣衍起，再拜谢曰：“吾乃今知先生为天下之士也，吾请去，不敢复言帝秦矣。”秦将闻之，为却军五十里。

【原评】

苏轼曰：“仲连辩过仪、秦，气凌髡、衍，排难解纷，功成而逃，实战国一人而已。”穆文熙[⑥]曰：“仲连挫帝秦之说，而秦将为之却军，此《淮南》之所谓‘庙战’[⑦]也。”

【注释】

①间：通过小道。

②上首功：崇尚杀敌斩首为功。

③梁：魏国都城在大梁，因此魏也称梁。

④十太牢：太牢为牛，以十牛相待，已是极盛之礼。

⑤投其钥：扔掉钥匙，指不再开城门迎齐湣王入城。

⑥穆文熙：字敬止，明嘉靖进士，官吏部员外郎。

⑦庙战：指运筹于朝廷之内，不必用征伐而使敌人服。

【译文】

秦军包围了赵国的邯郸，诸侯谁也不敢先派兵去救。魏王派客将军辛垣衍从小路进入邯郸，想要和赵国共同尊秦为帝，借以解邯郸之围。鲁仲连这时正好在赵国，听说这件事后，就去见平原君赵胜。赵胜就介绍他去见辛垣衍。鲁仲连乍见辛垣衍之后，一句话也不说。辛垣衍说："我看住在这座被围城中的人都是对平原君有所求助的，但看先生这堂堂的相貌，又绝不会对平原君有所求。那么你为什么老是住在这被围之城中而不肯离开呢?"鲁仲连说："秦国是一个不讲礼义而崇尚杀敌立功的国家，用诡诈的办法使用它的将士，像对待奴隶那样对待自己的人民。如果它敢称帝，那么我只有到东海去自杀，绝对无法做它的老百姓！我来见将军的原因，就是想要帮助赵国。"辛垣衍说："怎么帮助赵国呢?"鲁仲连说："我要让魏国和燕国都来帮助赵国，而齐国以及楚国原来就是帮助赵国的。"辛垣衍说："燕国的情况我不知道，至于魏国嘛，我本来就是魏国人，先生怎么能让魏国来帮助赵国呢?"鲁仲连说："那是因为魏国还没有认识到秦国的害处。如果让它看到秦国称帝的害处，就一定会来救赵国了。"辛垣衍又说："秦国称帝有什么害处呢?"鲁仲连说："从前齐威王曾行过仁义之事，就是率领天下诸侯去朝见周王朝。当时周王朝贫穷而卑微，诸侯都不去朝拜它，只有齐国前去朝拜。一年之后，周烈王死了，诸侯都去吊唁，而齐国稍微去晚了一点，周王就发怒，派使者到齐国宣告：'天崩地陷，天子都已驾崩，而东边的大臣田婴齐（指齐威王）却后来，真是该砍头！'威王勃然大怒说：'混账！你这个丫头养的！'结果整个事件成了一个笑话。周王活着的时候去朝见他，死了之后就辱骂他，这也是因为实在无法忍受他的苛刻要求。但天子本来就是这样，这也没有什么奇怪的。"辛垣衍说："先生难道没有见过那些奴仆吗？十几个奴仆听从一个主人的指挥，难道是力量和智慧不如他吗？只是畏惧他罢了。"鲁仲连说："魏国和秦国相比，也像是奴仆吗?"辛垣衍说："是这样。"鲁仲连说："那么我就

要让秦王把魏王煮成肉酱！”辛垣衍很不高兴地说：“这样说话也太过分了吧！先生又怎么能让秦王把魏王煮成肉酱呢？”鲁仲连回答：“我一定能，请你听我说。从前鬼侯、鄂侯、文王三人是纣王的三公。鬼侯有个女儿长得很漂亮，就把她送给纣王，纣王却说她长得丑，要把鬼侯煮成肉酱；鄂侯赶忙出来为他辩护，纣王又把鄂侯给晒成了肉干；文王听说之后，感叹一声，就被关在羑里的监狱里过了一百天，还想把他弄死。这不就是拥护人为帝王，结果却落得被人弄成肉酱的下场吗？齐湣王准备去鲁国的时候，夷维子拿着马鞭护驾，他对鲁国人说：‘你们打算用什么礼节接待我们的君主？’鲁国人说：‘我们准备用十太牢款待你们的国君。’夷维子说：‘我们的国君本是天子，天子外出巡视打猎，诸侯都应该让出自己的房屋，交出钥匙，还要系上衣带端着盘子，在堂下侍候天子吃饭，待天子吃完饭之后，才能够回去处理公务。’鲁人一听，就紧闭城门，不肯接待他。后来又准备去薛国，途中要经过邹国，当时邹国的君主正好去世，湣王想要进去吊唁，夷维子对邹国的继位太子说：‘天子来吊唁的时候，主人要把灵柩从北面抬到南面，让他面朝北面，然后天子面朝南面吊唁。’邹国的大臣们都说：‘如果一定要这样的话，我们宁可伏剑自杀！’结果齐国的君臣不敢进入邹国。邹国和鲁国的大臣们在他们的国君活着的时候没有能力侍奉他，他死了之后也没有能力提供祭品，但是，别人要想在他们面前行天子之礼，他们是不会答应的。现在秦国不过是个有万乘军车的国家，而魏国也是一个有万乘军车的国家，大家都有称王的资格。看他打了一次胜仗就想顺从他，让他称帝，这不是让三晋的大臣还不如邹国和

鲁国的臣仆有骨气吗？而且秦国称帝后也不会万事皆休，他一定还要调换诸侯的大臣，把那些他认为不听话的人换成自己的亲信，把他所厌恶的人换成他所喜欢的人。他还要把他的女儿和擅长告密的女子送给诸侯做嫔妃，住在魏国的后宫里，魏王还能安安稳稳地过日子吗？而将军您又凭什么继续得到宠幸呢？”听完这话，辛垣衍忙站起来，向鲁仲连拜了两拜，道歉说：“我今天才知道先生的确是天下的高士。请让我回去，再不敢提尊秦国为帝的事了。”秦将听说这件事后，把军队后撤了五十里。

【译评】

苏轼说：“鲁仲连的辩才超过张仪、苏秦，气度不亚于淳于髡、邹衍。为别人排除危险，大功告成后又自行离去，这在战国时期是独一无二的。”穆文熙说：“鲁仲连挫败了尊秦为帝的主张，秦将也因此而退兵。这就是《淮南子》中所说的‘庙战’。”

狄仁杰

【原文】

武承嗣、三思①营求为太子，狄仁杰从容言于太后曰：“姑侄与子母孰亲？陛下立子，则千秋万岁后配食太庙；若立侄，则未闻侄为天子，而祔②姑于庙者也。”太后乃寤。

【原评】

议论到十分醒快处，虽欲不从而不可得。庐陵反正，虽因鹦鹉折翼及双陆不胜之梦，实姑侄子母之说有以动之。凡恋生前，未有不计死后者。时王方庆居相位，以其子为眉州司士参军，天后问曰：“君在相位，子何远乎？”对曰：“庐陵是陛下爱子，今犹在远；臣之子，安敢相近？”此亦可谓善讽矣。然慈主可以情动，明主当以理格，则天明而不慈，故梁公辱昌宗③而不怒，进张柬之而不疑，皆因其明而用之。

【注释】

①武承嗣、三思：武则天之侄。

②祔（fù）：把死者的灵位附祭于太庙。

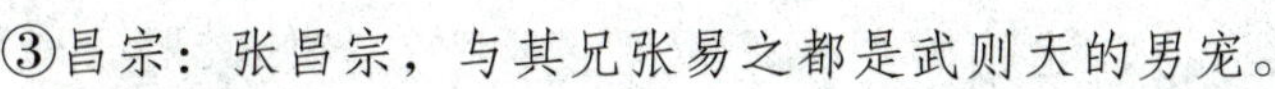
③昌宗：张昌宗，与其兄张易之都是武则天的男宠。

【译文】

武则天的侄子武承嗣、武三思谋求做太子。狄仁杰从容地对太后说：“姑侄和母子哪一个亲？陛下立自己的儿子做太子，那么千秋万岁以后，可以配食在祖庙；如果立侄子做太子，那我没听说侄子是天子，而祭祀姑姑在祖庙的。”太后才醒悟了。

【译评】

道理讲得透彻酣畅，虽然你不想听从，大概也不能不听从了。庐陵王李显再次被立为太子，表面上看来，是因为武则天梦见了鹦鹉折断翅膀和屡次玩双陆都没有获胜，实际上却是狄仁杰一针见血地端出了这篇“姑侄与母子孰亲”的大言论，而深深地打动了武则天的缘故。凡是留恋生前的人，没有不计较死后之事的。

当时王方庆作丞相，将他的儿子任命为眉州司士参军。武则天问他：“君在相位，为什么将儿子放在遥远的地方呢?”王方庆回答：“卢陵王是陛下的爱子，现在尚在远方，臣的儿子哪里敢安置在近处呢?”这些话也可以说是善于讽谏。

然而慈主才能以情去感动他，明主应当以理去说服他。武则天明而不慈，所以狄仁杰侮辱张昌宗她不发怒，提拔张柬之她不生疑，因为她贤明，信任狄仁杰，重用他，并不以感情用事。

富弼

【原文】

契丹乘朝廷有西夏之忧，遣使来言关南之地。富弼奉使，往见契丹主曰：“两朝继好，垂四十年，一旦求割地，何也?”契丹主曰：“南朝违约，塞雁门，增塘水，治城隍，籍民兵，将以何为? 群臣请举兵而南，吾谓不若遣使求地，求而不获，举兵未晚。”弼曰：“北朝忘章圣皇帝之大德乎? 澶渊之役，苟从诸将言，北兵无得脱者。且北朝与中国通好，则人主专其利，而臣下无所获；若用兵，则利归臣下，而人主任其祸。故劝用兵者，皆为身谋耳。今中国提封[①]万里，精兵百万，北朝欲用兵，能保必胜乎？就使其胜，所亡士马，群臣当之与，抑人主当之与？若通好不绝，岁币尽归人主，群臣何利焉？”契丹主大悟，首肯者久之。弼又曰：“雁门者，备元昊也。塘水始于何承矩，事在通好前。城隍修旧，民兵亦补阙，非违约也。”契丹主曰：“虽然，吾祖宗故地，当见还耳。”弼曰：“晋以卢龙赂契丹，周世宗复取关南地，皆异代事，若各求地，岂北朝之利哉。”既退，刘六符[②]曰：“吾主耻受金币，坚欲十县，何如？”弼曰：“本朝皇帝言：‘为祖宗守国，岂敢望以土地与人？北朝所欲，不过租赋耳，朕不忍多杀两朝赤子，故屈地增币以代之。’若必欲得地，是志在败盟，假此为辞耳。”明日契丹主召弼同猎，引弼马自近，谓曰：“得地则欢好可久。”弼曰：“北朝既以得地为荣，南朝必以失地为辱，兄弟之国，岂可一荣一辱哉？”猎罢，六符曰：“吾主闻公荣辱之言，意甚感悟，今唯结姻可议耳。”弼曰：“婚姻易生嫌隙，本朝长公主出嫁，赍送不过十万缗，岂若岁币无穷之利哉。”弼还报，帝许增币。契丹主曰：“南朝既增我币，辞当曰‘献[③]’。”弼曰：“南朝为兄，岂有兄献于弟乎？”契丹主曰：“然则为‘纳[④]’。”，弼亦不可，契丹主曰：“南朝既以厚币遗我，是惧我矣，于二字何有？若我拥兵而南，得无悔乎？”弼曰：“本朝兼爱南北，故不惮更成，何名为惧？或不得已而至于用兵，则当以曲直为胜负，

非使臣之所知也。”契丹主曰：“卿勿固执，古有之矣。”弼曰：“自古唯唐高祖借兵突厥。当时赠遗，或称献纳，其后颉利为太宗所擒。岂复有此哉?”契丹主知不可夺，自遣人来议。帝用晏殊议，竟以“纳”字与之。

【原评】

富郑公与契丹主往复再四，句句占上风，而语气又和婉，使人可听。此可与李邺侯参看，说辞之最善也。弼始受命往，闻一女卒，再往，闻一男生，皆不顾。得家书，未尝发，辄焚之，曰：“徒乱人意。”有此一片精诚，自然不辱君命。

【注释】

①提封：疆界以内的领土。

②刘六符：时为契丹翰林学士。

③献：藩臣贡物曰献。

④纳：意同贡献，亦附属国贡物之辞。

【译文】

宋仁宗庆历年间，西夏主赵德明屡次侵扰北宋，北宋朝廷甚为之忧，契丹主宗真趁机派使者前来谈判索取关南的土地，于是，富弼奉命出使契丹。

富弼到了契丹后，即拜见宗真，开门见山地问道：“贵国与我朝友好相处已近四十年了，现在您突然提出割地的要求，这是为什么呢?”契丹国主说：“你们南朝违背了盟约，堵塞雁门关，增加塘水，修治城隍，登记民兵，你们将要做什么呢?我的臣子们请求举兵南征，我说不如遣派使者请求割地。如果达不到目的，我们再发兵也不晚。”富弼说：“你们北朝难道就忘记了章圣皇帝的大德了吗?当年澶渊之战，如果皇上听从将军的话，北朝的兵马不会有一个能逃脱的。况且，北朝与中国之间，通好就君主独享其利，而臣下一无所获；若用兵打仗，如果胜利，就使利益归之于臣下；如果失败，君主就要承担战争中的所有责任。所以那些劝你用兵的人，都是为他们自己打算的。现在中国边防线长达万里，有精兵百万，北朝如果开战，能保证一定打胜吗?即使能打胜。所损失的士兵和车马，是由群臣来承担呢，还是由君主来承担呢?如果能保持友好关系，那么每年所赠送的钱币全部都为君主所有，群臣则得不到什么好处。”契丹主听完这话才恍然大悟，不断点头赞同。富弼接着又说："关闭雁门关，是为了防备西夏元昊。建造陂塘是从何承矩的时候就开始的，早在双方通好之前。其他如维修城墙、土壕，登记军民户籍等事，也并没有违约啊。"契丹主说："既是如此，我祖宗的旧地还是应该归还的。"富弼说："后晋石敬瑭用卢龙等地贿赂契丹，周世宗又夺取了关南的地方，这都是别的朝代的事了。如果各自都要求归还土地，难道北朝有利吗？"说完就退了下去。契丹翰林学士刘六符对富弼说："我主羞于接受金银财宝，坚持要关南县土地，怎么办？"富弼说："我朝皇帝说：为祖宗守护国土，怎么能随便就把土地送人？北朝想要的，不过是地租赋税罢了。我不忍心两国的多数百姓被杀，因此不归还土地而用增加给契丹钱财来代替。若北朝坚持一定要土地，就是有心毁弃盟约，而以割地为借口。"

第二天契丹主邀富弼一同打猎，对富弼说："若宋朝肯割让土地，那么两国的友谊将更稳固友好。"富弼说："假如北朝得到土地会觉得光荣快乐，那么南朝必会因损失土地而感到屈辱难过。南朝、契丹是兄弟之邦，怎能做出令一个觉得光荣、一个觉得屈辱的事呢？"狩猎结束后，刘六符对富弼说："听了我王和先生所谈有关荣辱的事，想到如今只有两国结成亲家才能巩固友谊。"富弼回京师报告，皇帝同意增加金银财宝。契丹主说："南朝已经增加了给我的贡物，在词语上应当说'献'。"富弼说："南朝是兄长，哪有兄长献给弟弟的呢？"契丹主说："这样的话那就说'纳'。"富弼还是不答应。契丹主说："南朝既然赠给我们重金，这是惧怕我们了，用这两个字又有什么关系？假如我发兵南下，难道你们就不后悔吗？"

富弼义正词严地答道："我朝皇帝同时爱怜两朝的老百姓，因此，愿意作出一定的让步，维持原有的同盟，这又怎么能说是害怕你们呢？如果大王您

认为不得已而用兵，那么，肯定会以是非曲直分胜负，这就不是本使臣所能知道的了。”契丹主又说：“你不要这么固执嘛！‘献上’‘交纳’，古已有之。”富弼说：“自古以来，只有唐高祖时因为要向突厥借兵，当时的馈赠有时称为‘献’‘纳’。后来突厥首领颉利被唐太宗擒获，哪里还有这样的事呢？”契丹国主知道富弼的决心不可改变，就亲自派人去北宋朝廷商议。仁宗听从晏殊的建议，最后同意用“纳”字。

【译评】

富弼与契丹国主唇枪舌剑，往复再三，富弼句句占上风，而语气又极和婉，句句入耳。这可以和李邺侯相比，称得上最善于言辞的人。富弼第一次奉命出使的时候，正好家中一个女儿去世；第二次去的时候，家里又生了一个男孩。这些事情他一概不顾。接到家信的时候，不打开就烧掉了，说：“不能为家事扰乱情绪。”有这样一片精诚之心，当然能光荣地完成朝廷的使命。

善言卷二十

【原文】

唯口有枢，智则善转。孟不云乎：言近指远。组以精神，出之密微。不烦寸铁，谈笑解围。集“善言”。

【译文】

嘴巴中有转轴，要靠智慧转动。浅近的词句，往往有深远的含意。用心运用，注意变化，就能在谈笑间化解危机。

中牟令

【原文】

后唐庄宗猎于中牟，践蹂民田，中牟令当马而谏。庄宗大怒，命叱去斩之。伶人①敬新磨率诸伶走追其令，擒至马前。数之曰：“汝为县令，独不闻天子好田猎乎？奈何纵民稼穑，以供岁赋，何不饥饿汝民，空此田地，以待天子驰逐？汝罪当死，亟请行刑!”诸伶复唱和，于是庄宗大笑，赦之。

【注释】

①伶人：乐工，即现在以演戏为业的人。

【译文】

后唐庄宗在中牟狩猎，践踏了附近的民田。中牟县令拦在庄宗马前劝谏，庄宗十分恼怒，命左右将县令拉下去斩首。有个叫敬新磨的伶人立刻带着其他唱戏的追赶上县令，将他拉到庄宗马前，一一列举他的罪状说：“你身为一县之令，难道没有听说过天子喜欢打猎吗？为什么要纵容百姓耕种庄稼，以此缴纳每年的赋税呢？为什么不暂且让百姓忍饥挨饿，空出田地，好让天子尽兴狩猎呢？你确实该死，请皇上立即行刑。”其他伶人也在旁边争相附和，

庄宗听后大笑，赦免了县令。

武帝乳母

【原文】

武帝乳母尝于外犯事，帝欲申宪①，乳母求东方朔。朔曰："此非唇舌所争，尔必望济者，将去时，但当屡顾帝，慎勿言。此或可万一冀耳。"乳母既至，朔亦侍侧，因谓之曰："汝痴耳。帝今已长，岂复赖汝乳哺活耶？"帝凄然，即敕免罪。

【注释】

①申宪：申明法律。意即依法处理。

【译文】

汉武帝的奶妈在宫外犯法，武帝想按律论罪以明法纪，奶妈向东方朔求救。东方朔说："这件事不是用言辞就可以打动皇上的，你如果真的想免罪，只有在你向皇上辞别时，频频回头看皇上，但记住千万不要开口求皇上，或许能侥幸地使皇上回心转意。"奶妈在向武帝辞别时，东方朔也在一旁，就对奶妈说："你不要痴心妄想了，现在皇上已长大了，你还以为皇上仍靠你的奶水养活吗？"武帝听了，不由想起奶妈哺育之恩，感到很悲伤，立即下令赦免了奶妈的罪。

昭陵

【原文】

文德皇后[①]既葬。太宗即苑中作层观[②]，以望昭陵[③]，引魏征同升。征熟视曰："臣眊昏，不能见。"帝指示之。征曰："此昭陵耶？"帝曰："然。"征曰："臣以为陛下望献陵[④]。若昭陵，则臣固见之矣。"帝泣，为之毁观。

【注释】

①文德皇后：即唐太宗长孙皇后，谥号文德。

②层观：高达数层的楼观。

③昭陵：唐太宗陵寝。时太宗虽在，陵墓已修成，长孙皇后先葬于此。

④献陵：唐高祖李渊的陵墓。

【译文】

文德皇后安葬之后，唐太宗非常想念她，于是就让人在苑中搭建了一座楼台，可以常常登楼眺望昭陵。一天唐太宗邀请魏征一起登楼。唐太宗问魏征："贤卿看到了吗？"魏征回答说："臣年纪大了，老眼昏花，看不到。"太宗指着昭陵的方向让他看。魏征说："这是昭陵吗？"太宗说："是。"魏征说："原来皇上是在说昭陵，老臣以为皇上眺望的是献陵呢。如果是昭陵，那老臣早就看到了。"太宗听后十分惭愧，于是命人将楼台拆去了。

简雍

【原文】

先主[①]时天旱，禁私酿，吏于人家索得酿具，欲论罚。简雍与先主游，见男女行道，谓先主曰："彼欲行淫，何以不缚？"先主曰："何以知之？"对曰："彼有其具。"先主大笑而止。

【注释】

①先主：蜀先主昭烈帝刘备。

【译文】

蜀先主刘备在位时，有一年发生旱灾，于是下令禁止私人酿酒。官吏只要在老百姓家搜查到酿酒工具，就要进行处罚。简雍和先主一起出游，看见男女一起走路，就对先主说："他们要通奸，为什么不把他们抓起来啊？"先主说："你怎么知道？"简雍回答说："他们有通奸的器具啊！"先主不觉大笑，于是下令不再处罚有酿酒工具的人。

贾诩

【原文】

贾诩事操。时临淄侯植才名方盛，操尝欲废丕立植。一日屏左右问诩，诩默不对。操曰："与卿言，不答，何也？"对曰："属有所思。"操曰："何思？"诩曰："思袁本初、刘景升父子①。"操大笑，丕位遂定。

【原评】

卫瓘"此座可惜②"一语，不下于诩，晋武悟而不从，以致于败。

【注释】

①袁本初、刘景升父子：袁绍字本初，爱其少子袁尚，遂以尚代长子袁谭为嗣，袁绍死后，二子各树党羽，互相争夺，终被曹操所灭。刘表字景升，爱少子刘琮，遂废长子刘琦而以琮为嗣，为曹操所灭。

②此座可惜：晋武帝的太子司马衷是个白痴，卫罐曾借一次饮酒的机会

指着皇帝的宝座说："此座可惜。"意在劝谏晋武帝改立太子，晋武帝虽然明白卫罐的意思，却没有听从。

【译文】

三国时贾诩为曹操属臣，这时临淄侯曹植才名极盛，曹操有意废太子曹丕而改立曹植。一天，曹操命左右退下，与贾诩商议改立太子的事，贾诩久不出声，曹操说："我跟贤卿说话，贤卿怎么不作声呢？"贾诩说："臣正在想一件事。"曹操又问："贤卿想什么呢？"贾诩说："我在想袁本初和刘景升两家父子的事。"曹操听了哈哈大笑，从此曹丕太子的地位乃告确立。

【译评】

晋朝时卫瓘也有同样的故事，而且卫瓘的机智与含蓄不亚于贾诩，可惜晋武帝领悟后却不采纳，以致最后失败。

解缙　二条

【原文】

解缙[1]应制题"虎顾众彪[2]图"，曰："虎为百兽尊，谁敢触其怒。唯有父子情，一步一回顾。"文皇[3]见诗有感，即命夏原吉迎太子于南京。

文皇与解缙同游。文皇登桥，问缙："当做何语？"缙曰："此谓'一步高一步'。"及下桥，又问之，缙曰："此谓'后面更高似前面'。"

【注释】

①解缙：字大绅，明代著名才子。明成祖驾崩后因为得罪了汉王朱高煦，下诏狱而死。

②彪：此指小虎。

③文皇：明成祖朱棣。

【译文】

解缙应成祖之命为《虎顾众彪图》题诗，诗句是："虎为百兽尊，谁敢触其怒。唯有父子情，一步一回顾。"成祖见此诗后，百感交集，立即命夏原吉到南京迎太子回宫。

成祖与解缙一同出游，成祖在上桥时问解缙："现在这情形该怎么说？"

解缙说："这叫'一步高一步'。"等到下桥时，成祖又问怎么说，解缙说："这叫'后面更高似前面'。"

李纲

【原文】

李纲欲用张所，然所尝论[1]宰相黄潜善，纲颇难之。一日遇潜善，款语曰："今当艰难之秋，负天下重责，而四方士大夫，号召未有来者。前议置河北宣抚司，独一张所可用。又以狂妄有言得罪，如所之罪，孰谓不宜？第今日势迫，不得不试用之，如用以为台谏，处要地，则不可；使之借官为招抚，冒死立功以赎过，似无嫌。"潜善欣然许之。

【注释】

①论：劾奏。

【译文】

宋朝时李纲想推荐张所为河北宣抚司使，但是张所曾经非议过宰相黄潜善，因此感觉非常为难。一天，李纲恰好遇到黄潜善，就悄悄对他说："现在国家处境艰难，身为朝廷命官，负有维护天下安危的重任，但是四方的士大夫，没有应召而来的。前次朝廷提议设置河北宣抚司，唯独张所可以任用，但是张所曾经以狂妄的言辞冒犯过相国，以他所犯的罪，再委任他确实不恰当，可是迫于现在国家的情势，不得不试用他。当然，如果让他在京师担任御史台的职务或者谏官是行不通的，不如任命他为招抚使，让他冒死立功赎罪，似乎还说得过去。"黄潜善欣然同意了。

兵智部第八

总 序

【原文】

冯子曰：岳忠武论兵曰："仁、智、信、勇、严，缺一不可。"愚以为"智"尤甚焉。智者，知也。知者，知仁、知信、知勇、知严也。为将者，患不知耳。诚知，差之暴骨，不如践之问孤；楚之坑降，不如晋之释原；偃之迁延，不如罂之斩嬖；季之负载，不如孟之焚舟。虽欲不仁、不信、不严、不勇，而不可得也。又况夫泓水之襄败于仁，鄢陵之共败于信，阆中之飞败于严，邲河之縠败于勇。越公委千人以尝敌，马服须后令以济功，李广罢刁斗之警，淮阴忍胯下之羞。以仁、信、勇、严而若彼，以不仁、不信、不严、不勇而若此。其故何哉？智与不智之异①耳！愚遇智，智胜；智遇尤智，尤智胜。故或不战而胜，或百战百胜，或正胜，或谲胜，或出新意而胜，或仿古兵法而胜。天异时，地异利，敌异情，我亦异势。用势者，因之以取胜焉。往志之论兵者备矣，其成败列在简编，的的②可据。吾于其成而无败者，择著于篇，首"不战"，次"制胜"，次"诡道"，次"武案"。岳忠武曰："运用之妙，在乎一心"。武案则运用之迹也。儒者不言兵，然儒者政不可与言兵。儒者之言兵恶诈；智者之言兵政恐不能诈。夫唯能诈者能战；能战者，斯能为不诈者乎！

【注释】

①异：不断变化。

②的的：明白，昭著。

【译文】

冯子说：岳飞论兵法说："仁、智、信、勇、严，为将用兵的人缺一不可。"我认为其中最重要的还是"智"。"智"就是知悉。知悉就是要知悉仁、信、勇和严。作为将帅，就怕不知悉形势。真的知悉形势，那么夫差暴露战士尸骨于中原的行为，不如勾践励精图治，抚死问孤的"知仁"做法；楚国坑杀秦降兵，不如晋国释放俘虏“知信”的做法；荀偃对栾黡，及不上姑息迁就，及不上荀营斩嬖的“知严”的做法；季孙氏与吴盟于莱门，比不上孟明视焚船以自绝退路的“知勇”。虽然想要不仁、不信、不勇、不严也不可能。更何况泓水之战中宋襄公就败于仁，楚共王在鄢陵之战中败于守信，三国时的张飞在阆中被杀败于驭下太严，晋国的先縠在邲河之战失败在于勇猛冒进。越公杨素斩杀士兵立威取胜是不仁，赵奢在作战中因为不守信用取胜，李广不设刁斗警戒，宽待士卒，不严而取胜，韩信忍受胯下之辱，不勇却成了名将。一些人以仁、信、勇、严而成功，而另一些人以不仁、不信、不严、不勇也取得了成功。这是为什么呢？智与不智确实不同而已。愚蠢的碰到聪明的，则聪明的胜；聪明的遇到更聪明的，则更聪明的胜，因此历史上的战争，有不战而取得胜利的，有百战百胜的；有正大光明获胜的，也有以奸诈之计取胜的；有以史无前例的战法获得胜利的，更有仿效古人的兵法而获胜的。天时、地利、敌情都在不断变化之中，因此对敌作战的方法也就各不相同。正是选择了正确的方法，因之取得了胜利。历史上的兵书有很多，其成败得失也都记载得非常明确，我这里只是记录了历史上一些用兵不败的故事，首先是“不战”，其次是“制胜”，其次是“诡道”，其次是“武案”。岳飞说：“运用之妙，在乎一心”。这些故事便是巧妙运用的真实例子，或许可以供作印证启发之用。儒者不屑于谈论军事，这是由于儒者没能力谈论兵法的缘故。儒者总是说用兵不可以用欺诈的手段取胜，但是真正有用兵智慧的人，最怕不能想出各种诡诈的作战方法来。只有能运用奸诈手段之人才能作战，能作战的人能不使用奸诈的手段吗？

不战卷二十一

【原文】

形逊声，策绌力[①]；胜于庙堂，不于疆场；胜于疆场，不于矢石。庶可方行[②]天下而无敌，集“不战”。

【注释】

①形逊声，策绌力：形、声即实、虚，形逊于声，指有形之兵不如无形之兵。策绌力，指计策可以战胜力量。集此为“不战”卷。

②方行：横行。

【译文】

有形的武力不如无形的影响力，谋略也远比蛮力更有用；能在庙堂上取胜，就不必要去战场上进行对决；在战场上的将帅能够善谋慎断，就不必让兵卒去冒矢石之险。如此，才能打遍天下无敌手。因此集成“不战”卷。

伍员

【原文】

吴阖闾既立，问于伍员曰：“初而言伐楚，余知其可也。而恐其使余往也，又恶人之有余之功也。今余将自有之矣，伐楚何如?”对曰：“楚执政众而乖[①]，莫适任患[②]。若为三师以肄焉，一师至，彼必皆出；彼出则归，彼归则出，楚必道敝。亟[③]肄以罢之，多方以误之。既罢，而后以三军继之，必大克之。”阖闾从之，楚于是乎始病。

【原评】

按吴璘制金，亦用此术。虏性忍耐坚久，令酷而下必死，每战非累日不决。于是选据形便，出锐卒，更迭挠之，与之为无穷，使不得休暇，以沮其

坚忍之气，俟其少息，出奇胜之。

【注释】

①乖：互相违戾。

②莫适任患：意见纷纭，而谁也不肯担负责任。

③亟：屡次。

【译文】

吴王阖闾即位后，问伍员说："先前你建议伐楚，我知道可行。既害怕派我前去伐楚，又担心别人伐楚抢了我的功劳。现在我想亲自率军伐楚，你认为如何？"伍员答道："楚国政治纷乱，没有真正能担当重任的人。假如分成三队轮番出击，一队进攻，楚军一定会全军出动；楚国一出兵，大王立即退兵；楚国退兵，大王再出兵，楚军必定疲惫不堪。大王屡次运用这种手段使楚军疲于应付，多方出击使楚军判断失误。最后楚军疲惫不堪，大王以三军进攻，定能大败楚国。"阖闾采纳了伍员的建议，楚国自此开始衰败。

【译评】

宋将吴磷对抗金兵，也是采取此种战术。金兵忍耐力强，能对峙很久，命令再严酷，一旦下达，士卒也必执行，因此每次决战都要连续打上好几天。于是，吴磷事先占据有利地形，派出精锐士卒，轮番进攻骚扰金兵，使之穷于应付，得不到喘息，以此来挫伤其坚忍士气，等到金兵稍有懈怠，立即出兵而大获全胜。

周德威

【原文】

晋王存勖[①]大败梁兵，梁兵亦退。周德威[②]言于晋王曰："贼势甚盛，宜按兵以待其衰。"王曰："吾孤军远来，救人之急，三镇[③]乌合，利于速战。公乃欲按兵持重，何也？"德威曰："镇、定之兵，长于守城，短于野战；吾所恃者骑兵，利于平原旷野，可以驰突。今压城垒门，骑无所展其足；且众寡不敌，使彼知己虚实，则事危矣。"王不悦，退卧帐中，诸将莫敢言。德威往见张承业，曰："大王骤胜而轻敌，不量力而务速战，今去贼咫尺，所限者一水耳，彼若造桥以薄我，我众立尽矣，不若退军高邑，诱贼离营，彼出则归，彼归则出，别以轻骑，掠其馈饷，不过逾月，破之必矣!”承业入，褰[4]帐抚王曰：“此岂王安寝时邪？周德威老将知兵，言不可忽也。”王蹶然而兴，曰：“予方思之。”时梁王闭垒不出，有降者，诘之，曰：“景仁方多造浮桥。”王谓德威曰：“果如公言。”

【注释】

①晋王存勖：即五代后唐庄宗李存勖，灭梁前称晋王。

②周德威：字镇远，勇而多智谋，能望尘而知敌人数量多少，累败梁军，勇闻天下。后遇梁军，庄宗不听德威言，德威遂战没。

③三镇：指镇州、定州及梁兵三部分。

④褰（qiān）：用手撩起。

【译文】

五代十国时，晋王李存勖率兵和梁兵交战，并击退梁兵。晋王继续进攻乘胜追击，周德威对晋王说：“敌人气势盛，我军应该先按兵不动，等梁兵疲敝后再进攻。”晋王说：“我率军远征，急切救人，再说我军是仓促成军，适合速战，现在将军却建议孤王按兵不动，这是什么原因？”周德威说：“梁兵善于守城，不善于野地作战；我军仗恃的是骑兵，对骑兵而言，平原旷野是最有利的地形，可以驰骋突袭，但现在面对城门堡垒，骑兵根本无法施展，再说敌众我寡，假使让敌人摸清了我军的兵力，对我军极为不利。”晋王听了周德威的解释仍不满意，就自己回帐休息，其他将军见晋王一脸的不高兴，也都不敢再多说什么。周德威知道晋王尚未改变心意，就去见张承业说：“大王击败梁兵之后，有轻敌之心，不考虑自身的兵力，一心只想速战。现在敌我仅一水之隔，敌人若造浮桥偷袭我军，我军一定覆没。不如退守高邑，再出兵引诱梁兵离营。梁兵离营我军就回高邑，梁兵回营，我军再出，另外派一支骑兵队专门抢夺梁兵的军饷粮食。不出一个月，一定能破梁。”张承业于是来到晋王的营帐，掀起帘帐说：“这哪是您平日安寝的时间呢？周德威是老将，深懂用兵之道，他的话可不能忽视。”晋王突然从床上跳起来，说：“我正在想这件事。”这期间梁王虽在军垒却闭门不出，后来晋兵侦讯一个投降的梁兵，他供说：“梁王正命人建造多座浮桥，准备攻晋。”晋王对周德威说：“果然不出将军所料。”

岳飞

【原文】

杨幺[1]为寇。岳飞所部皆西北人，不习水战。飞曰："兵何常，顾用之何如耳!"先遣使招谕之，贼党黄佐曰："岳节使号令如山，若与之敌，万无生理，不如往降，必善遇我。"遂降。飞单骑按其部，拊佐背曰："子知逆顺者，果能立功，封侯岂足道！欲复遣子至湖中，视其可乘者擒之，可劝者招之，如何?"佐感泣，誓以死报。时张浚以都督军事至潭[2]，参政席益与浚语，疑飞玩[3]寇。欲以闻。浚曰："岳侯忠孝人也。兵有深机，何可易言?"益惭而止。黄佐袭周伦砦，杀伦，擒其统制陈贵等。会召浚还防秋[4]。飞袖小图示浚，浚欲待来年议之。飞曰："王四厢[5]以王师攻水寇，则难；飞以水寇攻水寇，则易。水战，我短彼长，以所短攻所长，所以难；若因敌将用敌兵，夺其手足之助，离其腹心之托，使孤立，而后以王师乘之，八日之内，当俘诸酋。"浚许之。飞遂如鼎州。黄佐招杨钦来降，飞喜曰："杨钦骁悍，既降。贼腹心溃矣!"表授钦武义大夫，礼遇甚厚，乃复遣归湖中。两日，钦说全琮、刘锐等降。飞诡骂曰："贼不尽降，何来也?"杖之，复令入湖。是夜掩敌营，降其众数万。幺负固不服，方浮舟湖中，以轮激水，其行如飞；旁置撞竿，官舟迎之，辄碎。飞伐君山木为巨筏，塞诸港汊，又以腐木乱草，浮上流而下。择水浅处，遣善骂者挑之，且行且骂。贼怒来追，则草壅积，舟轮碍不行，飞亟遣兵击之，贼奔港中，为筏所拒，官军乘筏，张牛革以蔽矢石，举巨木撞其舟，尽坏。幺投水中，牛皋擒斩。飞入贼垒，余酋惊曰："何神也?"俱降，飞亲行诸砦慰抚之。纵老弱归籍，少壮为军，果八日而贼平。浚叹曰："岳侯神算也!"

【原评】

杨幺据洞庭，陆耕水战，楼船十余丈，官军徒仰视，不得近。岳飞谋亦欲造大舟，湖南运判薛弼[6]谓岳曰："若是，非岁月不胜。且彼之所长，可避而不可斗也。今大旱，河水落洪，若重购舟首，勿与战，遂筏断江路。藁其上流，使彼之长坐废。而精骑直捣其垒，则彼坏在目前矣。"岳从之，遂平幺。人知岳侯神算，平幺于八日之间，而不知计出薛弼。从来名将名相，未有不资人以成功者。

岳忠武善以少击众，尝以八百人破群盗王善等五十万众于南薰门；以八千人破曹成十万众于桂岭；其战兀术于颍昌，则以背嵬[⑦]八百，于朱仙镇则以五百，皆破其众十余万。凡有所举，尽召诸统制与谋，谋定而后战。故有战无败，猝遇敌，不动，敌人为之语曰："撼山易，撼岳家军难！"其御军严而有恩，卒有取民麻一缕以束刍[⑧]者，立斩以徇。卒夜宿，民开门愿纳，无敢入者。军虽冻死不拆屋，饿死不卤掠。卒有疾，则亲为调药；诸将远戍，则遣妻问劳其家；死事者，哭之而育其孤，或以子婚其女；凡有颁赏，分给军吏，秋毫不私；每有功，必归之将士。吁！此则其制胜之本也。近日将官事事与忠武反，欲功成，得乎？

【注释】

①杨幺：名太，南宋高宗建炎四年随从钟相起义，活动于洞庭湖地区，因其在起义军首领中年纪最小，故称杨幺（幺是最小的意思）。后钟相牺牲，杨幺被推为领袖，有众二十万人。绍兴五年为岳飞所破，被俘而死。

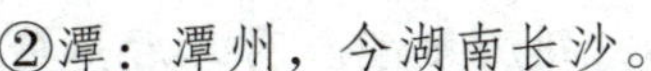

②潭：潭州，今湖南长沙。

③玩：轻视。

④防秋：古北方游牧民族常常在秋天草长马肥的时候入侵中原地区，因此朝廷在此时调兵防御，谓之“防秋”。

⑤四厢：官名，即龙神卫四厢都指挥使。

⑥薛弼：政和年间进士。绍兴间为湖南转运判官，后为岳飞参谋官。岳飞父子被害后，为飞谋议者均坐罪，唯薛弼得免，且为秦桧所用。

⑦背嵬：指大将的亲军。

⑧束刍：捆扎马草。

【译文】

杨幺造反之后，岳飞前去征讨，但是他的部下都是西北人，不习惯于水上打仗。岳飞说：“军队打仗并没有什么常规，只是看怎样指挥他们。”于是先派使者去招抚。贼人首领黄佐说：“岳节使号令如山，和他打仗，肯定失败。不如前去投降，他一定会厚待我们。”于是向岳飞投降。岳飞单身一骑前来安抚黄佐的部队，并拍着黄佐肩膀说：“你是个明白事理的人，只要你能为国立功，将来一定能封侯。我想再派你到洞庭湖去，对于其他叛乱首领，该抓的就抓，可以劝降的就劝降，你看怎么样？”黄佐非常感激岳飞的信任，发誓要以死相报。当时枢密使张浚总督江淮军事，来到了潭州，参政席益和张浚谈话时，怀疑岳飞轻敌而不出力，想禀报朝廷。张浚说：“岳侯是个忠孝的人，用兵有很深的智谋，我怎么能随便说话呢？”席益很惭愧，就不再提这件事了。黄佐偷袭周伦的营寨，把周伦杀了，又活捉了统制陈贵等人。正好张浚奉命回朝商议秋季防务事宜，岳飞从衣袖中拿出一张小地图给张浚看。张浚想等来年再作商议，岳飞说：“王四厢用正规军进攻水寇，可能不容易取胜，我要是用水寇进攻水寇就很容易了。水战本是我们的短处，但却是敌人的长处，用我们的短处去进攻敌人的长处，当然很难取胜。如果利用敌人的将领指挥敌人的士兵，就可以让他们内部瓦解，使他们各自孤立，然后再出动大军进攻，八天之内就可以把敌人首领全部俘获。”张浚同意了他的计划。

于是，岳飞来到鼎州。黄佐已经说服杨钦来投降，岳飞大喜，说：“杨钦武艺高强，他既然已降顺，贼寇的核心力量就崩溃了！”岳飞上表朝廷，授予杨钦武义大夫，礼遇十分优越。然后派他们再回到洞庭湖。两天后，杨钦又劝说全琮和刘锐等人来投降。岳飞故意责骂他们说："贼寇还没有全部投降，你们回来干什么？"命令用军棍责打，然后又让他们回到湖中。当晚偷袭敌军大营，几万名敌军全部投降。杨幺仍然依仗着坚固的水寨，不肯投降，他们造了一种大船，用轮子划水，在水中行走如飞。船四周又设了撞竿，官军的船一撞就破成碎片。岳飞从君山伐木扎成巨筏，堵塞了各个港汊，又将腐木乱草从上游放下。然后派人在水浅的地方挑战，并且边战边骂。杨幺的部队忿怒来追，船轮全被乱草堵塞住了，船只无法动弹。岳飞乘机带兵冲杀，杨幺的船只被迫退入港中，又被巨筏堵住去路。官兵乘着筏子，把牛皮张开遮挡箭和石块，又用巨木撞击贼船，杨幺的船只全被撞沉。杨幺跳入水中，被牛皋捉住杀掉。岳飞攻进敌军水寨，其他敌军首领还以为是神从天降，全部投降。岳飞亲自到各寨中安抚，让那些年老体弱的回归本乡，年轻力壮的则编入队伍，果然八天就平息了叛乱。张浚感叹地说："岳侯用兵真是神机妙算啊！"

【译评】

杨幺盘踞在洞庭湖，在陆地上耕种，在水上作战，楼船高达十多丈，官军们眼睁睁地看着杨幺横行，靠近不得。岳飞本来想建造大船征讨杨幺，但是湖南运判薛弼却劝阻岳飞说："如果要建造大船，肯定要耗费一年半载的时间；即使将船造好了，水战仍然是杨幺所擅长的。因此，我军只能避开敌人，不和他们正面交锋。现在正是天旱水枯的时候，阻断了江面，重金收买贼人各船首领，不要和贼人正面冲突，再从上游流放大量杂草阻挡船只，使得贼人没有办法发挥水战的优势，一面派遣精锐骑兵直攻贼营，贼人必败。"岳飞听从薛弼的建议，果然平定了杨幺，一般人都以为岳飞料事如神，在八天之内将杨幺平定，却不知道是出于薛弼的计谋。自古以来的名将名相，没有不借助他人而获得成功的。

岳飞擅长以寡敌众。曾经在南薰门以八百人打败贼人王善五十万人，也曾经在桂岭以八千士兵打败曹成的十万大军。以上所说的这些战役，事前岳飞都曾和统兵的将领商议，经过细密的计划才和贼人交战，因此能够战无不胜，即使是遭到贼人的突击，也不会自乱阵脚。敌人曾经叹服说：

"撼山易，撼岳家军难。"岳飞带兵虽然军令森严，却能以诚待兵。有一名士兵曾经因为偷了民家的一束麻，按照军令而被处死。之后夜晚行军，虽然民家开着大门邀请军士入屋住宿，也没有士兵敢接受民家的邀请。宁可冻死也不强占民宅，宁可饿死也不抢夺民粮。士兵生病了，岳飞都会亲自调和药物；如果诸将去远地戍守，岳飞定会让妻子慰问他们的家人生活起居；凡是作战牺牲的人，岳飞不但伤心流泪，并会抚育他们的孤儿，或者让自己的儿子和他们的女儿结婚；有赏赐，就分给将士，一丝一毫也不放入私囊；每当建立战功的时候，都会将其归功于所有将士。唉，这就是岳飞之所以取胜的原因。现在的将官，所言所行都和岳飞背道而驰，还想获得胜利，又怎么能够做到呢？

赵充国

【原文】

先零、罕、开皆西羌种，各有豪，数相攻击，成仇。匈奴连合诸羌，使解仇作约。充国料其到秋变必起，宜遣使行边预为备。于是两府白遣义渠安国行视诸边，分别善恶。安国至，召先零诸豪三十余人，以尤桀黠[①]，皆斩之，纵兵击斩千余级，诸降羌悉叛，攻城邑，杀长吏。上问："谁可将者。"充国对曰："无逾于老臣者矣。"充国时年七十余。上问："将军度羌虏何如？当用几人？"充国曰："百闻不如一见，兵难隃度[②]。臣愿驰至金城[③]，图上方略。"充国至金城，须兵满万骑，方渡河，恐为虏所遮，即夜遣三校衔枚先渡，渡辄营阵。及明，以次尽渡。虏数十百骑来，出入军旁。充国意此骁骑难制，且恐为诱，戒军勿击，曰："吾士马新倦，不可驰逐，击虏以殄灭为期，小利不足贪也。"遣骑候四望峡中，亡虏。夜引兵至落都，谓诸校司马曰："吾知羌无能为矣。使发数千人守杜四望、峡中，兵岂得入哉！"遂西至西部都尉府，日飨军士，士皆欲为用。虏数挑战，充国坚守。初罕、开豪靡当儿使弟雕库来告都尉曰："先零将反。"后数日，果反。雕库种人[④]颇在先零中，都尉赵充国即留雕库为质。充国以为亡罪，遣归告种豪："大兵诛有罪，毋取并灭，能相捕斩者，除罪：斩大豪有罪者一人，赐钱四十万，中豪十五万，下豪二万，大男三千，女子及老小千钱。又以所捕妻子财物与之。”欲以威信招降罕、开及劫略者，解散虏谋。酒泉太守辛武贤上言：“今虏朝夕为寇，土地寒苦，汉马不能冬，可益马食，以七月上旬赍三十日粮，分兵并出张掖、酒泉，合击罕、开。”天子下其议，充国以为：“佗负三十日食，又有衣装兵器，难以追逐。据前险，守后阨，以绝粮道，必有伤危之患。且先零首为畔逆，宜捐罕、开暗昧之过，先诛先零以震动之。”朝议谓：“先零兵盛而负罕、开之助，不先破罕、开，则先零未可图。”天子遂敕充国进兵。充国上书谢罪，因陈利害曰：“臣闻兵法：‘攻不足者守有余。’‘善战者致人，不致于人。’即罕、羌欲为寇，宜简练以俟其至，以逸待劳，必胜之道也。今释致虏之术，而从为虏所致之道，愚以为不便。先零羌欲为背畔，故与罕、开解仇结约。然其私心，亦恐汉兵至而罕、开背之。其计常欲先赴罕开之急，以坚其约。先击罕羌，先零必助之。今虏马肥、食足，击之未见利，适使先零得施德于罕羌以坚其约。党坚势盛，附者浸多，臣恐国家之忧不二三岁而已。于臣之计，先诛先零，则罕开不烦兵而服；如其不服，须正月击之未晚。”上从充国议，充国引兵至先零，虏久屯聚，解弛，望见大军，弃车重，欲渡湟水，道阨狭，充国徐行驱之。或曰：“逐利宜亟。”充国曰：“此穷寇，不可迫也，缓之则走不顾，急之则还致死。”诸校皆曰：“善。”虏赴水溺死数百，降及斩首五百余人。兵至罕、地，令军毋燔聚落刍牧田中⑤。罕羌闻之，喜曰：“汉果不击我矣。”豪靡忘来自归，充国赐饮食，遣还谕种人，时羌降者万余人。充国度羌必坏⑥，请罢骑兵，留万人屯田，以待其敝。

【注释】

①桀黠（xiá）：桀，执拗、不顺从。黠，恶。

②険（shù）度：遥测。

③金城：今兰州。

④种人：其部族之人。

⑤毋燔聚落刍牧田中：不要焚烧村落及在田中刈草、放牧。

⑥坏：谓其内部生变乱。

【译文】

汉朝时，先零、罕、开都是西羌的种族，各有自己的酋长，因为彼此互相攻击而成为仇家。后来匈奴联合羌人各部，互相订立了盟约，才将仇恨解除。赵充国认为等到秋天马肥之时，一定会有羌变发生，于是建议先派遣使者去巡视边境的守卫部队，让他们做好防备。于是丞相和御史两府就派遣义渠安国去巡视边境，了解羌人逆顺的情形。义渠安国到了羌地，便召集三十多个先零各族的酋长，将其中特别傲慢、不顺从的人都杀了，还任由军队去攻打先零人，杀死羌人好几千，各个部族的羌人都起来反抗，攻陷城池，杀死长吏。昭帝问："可以任命谁为将军带兵去平定叛乱呢?"赵充国回答说："再也没有比老臣更好的人选了。"赵充国当时已经七十多岁了。昭帝说："将军能否预算到当前羌人的势力？您打算带多少兵马去呢?"赵充国说："百闻不如一见，打仗的事是很难去凭空设想的。老臣想先到金城走一趟，然后再计划攻讨的策略。"赵充国到了金城，征调了一万名士兵，想要渡河，又怕遭到羌人的截击，于是便趁着夜晚派三个营的士兵先悄悄渡河。渡过河之后，立即扎营以防羌人来进犯。到第二天天亮，军士们已依次全都安然渡过了河。羌人发觉之后，派了数百名骑兵，在汉军营帐附近出没进行骚扰。赵充国心

想羌人的骑兵一向都骁勇善战，很难制服，再说这也很有可能是羌人的诱敌之计，于是下令说："我军兵马刚刚渡过河，略微有些疲倦，不必追击羌骑，攻击羌人要以将他们消灭为目标，区区数百名羌骑，没有必要去贪求。"

赵充国一面派出骑兵去四望和峡中侦察，发现那里并没有羌人出没。于是趁着夜色引兵到落都，召集各部的将领说："我知道羌人不善于用兵，假如他们派遣几千人防守四望和峡中这两个地方，我军哪能再向前推进呢?"于是向西推进到西部的都尉府，日日宴飨军士，士卒们都愿意为他效力。羌人好几次前来挑衅，赵充国都下令坚守。开始，罕、开的酋长靡当儿派遣他的弟弟雕库告诉都尉说："先零人想要造反。"过了几天，先零人果然叛变了。但是有很多雕库的族人也在先零的部队中，都尉就将雕库留下来做人质。赵充国认为雕库没有罪，就将他放了，让他回去告诉各个酋长说："汉朝大军是来诛讨有罪之人的，并不是要将所有的羌人都赶尽杀绝，犯法的人如果能够戴罪立功，斩杀其他已犯罪的人，可以免去罪罚：杀死大头目的人赏赐钱财四十万，中头目十五万，小头目三万，男人三千，女子以及老弱各赏给一千，同时俘虏所获的女子以及财物也都完全归那个人所有。"赵充国想凭借自己的威信去招降羌人以及那些被劫持而反叛的人，来瓦解羌人的阴谋。酒泉太守辛武贤上奏说："现在羌人早晚都会来骚扰边境。羌地苦寒，汉朝的战马没有办法适应北方冬天的气候，可以增加马饲料，不如在七月上旬携带三十天的粮食，分别从张掖、酒泉两地，合攻罕开。"昭帝把奏章交给赵充国谋划。赵充国认为："马匹背负三十天的粮食，再加上衣服、武器等装备，难以追击敌人。如果羌人再提前占据险要关塞，然后严守厄塞，断绝官兵的粮道，那么对官军来说是十分不利的，必定会有伤亡危险的顾虑。再说首先谋反的是先零人，其他羌族只是因为受到了先零的胁迫才跟随作乱的，因此应该把罕、开附和先零反叛的愚昧过失放在一边不予追究，先诛讨先零以威服其他羌人。"然而群臣却认为："先零兵力强大，又依靠罕、开的帮助，如果不先攻破罕、开，很难平服先零。"于是昭帝下令赵充国对罕开发起进攻。赵充国上书请罪，剖陈利害，说："臣看《孙子兵法》上说过，'兵力不足以进攻的就要防守'，又说，'善作战的人，能掌握敌人，却不被敌人所掌握'。现在羌人入寇，我们应该做的是整饬兵马，训练战士，以逸待劳，这是制胜的关键。

如今放弃制敌的先机，迁就敌人的战术，愚臣认为是万万不可的。先零想要反叛大汉，因此才和罕、开化解了过去的仇恨，订立盟约。但是他们心中也在担心汉兵一到，罕、开或许会背叛他们，因此先零希望汉军能先攻打罕开，他们好出兵救助罕开，以表示自己在坚守彼此的盟约。先攻击罕开，先零一定帮助他。现在羌马肥壮，粮食充足，我们出兵攻击，恐怕没有任何好处，只是正好让先零有机会有恩于罕、开，更加坚定了他们之间的盟约。先零的势力会日渐壮大起来，归附的羌人也会越来越多，老臣担心到那时候先零或许会成为我朝的大患，就不仅仅是两三年的外患而已了。依老臣之见，如果能够先消灭先零，即使不讨伐罕、开，罕、开也会自然归顺我朝；万一先零已经被消灭而罕、开仍然没有顺服，那么，到正月的时候再进攻也不晚。”昭帝接受了赵充国的意见。赵充国于是率领军队进攻先零，先零因为长时间的安逸生活，已是防备松懈，看到汉朝大军之后，纷纷丢下车辆辎重，想要渡湟水逃命，由于道路狭隘，赵充国只紧紧地跟随在这些溃逃的敌人后面，慢慢地驱赶，并没有急着追赶。有人说：“追击先零的逃兵，正是建功立业的大好时机。”赵充国说：“这些都是走投无路的穷寇，不可过分地逼迫他们，慢慢地追赶他们，他们便会没命地逃走；但是如果将他们逼急了的话，他们或许会回过头来拼命的。”诸将都认为他说的有道理。结果羌人有好几百人被水淹死了，投降或被砍头的有五百多人。汉军来到罕、羌人居住之地后，赵充国下令：不准烧毁他们的部落，也不可在他们田里收割农作物或者放牧马匹。罕、羌听说这件事，都非常高兴地说：“汉军果然不是来消灭我们的啊。”羌酋靡忘于是自动前来归顺，赵充国赐给他食物以后，将他放回去劝说其他族人。一时之间，有一万多名羌人请求投降，赵充国预料羌人会自动瓦解，因此遣回了全部骑兵，并请准予留下一万名兵士在当地屯田，静观其变。

致胜卷二十二

【原文】

危事无恒，方随病设。躁或胜寒，静或胜热。动于九天，入于九渊。风雨在手，百战无前。集“制胜”。

【译文】

兵事变化无常，犹如医生为病人开处方时，必须依据不同的病情，以躁制寒，以静克热；上至九天，下到深渊。兵家论战也一样，必须根据现场急剧变化的战况，拟订最有利的战略，无往不胜。集此为“制胜”卷。

李牧

【原文】

李牧[①]，赵北边良将也。尝居雁门备匈奴，以便宜[②]置吏，市租[③]皆输入幕府，为士卒费。日击牛飨士，习骑射、谨烽火、多间谍、厚遇战士，为约曰：“匈奴即入盗，急入收保，有敢捕虏者，斩。”如此数岁，匈奴以牧为怯，虽赵边兵亦以为吾将怯。赵王[④]让李牧，牧如故；赵王怒，召之，使他人代将。岁余，匈奴每来，出战数不利，失亡多，边不得田畜。乃复请李牧。牧固称疾，赵王强起之，牧曰：“必用臣，臣如前，乃可奉令。”王许之，李牧如故约。匈奴终岁无所得，然终以为怯。边士日得赏赐而不用，皆愿一战。于是乃具选车，得千三百乘，选骑得万三千匹，百金之士[⑤]五万人，彀者[⑥]十万人，悉勒习战。大纵畜牧，人民满野。匈奴小入，佯北，以数千人委之，单于闻之，大率众来入。牧多为奇阵，张左右翼击之，大破，杀匈奴十余万骑。单于奔走，其后十余岁，不敢近边。

【原评】

厚其遇，故其报重；蓄其气，故气发猛。故名将用死士。兵之力，往往一试而不再，亦一试而不必再也！今之所谓兵者，除一二家丁外，率丐[7]而甲、尪[8]而立者耳。呜呼！尪也，丐也，又多乎哉！

【注释】

①李牧：赵孝成王时为赵将，防备匈奴。悼念襄王时为大将军，大破秦军，封武安侯。秦惧牧，多与赵王宠臣郭开金行反间，言李牧欲反。赵王迁杀李牧，秦遂灭赵，虏赵王迁。

②以便宜：自己行使权力，不必请示。

③市租：市场之税收。

④赵王：赵孝成王。

⑤百金之士：能破敌擒将者赏百金。此言能勇战之士。

⑥彀（gòu）者：能射者。

⑦丐：言兵士待遇极薄，如乞丐然。

⑧尪（wāng）：骨骼弯曲，此指孱弱多病者。

【译文】

赵国李牧是镇守北方边境的良将。他驻守雁门，防御匈奴。他有权设置官吏，用市场税收犒赏士兵。每天宰杀牛给士兵加菜，又加强训练士兵骑马射箭的技巧，留心敌人动向，常派间谍刺探军情，并与士兵约定："一旦匈奴入侵，要加紧保护牲畜，万不可与敌人正面交锋，违者斩首。"所以每当匈奴人来犯，李牧的士兵就赶着牲畜回营，不与匈奴人作战。如此过了几年，匈奴人都认为李牧胆子小，不敢交战，就连赵国镇守边境的士兵也这么认为。赵王下令责备他，他还是和以前一样，赵王就撤了李牧的职，派了其他将领取代他。一年多后，由于出战接连失败，损伤众多，根本无法耕种、放牧，于是赵王想重新起用李牧。李牧称病推辞，赵王再三请托，李牧说："如果大王一定要用臣，必先请大王准许臣如昔日一样的做法，臣才敢受命。"赵王答应了他。李牧来到边境，做法仍和以前一样，匈奴几年都一无所获，但始终认为李牧胆小，将士们也如往常每天都有赏赐，却没有立功报答的机会，都希望能上战场作战。李牧见时机成熟，挑选一千三百辆坚固战车，一万三千匹良马，勇士五万人，神箭手十万人。一面还是任意放牧，让百姓散到郊外，若前来侵犯的匈奴人少时，就佯装败退，让数千人被擒，单于听到此消息，以为良机到了，就率兵入侵。李牧排列许多奇阵，指挥左、右二军夹攻，大破匈奴十多万大军。单于逃跑，此后十多年不敢侵犯赵国边境。

【译评】

对待部属愈是仁厚有如自家人，部属报答之心也愈是深切，能凝聚士兵奋勇作战的士气，才能一发而气势威猛。古代名将往往只需一次战役就能定胜负了，不必一战再战。反观今天所谓带兵的将领，除了拥有一两名亲信部属外，其余士兵都是带人不带心，有如外借之兵。唉，兵多又有什么用呢！

耿弇

【原文】

张步弟蓝，将精兵二万守西安[①]，而诸郡合万人守临淄。相距四十里。耿弇进军二城之间，视西安城小而坚，临淄虽大实易取，乃下令，后五日攻西安。蓝闻，日夜警备。至期，夜半，弇敕诸将皆蓐食，及旦，径趋临淄。半日拔其城，蓝惧，弃城走。诸将曰："敕攻西安而乃先临淄，竟并下之，何也？"弇曰："西安闻吾攻，必严守具；临淄出不意而至，必自警扰，攻之，必立拔；拔临淄则西安孤，此击一而得二也！若先攻西安，顿耿弇兵坚城，死伤必多，即拔之，吾深入其地，后乏转输[②]，旬月间不自困乎？"诸将皆服。

【注释】

①西安：县名，在今山东临淄西北。

②转输：粮草供应。

【译文】

汉光武帝时，张步有个弟弟名叫张蓝，奉命镇守西安县，镇守兵力约有两万精兵。其他郡县则安排了一万人在临淄守卫，两城之间相距有四十里远。汉将耿弇率领军队来到两城之间，发现西安县虽小但守备坚固，临淄虽是大城，但是防守松懈易于攻占，于是下令，五日后攻打西安县。张蓝听说敌军准备攻打西安县，便日夜加紧防守。五天后，耿弇命手下将士天不亮就吃饭，

快天亮的时候，抄小路急行军来到临淄城，仅用了半天就占领了临淄。张蓝惊恐之下，居然弃城而逃。诸将问耿弇：“开始准备攻打西安县，可是却发兵攻打临淄城，结果两座城一起攻下了，这是为何?”耿弇说：“西安县城听说我军将要进攻他们，必定会加强防备，但是我军出其不意地进攻临淄城，临淄的守兵一定会因为没有料到而惊慌失措，因此能立即破城。临淄城一破，西安城就陷入了孤立无援的境地，这也就是为什么只攻一城而得到两城的原因。若真的先攻打西安县，西安县守备森严，不易攻取，双方交战，我军必定伤亡惨重，即使获胜，若我军深入敌境作战，后方补给不足，时间一长，必对我军不利。”诸将听后大为佩服。

韩世忠

【原文】

世忠驻镇江[①]，金人与刘豫[②]合兵分道入侵。帝手札命世忠饬守备，图进取，辞旨恳切。世忠遂自镇江渡师，俾统制解元守高邮，候金步卒；亲提骑兵驻大仪[③]，当敌骑。伐木为栅，自断归路，会遣魏良臣使金，世忠撤炊爨，绐良臣：“有诏移屯守江。”良臣疾驰去，世忠度良臣已出境，而上马令军中曰：“视吾鞭所向。”于是引军至大仪，勒五阵，设伏二十余所，约闻鼓即起击。良臣至金军，金人问王师动息，具以所见对。聂儿孛堇[④]闻世忠退，喜甚。引兵至江口，距大仪五里，别将挞孛也引千骑过五阵东，世忠传小麾，鸣鼓，伏兵四起，旗色与金人旗杂出。金军乱，我军迭进，背嵬军各持长斧，上揕人胸，下斫马足。敌披重甲，陷泥淖，世忠麾劲骑四面蹂躏，人马俱毙，遂擒挞孛也等。

【注释】

①世忠驻镇江：绍兴四年，韩世忠任建康、镇江、淮东宣抚使，驻镇江。

②刘豫：字彦游，高宗南渡之后，金人册立刘豫为皇帝，国号齐。

③大仪：在今扬州北。

④聂儿孛堇：聂儿，人名。孛堇，金部族酋长名号。

【译文】

宋高宗绍兴四年，南宋名将韩世忠（字良臣，谥忠武）镇守镇江时，金兵与刘豫（字彦游，高宗南渡后，金人册立刘豫为皇帝，国号齐）相互勾结分兵几路大举入侵宋境。

宋高宗下诏，命韩世忠整饬军民，严加守备，并希望韩世忠图谋进取而有更大的作为，圣旨辞意恳切。因此，韩世忠由镇江亲自率军渡河，下令统制官解元（字善长，以屡建战功任命为保信军节度使）防守高邮，准备抗御金人步兵，自己则亲率骑兵进驻扬州北面的大仪，抵挡金人骑兵。

韩世忠命人伐木做成栅栏，阻断己军的退路，增加士兵奋勇杀敌的决心，正巧碰上魏良臣（字道弼，官至参知政事）出使金国，即刻命令撤去炊灶，移军江边屯驻，给魏良臣以调动部署十分灵变的印象。于是，魏良臣策马疾驰而去。韩世忠估计魏良臣已出边境后，就上马对全军士兵说："按照我马鞭所指的方向前进。"于是引领全军到大仪地区排列成五个军阵，并在二十多处险地埋伏士卒，约定以鼓声为出击暗号。

魏良臣到达金人营地后，金人询问魏良臣有关宋军部署的情形，魏良臣都一一据实相告。聂儿孛堇听说韩世忠退兵守江，非常高兴，率兵来到

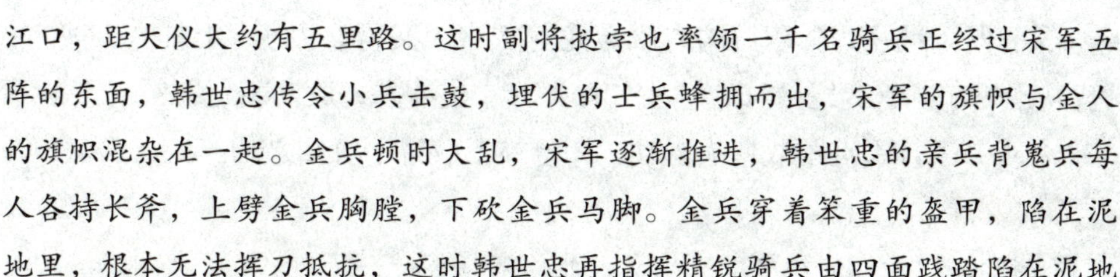
江口，距大仪大约有五里路。这时副将挞孛也率领一千名骑兵正经过宋军五阵的东面，韩世忠传令小兵击鼓，埋伏的士兵蜂拥而出，宋军的旗帜与金人的旗帜混杂在一起。金兵顿时大乱，宋军逐渐推进，韩世忠的亲兵背嵬兵每人各持长斧，上劈金兵胸膛，下砍金兵马脚。金兵穿着笨重的盔甲，陷在泥地里，根本无法挥刀抵抗，这时韩世忠再指挥精锐骑兵由四面践踏陷在泥地的金兵，金军人马均亡，最后还活捉了金将挞孛也等人。

狄武襄

【原文】

（节选）狄青在泾原，常以寡当众。密令军中闻钲[①]一声则止，再声则严阵而阳却，声止即大呼驰突。士卒皆如教。才遇敌，未接，遽声钲，士卒皆止，再声再却。虏大笑曰："孰谓狄天使勇？"钲声止，忽前突之，虏兵大乱，相蹂多死。追奔数里，前临深涧，虏忽壅遏山隅，青遽鸣钲而止。虏得引去，时将佐悔不追击，青曰："奔命之际，忽止而拒我，安知非谋[②]，军已大胜，残寇不足贪也。"

【原评】

（节选）按是役，谏官韩绛言："青武人，不足专任，请以侍从文臣为之副。"时庞籍独为相，对曰："属者王师屡败，皆由大将轻，偏裨自用，不能制也。今青起于行伍，若以侍从之臣副之，号令复不得行。青昔在鄜延，居臣麾下，沉勇有智略，若专以智高事委之，必能办贼。"于是诏岭南用兵，皆受节制。青临行，上言："古之俘馘奏凯，割耳鼻则有之，不闻以获首者，秦、汉以来，获一首，赐爵一级，因谓之'首级'。故军士争首级，以致相杀。又其间多以首级为货，售于无功不战之人，愿一切皆罢之。"

又青行时，有因贵近求从行者。青谓之曰："君欲从行甚善，然智高小寇，至遣青行，可以知事急矣。从青之士，击贼有功，当有厚赏；不然，军中法重，青不能私，君自思之，愿行则即奏取君矣。"于是无复敢言求从行者，即此一节，知青能持法，必能成功。

又青既入邕州，敛积尸内有衣金龙之衣者，又得金龙楯[③]于其旁，或言："智高已死，当亟奏！"青曰："安知非诈，宁失智高，敢欺朝廷耶？"

合观二事，不唯不敢使人冒功，即己亦不敢冒不可知之功。

【注释】

①钲（zhēng）：军中所用乐器，此处实指锣。

②安知非谋：怎么知道不是好办法？

③楯（dùn）：盾牌。

【译文】

北宋名将狄青戍守泾原的时候，常常能够以寡敌众。他密令全军的士卒在听到第一声钲音时就要全军肃立，两声钲音就表示故意退却而实际上是严阵以待，钲声停止，则要立刻大喊向前奔驰突击。全军士卒都能严密地遵守狄青的教令。有一次和敌虏相遇，双方还没有交战，士卒们突然听到一声钲音，全军就止步不前，两声钲音响起之后，只见士卒们开始向后退却，敌虏都大笑着说："谁说狄青勇武？"钲音停止，宋兵突然冲向敌阵，敌人阵脚大乱，竟然相互践踏，死伤惨重。宋兵乘胜追击数里，前面到了一处深涧，敌人在山脚聚集，狄青立即鸣钲而止，全军就不再追击，敌虏才得以逃脱。事后，副将们却因为当时没有继续追击败逃的敌虏而后悔，狄青说："亡命奔逃的敌人，突然停止而有心和我军对抗，哪里知道这其中是否有其他诈谋呢？反正我军已经大获全胜了，这些残兵败寇也就不必再去贪功计较了。"

【译评】

这次战役前，谏官韩绛曾经上言："狄青是个武人，不能单独担当重任，请任命文臣作为他的副手。"当时庞籍为宰相，反驳说："以往宋军屡战屡败，都是大将权轻，副将们自作主张，根本没有办法指挥军队。而狄青军旅出身，如果派文臣作为他的副帅，军令又会没有办法加以贯彻了。从前狄青在鄜州、延州，曾做过我的部属，为人沉稳勇敢有谋略，如果能将征讨侬智高的大任交给他，他定会不辱使命，平定叛乱。"于是仁宗下诏，由狄青一人指挥征伐岭南之事。狄青出发之前，也曾上奏说："古时将帅率兵作战，为了激励兵士，曾经有以割敌人的耳朵、鼻子用来计算战功的，却没有砍敌人首级的事。秦汉以来，斩敌人头颅一颗，就会赐给一级爵位，因此称之为'首级'。现在

演变到军士为了争夺敌人的首级，打架斗殴、自相残杀的地步，甚至将敌军的脑袋当成货物，卖给那些没有尽力作战的人，我希望能废除这种赏功的制度。”

另外，狄青出发之前，有人托权贵人士请求和他同行。狄青告诉他们说：“先生想要随军出征的确令人佩服，但是侬智高只是个小毛贼，至于派我狄青前去征讨也仅仅是由于事出紧急。再说凡是跟随我出征的人，如果能尽力杀贼，必定会有重赏；否则，军法严厉，我不能徇私。请先生三思，如果还是愿意随军出征的话，那么狄青立刻奏请皇上准先生同行。”于是再也没有人敢随便要求同行了，仅仅就这一件事，就可以知道狄青能严守法纪，日后必定可以成功。

另外还有一件事，狄青攻破邕州之后，搜查敌人尸体的时候，发现有个身穿金龙衣的人，身旁还有一副刻有金龙图案的盾牌，有人说：“侬智高已经死了，应当立即禀奏皇帝。”狄青阻止说：“怎么能知道这不是贼人使诈呢，宁可失去杀死侬智高的功劳，怎么能不加以查证而贸然欺骗朝廷呢?”

综观这两件事情，就知道狄青不但不敢让人冒功求赏，即使自己也不敢冒不能确定的功劳。

诡道卷二十三

【原文】

道取其平，兵不厌诡。实虚虚实，疑神疑鬼。彼暗我明，我生彼死。出奇无穷，莫知所以。集“诡道”。

【译文】

走路要走平直的康庄大路，作战却不能专行正道。虚中有实，实中有虚，才能让敌人疑神疑鬼，防不胜防。智者能使敌暗我明，因此我生敌死。出奇制胜，变化无穷，才能使人完全无法掌握。

田单

【原文】

燕昭王[①]卒，惠王立，与乐毅有隙。田单[②]闻之，乃纵反间于燕，宣言曰：“齐王已死，城之不拔者二耳。乐毅畏诛不敢归，以伐齐为名，实欲连兵南面而王齐。齐人未附。故且缓攻即墨。以待其事。齐人所惧，唯恐他将来，即墨残矣。”燕王以为然，使骑劫代毅。毅归赵，燕军共忿。而田单乃令城中，食必祭其先祖于庭，飞鸟悉翔舞下食，燕人怪之，田单因宣言曰：“神来下教我。”乃令城中曰：“当有神人为我师。”有一卒曰：“臣可以为师乎?”因反走。田单乃起，引还，东向坐。师事之，卒曰：“臣欺君，实无能也。”单曰：“子勿言。”因师之，每出约束，必称神师。乃宣言曰：“君唯惧燕军之劓所得齐卒，置之前行与我战，即墨败矣。”燕人闻之，如其言。城中人见齐诸降者悉劓，皆坚守，唯恐见得。单又宣言：“君惧燕人掘君城外冢墓，戮先人[③]，可为寒心。”燕军尽掘垄墓、烧死人。即墨人从城上望见，皆涕泣，俱欲出战，怒自十倍。田单知士卒之可用，乃身操版锸，与士卒分功，妻妾编

于行伍之间。尽散饮食飨士。令甲卒皆伏，使老弱女子乘城，遣使约降于燕。燕皆呼“万岁”。田单乃收民金，得千镒，令即墨富豪遗燕将，曰：“即墨即降，愿无掳掠吾族家妻妾。”燕将大喜，许之，燕军由此益懈。单乃收城中，得千余牛，为绛缯衣，画以五采龙文，束兵刃于其角。而灌脂束苇于尾，烧其端，凿城数十穴，夜纵牛，壮士五千人随其后，牛尾热，怒而奔，燕军夜大惊，牛尾炬火光炫耀。燕军视之，皆龙文，所触尽死伤，五千人因衔枚击之，城中鼓噪从之，老弱皆击铜器为声，声动天地。燕军大骇，败走，遂杀骑劫。

【原评】

胜、广假妖以威众，陈胜与吴广谋举事，欲先威众，乃丹书帛日：“陈胜王”。置人所罾鱼腹中。卒买鱼，烹食，得腹中书，怪之。又令广于旁近丛祠中，夜篝火作狐鸣，呼日：“大楚兴，陈胜王。”于是卒皆夜惊。旦相率语，往往指目胜。世充托梦以誓师。王世充欲击李密，恐众心不一，乃假托鬼神，言梦见周公，乃立祀于洛水之上，遣巫言“周公欲令仆射急讨李密，当有大功，不则兵皆疫死。”世充兵皆楚人，信巫，故以惑之。众皆请战，遂破密。皆神师之遣教也。王德征秀州贼邵青，谍言将用火牛。德日：“此古法也，可一不可再。彼不知变，只成擒耳。”先命合军持满，阵始交，万矢齐发，牛皆反奔。我师乘之，遂残贼众。此可为徒读父书者之戒。陈涛斜之车战亦犹是。

伯比羸师以张之，芳贾则累北以诱之，至于田单，直请降矣，其诈弥深，其毒弥甚。勾践以降吴治吴，伯约以降会谋会，真降且不可信，况诈乎？汉王之诳楚，黄盖之破曹，皆以降诱也。岑彭、费祎，皆死于降人之手。噫，降可以不察哉！必也，谅己之威信可以致其降者何在，而参之以人情，揆之以兵势，断之以事理，度彼不得不降，降而必无变计也。斯万全之策矣。

【注释】

①燕昭王：昭王在位时，招贤纳士，燕国富强，至昭王二十八年，以乐毅为上将军，率燕、秦、三晋之师伐齐，破齐都临淄。时齐七十余城皆破，仅余莒、即墨二城。三十三年，昭王卒。

②田单：齐将，守即墨城者。

③先人：指祖先的尸体。

【译文】

战国时燕昭王去世，其子燕惠王即位，燕惠王曾和乐毅（魏人，为燕将军，曾伐齐，攻齐七十多城，封昌国君）有些矛盾。田单听说此事，就派人去燕国离间，在燕国散布谣言，说："齐王已经去世，攻不下的城池只有莒和即墨两城罢了，乐毅和新君有嫌隙，害怕被杀而不敢回来，借着攻打齐国的名义，实际上是想自立为齐王。但因齐人不肯归附，所以才延缓攻打即墨，等待时机的成熟。现在齐国人最怕换其他将军来攻打，那么即墨就不保了。"

燕王以为乐毅真有野心，又中了齐国的反间计，就派骑劫代替乐毅攻打齐国，召回乐毅。乐毅怕昭王对他不怀好意，于是投奔赵国，燕国的将士惋惜不已，群情愤恨。这时田单命城中百姓吃饭时，要在庭院中祭拜祖先，于是飞鸟都聚集飞旋在两城的上空，燕人觉得很奇怪。田单散布谣言说："有神师降临城中，教导齐国百姓。"

有一名士兵开玩笑说："我可以当神师吗？"说完不好意思地转身走开。田单立即起身叫他回来，请他坐在神师的座位，以神师之礼对待他。

士兵说："刚才我是随口胡说骗将军的，我真的什么也不懂。"

田单说："你什么也不要说。"仍以神师礼待他。每次出去巡察时，必称他为神师。

接着，田单又散布谣言说："我们最怕燕国军队割俘虏鼻子的刑罚，要他们排列在燕军的阵前，那么即墨就要失守了。"

燕人听说此事，果真按照田单所说的去做，城中人见投降的人都被割掉鼻子，更坚定了守城的决心，唯恐被燕军擒获。

田单又派人散布谣言说："我们怕燕国人挖掘齐人城外的祖坟，羞辱我们的祖先，看见先人受到侮辱会使我们心惊胆寒。"

结果燕军又中计，挖开所有的坟墓，烧毁死人的尸骨，齐国人在城上看见燕军的所为，无不伤心悲泣，想出城与燕军决一死战，怒气冲天。

田单知道时机成熟，士兵可以上阵作战了，就亲自拿着工具和士兵一同工作，妻妾也编在工作队伍中；把好吃的食物都拿出来与士兵分享。田单命令武装的士兵都埋伏起来，改派老弱妇女登城守卫，并且派使者与燕国商议

投降。燕军都高呼万岁。

田单又募集民家的捐款，筹集到千镒黄金，请即墨城的富豪赠送给燕国将军，说："齐人马上就要投降了，希望你们不要掳掠我们的妻妾。"燕将十分高兴，答应他们的请求，从此燕军防备越来越松懈，毫无士气。

田单在城中征收了一千多头牛，为它们缝制绛色丝衣，画上五彩龙纹，又把尖刀利刃绑在牛角上。另在牛尾上扎上灌了油脂的芦苇，然后在城墙上挖掘几十个洞穴，趁着夜晚，把牛群赶往洞口，这时点燃牛尾上的苇草，牛被火烧痛了，发怒向前狂奔，直冲燕军营地，五千士兵紧跟在后，奋勇杀出。

燕军大惊，看见牛身上都是龙纹，凡是碰触到的非死即伤。五千士兵趁机偷袭，而城中百姓喊杀震天，不断敲击铜器，发出震耳的声响。燕军深受惊吓，溃散而逃，齐军乘胜杀了骑劫，报仇雪恨。

【译评】

陈胜、吴广举兵抗秦前，也曾事先伪造书信暗中藏在鱼腹中，再命士兵买鱼烹食时，发现鱼腹中有书帛，上面写道"陈胜王"。陈胜又吩咐吴广夜里在附近的庙祠中燃起篝火并假装狐狸的声音发出"大楚兴，陈胜王"的口号。假借神术在士卒中提高自己的威信。王世充攻打李密时，也怕士兵心存疑惧。而假托夜梦周公，这都是为了借神明坚定士卒信心。北宋王德去讨伐秀州贼人邵青时，侦探得到邵青要用火牛阵攻击王德的消息，王德说："这种战术已经过时了，火牛阵只能用一次，再用就不管用了。他不知变化，必定会被擒获。"于是命全体士兵每人携带足够的箭矢，贼人一放牛，就万箭齐发，牛中箭后，全都调头反奔，这时王德趁机追杀，很快歼灭贼人。这可作为死读兵书而不知活用的教训。

斗伯比用弱军攻敌，艻贾借战败诱敌，而田单却直接请降，诈谋越是深沉，对日后战局的演变影响也越大。勾践投降吴王，却趁吴王大会诸侯时，乘虚而入灭了吴国，姜维假借投降钟会而其实想恢复蜀国，所以说敌人诚心投降尚且不能真信，更何况要防敌人诈降呢？刘邦欺骗项羽，黄盖大败曹操，都是伪降诱敌；岑彭、费祎等名将，也都是死在降将的手上。

唉！对投降者的真伪能不慎重考察吗！一定要冷静地评估，自己到底有什么威信能震服敌人弃械投降；再衡量当时的政治军事形势，最后归纳结论。若是推断出敌人不得不投降的理由，那么敌人的请降就是真心的，日后不会再生变端。这或许才是判断真假投降的万全之策啊！

孙膑

【原文】

魏庞涓攻韩。齐田忌救韩，直走大梁。涓闻之，去韩而归，齐军已过而西矣。孙子谓田忌曰："彼三晋之兵，素悍勇而轻齐，齐号为怯。善战者，因其势而利导之。兵法：'百里而趣利者，蹶[①]上将；五十里而趣利者，军半至。'"使齐军入魏地，为十万灶，明日为五万灶，又明日为三万灶。涓行三日，大喜曰："吾固知齐军怯，入吾地三日，士卒亡者过半矣！"乃弃其步军，与其轻锐兼程逐之。孙子度其行，暮当至马陵。马陵道狭，而孙膑旁多阻隘，可伏兵，乃斫大树，白而书之，曰："庞涓死此树下。"于是令齐军善射者万弩夹道而伏，期曰："暮见火举而俱发。"涓果夜至斫木下，见白书，乃钻火烛之。读未毕，齐军万弩俱发，魏军乱，大败，庞涓自刭。

【原评】

李温陵曰："世岂有十万之师，三日之内减至三万，而犹不知其计者乎！"

【注释】

①蹶：颠扑，损失。

【译文】

魏国大将庞涓发兵攻打韩国，齐国派田忌直奔魏都大梁，以解韩国之围。庞涓得知这个消息后，立即由韩撤军往回赶，这时齐军已入魏境，向西行进。孙膑对田忌说："三晋士兵素以凶悍勇猛著称，一向轻视齐军，认为齐军胆小。善于作战的人，会因势利导。兵法上说：'攻打一百里远的敌人，必使上将军受挫；攻打五十里远的敌人，半至而半不至，只有一半军队到达。'"齐军进入魏境后，命令士兵当日支炉灶十万个，第二天减为五万，第三天再减为三万。庞涓一连行军三天，见此情景后高兴地说："我就知道齐军胆小怯懦，进入魏境不过三天，士兵就已逃亡过半。"于是留下步兵，只率轻装骑

兵，日夜兼程追击齐军。孙膑估计魏军行程，认为他们在黄昏时分就可抵达马陵，此处道路狭窄，两侧都是险峻山坡，适合伏兵突袭。于是他砍削下一块树皮，在上面写下六个大字："庞涓死此树下。"然后在附近埋伏了许多箭法好的士卒，准备好上万支弩箭，并叮嘱他们说："天黑以后，看见树下有火光就万箭齐发。"到了夜晚，庞涓果然率军经过，看见树上有字，就命人点燃火把照明，尚未读完，齐军万箭齐发，魏军慌张大败，庞涓自刎。

【译评】

李温陵说："世上怎么有人笨到十万大军在三天之内减为三万人，还不知道是阴谋呢？"

祖逖 檀道济 岳飞

【原文】

祖逖[1]将韩潜与后赵将桃豹分据陈川故城，相守四旬。逖以布囊盛土，使千余人运以馈。潜又使数人担米息于道，豹兵逐之，即弃而走，豹兵久饥，以为逖士众丰饱，大惧，宵遁。

宋檀道济伐魏，累胜。至历城，魏以轻骑邀其前后，焚烧谷草。道济军食尽，引还。有卒亡降魏，具告之。魏人追之，众汹惧将溃。道济夜唱筹量沙，以所余少米覆其上。及旦，魏兵见之，谓道济资粮有余，以降者为妄而斩之，道济全军以归。

岳飞奉诏招抚岭表贼曹成，不从，乃上奏："群盗力强则肆横，力屈则就招，不加剿而遽议招，未易也。"遂率兵入。会得成谍者，缚之帐下。飞出帐，调兵食[2]。吏白曰："粮尽矣，奈何？"飞阳曰："且反[3]茶陵。"已而顾谍作失意状，顿足而入。阴令逸之，计谍归告，成必来追。即下令蓐食，潜趣绕岭。未明，已逼贼垒。出不意，惊呼曰："岳家军至矣！"飞乘之，遂大溃。自是连夺其险隘。贼穷，飞乃曰："招今可行矣。"

【原评】

孙膑强而示之弱，虞诩弱而示之强，祖逖、檀道济饥而示之饱，岳忠武饱而示之饥。

【注释】

①祖逖（tì）：字士稚，少有大志，中夜闻鸡起舞。晋朝南渡后，晋元帝用为豫州刺史，渡江击楫，誓清中原。他与后赵石勒相持，屡破强敌，收复了黄河以南大片失地。

②调兵食：筹调军粮。

③反：同“返”。

【译文】

晋朝名将祖逖的大将韩潜与后赵的将领桃豹分别据守东川的旧城，双方对峙四十多天。眼见粮食即将告罄，祖逖遂用布袋装上泥土，命一千多名士兵搬运这些土袋送给韩潜，装作是由外地支援的米粮；又派一些人背负真米袋，故意在桃豹士兵常常经过的路边休息。等桃豹的士兵攻击时，故意丢弃米袋逃逸。桃豹的士兵也缺粮甚久，见祖逖士兵留下的米袋，以为祖逖这边粮食充足，心想绝对无法再与祖逖相持下去，十分恐惧，桃豹的部队连夜撤兵而去。

南北朝时，南朝宋将檀道济（屡建战功，后因见疑于朝廷，被杀）多次打败北魏军。至历城后，魏军以骑兵时而攻击檀道济的先锋部队，时而突袭殿后的士兵，焚毁城中的粮草。檀道济在缺粮的情况下，只有撤军。有些投降魏军的士兵把檀道济的窘境告诉了魏军，魏军就赶快出兵追击宋军。由于魏军人数众多，气势汹汹，檀道济的军队一时无法抵挡。檀道济于是在夜晚命人高声地用筹数着量米的数量，实际上却是以沙代米，另外用仅剩的米覆盖在沙堆上。第二天魏军看到大堆的粮食，以为檀道济营中粮食充裕，魏军认为降兵说谎，就怒斩降兵，而擅道济也全军而退。

岳飞奉皇帝诏命招抚占据岭表的叛贼曹成，但曹成不服。岳飞奏报说：“盗匪一旦得势，就肆意横行，等到力量被削弱时，才有可能接受招安。现在如果不先围剿贼匪，却骤然招抚，盗匪是不会轻易接受的。”然后岳飞率军围剿。正好曹成派来的间谍被俘获绑缚在帐下，岳飞故意出帐向官员征调粮草，官员说：“城中缺粮，该怎么办呢？”岳飞说：“那么只好退回茶陵了。”接着在间谍面前表现出失望的表情，顿脚进入帐内，一面下令故意制造让间谍逃脱的机会。岳飞料定间谍一定会把所听见的消息告诉曹成，而曹成一定会乘

机攻击官兵，于是下令全军全副武装，连夜悄悄绕过岭表。第二天天还没亮，岳飞大军已逼近贼营。曹成的叛军十分意外，惊呼道："岳家军到了！"岳飞乘乱大破贼军，贼人四散溃逃，岳飞连连夺下贼人所据守的险隘，曹成途穷力竭。岳飞说："现在可以进行招抚了。"

【译评】

孙膑故意隐藏本身的兵力来引诱敌人（强而示之弱），虞诩却虚张自身的武力来恫吓对手（弱而示之强）；祖逖、檀道济以仅剩的米粮示敌，来掩饰粮尽的窘境（饥而示之饱），岳飞故意用缺粮作为诱饵，引贼人上当（饱而示之饥）。他们战术虽各有不同，但都达到了预定的目标。

冯异 王晙

【原文】

冯异[①]与赤眉[②]战，使壮士变服与赤眉同，伏于道侧。旦日，赤眉使万人攻异前部。贼见势弱，遂悉众攻异。异乃纵兵大战，日昃，贼气衰，伏兵卒起，服色相乱，赤眉不复识别，众遂惊溃。异追击，大破之。

吐蕃寇临洮，次大来谷。安北大都护王晙[③]率所部二千，与临洮兵合，料奇兵七百，易胡服，夜袭敌营，去贼五里，令曰："前遇寇大呼，鼓角应之。"贼惊，疑伏兵在旁，自相斗，死者万计。

【注释】

①冯异：汉光武帝刘秀将，从平河北，为征西大将军收降赤眉，威行关中。

②赤眉：王莽末年，起兵于今山东一带的农民起义军，为区别敌我，眉毛涂成赤色，故称赤眉军。后为刘秀击败。

③王晙（jùn）：唐中宗景龙间为桂州都督，大败吐蕃，进并州都督长史。因讨突厥有功，迁朔方行军大总管。

【译文】

东汉初年冯异征讨赤眉军时，命令士兵换上赤眉军的军服，埋伏在路旁。第二天，赤眉发动一万人攻打冯异的前锋部队，贼兵见冯异兵力薄弱，就发动猛攻。冯异指挥士兵奋勇应战，到了傍晚，贼兵见屡攻不下，气势已弱，这时冯异突然下令，要隐伏的士兵突然杀出，由于伏兵的服装与赤眉兵相同，一时间赤眉兵无法辨识敌我，于是惊恐溃败而逃，冯异下令追击，大败赤眉军。

唐朝时吐蕃入侵临洮，驻扎大来谷。安北大都护王晙率兵两千人，与临洮军队联合抵御吐蕃。王晙事先挑选七百精兵，换上吐蕃的军服，夜间偷袭敌营。在离敌营五里处，对士兵说："碰到敌兵，就大声喊叫，同时击鼓吹号相应。"敌兵果然以为四周有兵埋伏，大感惊慌，自相残杀，死者数以万计。

张齐贤

【原文】

齐贤知代州，契丹入寇。齐贤遣使期潘美以并师[①]来会战。使为契丹所执，俄而美使至云："师出至柏井，得密诏，不许出战，已还州矣。"齐贤曰："敌知美之来，而不知美之退。"乃夜发兵二百人，人持一帜，负一束刍，距州西南三十里，烈炽燃刍，契丹兵遥见火光中有旗帜，意谓并师至，骇而北走。齐贤先伏卒二千于土镫砦，掩击，大破之。

【注释】

①并师：两军会师。

【译文】

宋朝时，在张齐贤担任代州知州期间，契丹人率兵来犯。张齐贤和潘美约定共同抵抗契丹。不幸的是，送信使者被契丹人劫持了。没过多久，潘美的使者来到张齐贤的营地，说："我军刚抵达柏井，接到皇上密诏，不许和契丹人交战，现在军队已经调头往回走了。"张齐贤说："契丹人只是知道潘美的军队要前来会合，但并不知潘美已经撤军。"于是晚上命二百名士兵每人拿一面军旗，背一束稻草，在距代州西南三十里的地方，将军旗排成一列，开始焚烧稻草，契丹人看火光中有军旗飞舞，以为是两兵已经会师，因害怕就向北逃走了。张齐贤事先在土镫砦安排了二千名伏兵乘机杀出，大破契丹。

李光弼

【原文】

史思明有良马千余匹，每日出于河南渚浴之，循环不休。李光弼命索军中牝马，得五百匹，縶其驹[1]而出之。思明马见之，悉浮渡河，尽驱入城。思明怒，泛火船欲烧浮桥，光弼先贮百尺长竿，以巨木承其根，毡裹铁叉，置其首，以迎火船而叉之，船不能进，须臾自焚尽。

【注释】

①縶其驹：拴系母马之驹，则母马必归。

【译文】

唐朝的史思明养了上等好马一千多匹，每天都带这些马去黄河的南边洗澡，天天如此。李光弼命人牵出军中的五百匹母马，并把母马生的小马拴在城内。等史思明的马到了水边，就牵出那五百匹母马，母马开始不停地嘶叫，史思明的马听到母马嘶叫，都纷纷浮水渡过黄河，跑入城中。史思明得知后，非常恼怒，想利用着火的小船烧毁浮桥，李光弼得知史思明的计策，就事先积藏好几百根长竿，用巨大的木头抵住长竿的根部，用毛毡包裹着铁叉，放在竿头上，如此一来，火船飘来时，长竿便叉住火船，阻止火船向前漂流，最后自行焚毁。

武案卷二十四

【原文】

学医废人，学将废兵。匪学无获，学之贵精。鉴彼覆车，借其前旌。青山绿山，画本分明。集“武案”。

【译文】

学医会造成病患的伤残，学兵会造成士兵的死亡。但如果因此都不学，则将一无所获，学问贵在精。应该追随别人的脚步，借鉴别人的经验，才能发挥所学。就像风景画，本来就该山水分明。集此为“武案”卷。

张魏公

【原文】

绍兴中，虏趋京，所过城邑，欲立取之。会天大寒，城池皆冻。虏籍冰梯城，不攻而入。张魏公在大名，闻之，先弛[①]濠[②]鱼之禁，人争出取鱼，冰不得合，虏至城下，睥睨久之，叹息而去。

【注释】

①弛：放松。

②濠：护城河。

【译文】

绍兴年间，金人逼进京城，并攻占了路上经过的城邑。天气这时适逢大雪，天寒地冻，护城河水都结了冰。金人正好借着这坚冰踏过护城河，然后攀城，轻而易举地进入城中。魏国公张浚在大名，听到这件事后，就下令取消了禁止百姓在护城河中捕鱼的禁令，之后百姓争相凿冰捕鱼，护城河的冰层始终没有结冰，金人来到城下，看了很久，无可奈何便叹息离开了。

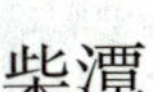

柴潭

【原文】

孟珙攻蔡[①]。蔡人恃柴潭为固，外即汝河。潭高于河五六丈，城上金字号楼伏巨弩，相传下有龙，人不敢近。将士疑畏。珙召麾下饮酒，再行，谓曰："此潭楼非天造地设，伏弩能及远，而不可射近，彼所恃，此水耳。决而注之，涸可立待。"遣人凿其两翼，潭果决，实以薪苇，遂济师，攻城克之。

【注释】

①孟珙攻蔡：宋理宗绍定五年，孟珙、江海率兵赴蔡，与蒙古军会师。十二月，破蔡外城。次年，破蔡，金哀宗自杀，金亡。

【译文】

宋朝时，孟珙奉命率兵攻打蔡州。因占据险要地势，蔡人所以能固守阵地，汝河就在柴潭外围。潭与汝河相距五六丈远的距离，城上的金字匾额的城楼上设置巨大的弓弩，相传柴潭水里面有龙潜藏，人们都不敢靠近。孟珙的手下也对这个传说心生畏惧。孟珙请手下的将领喝酒，酒过三巡之后，孟珙说："这座潭楼其实并非天造地设的天险，而是楼台上的巨型大弓弩，弓弩只能远射，而不能近射，敌人所凭借的只是这潭水。若我们将潭水引入汝河，潭水很快就会流干。"于是孟珙派人凿开了一条水道，将潭水引入汝河中，在无水的潭底铺上木柴、苇草，于是全军顺利渡潭，成功地攻破城楼。

纵烟　二条

【原文】

隋兵与陈师战，退走数四，贺若弼辄纵烟以自隐。

哥舒翰追贼入隘道[①]，贼乘高下木石，击杀甚众。翰以毡车驾马为前驱，欲以冲贼。会东风暴急，贼将崔乾祐以草车数十乘，塞毡车之前，纵火焚之，烟所被，官军不能开目，妄自相杀。

【注释】

①哥舒翰追贼入隘道：唐天宝十四年，安禄山反，玄宗遣哥舒翰守潼关。次年，玄宗用杨国忠言，命哥舒翰出潼关与敌交战。哥舒翰遇安禄山大将崔乾祐于灵宝。乾祐出兵不过万人，诱官军数万人入隘道，然后大破之。

【译文】

隋军和陈国军队交战，几次败兵，隋朝大将贺若弼就命部下放烟雾，掩护军队撤退。

哥舒翰将贼人逼入狭窄之地后，贼人利用地势优势，从高处向下丢掷木石，唐军伤亡惨重。哥舒翰想用带毛毡篷的马车为先锋，冲散贼人的攻势。恰巧刮来一阵东风，风势很急，贼将崔乾祐遂用一计，用几十辆装满麻草的马车，挡在毡篷车的前面，并让人放火烧草，官兵们的眼睛无法睁开看不清眼前事物，竟然开始互相残杀。

闺智部第九

总 序

【原文】

冯子曰：语有之："男子有德便是才，妇人无才便是德。"其然，岂其然乎？夫祥麟虽祥，不能搏鼠；文凤虽文，不能攫兔。世有申生，孝己之行，才竟何居焉？成周圣善，首推邑姜[①]，孔子称其才与九臣埒，不闻以才贬德也！夫才者，智而已矣，不智则懵，无才而可以为德，则天下之懵妇人毋乃皆德类也乎？譬之日月：男，日也；女，月也。日光而月借，妻所以齐也；日殁而月代，妇所以辅也。此亦日月之智，日月之才也！令日必赫赫，月必噎噎[②]，曜一而已，何必二？余是以有取于闺智也。贤哲者，以别于愚也；雄略者，以别于雌也。吕、武之智，横而不可训也。灵芸之属智于技，上官之属智于文，纤而不足，术也。非横也，非纤也，谓之才可也，谓之德亦可也。若夫孝义节烈，彤管传馨[③]，则亦闺闼中之麟祥凤文，而品智者未之及也。

【注释】

①邑姜：周武王之后，太公望姜尚之女，成王之母。

②噎噎：阴晦的样子。

③彤管传馨：载以史册，流芳千古之意。彤管，赤管笔。

【译文】

冯梦龙说：俗语说："男人有德便是才，妇人无才便是德。"这话当然不对。就像麒麟虽然是吉祥之物，但不能捕鼠；凤凰虽然是美丽的象征，但不能猎兔。而像春秋时期申生这样的仁孝，也不能代表他有治国定乱的才能。周朝最被称誉的女子，首推邑姜，孔子赞赏她的才能不下于当时的所有功臣豪杰，圣人没有因为邑姜的才能而贬损她的德行。所谓的才能，也就是智慧，没有智慧就是无知，如果没有才干等于有德，那是否等于说天下那些无知的村姑村妇，都是德行高洁之人呢？就如同日月，男子如日，女子如月。月亮要借助日光才能明亮，所以妻子向丈夫行芹，日落之后月光照明，因此女子辅助男子，这就是日、月的智慧和才能。当太阳照耀的时候，月亮肯定是隐晦的。那么只要有一个照耀天空就可以了，何必有两个呢？这就是我编集“闺智”部的原因。编集“贤哲”卷，是为了与愚蠢者相区别；编集“雄略”卷，是为了与其他妇女相区别。至于吕后与武则天的智慧，那是专横而不足为训。而灵芸一类人的智慧在于技巧，上官一类人的智慧在于文采，都是细枝末叶，不足称为智慧，只是一种术业。至于这些不是专横、不是心计的，称为才能也可以，称为德行也可以。至于孝妇烈女一类，已载于史册，如同妇女中的麒麟和凤凰，而研究智慧的人一般都不把他们置于此类人之中。

贤哲卷二十五

【原文】

匪贤则愚，唯哲斯肖，嗟彼迷阳①，假途闺教②。集“贤哲”。

【注释】

①迷阳：此处指头脑糊涂的男人。

②闺教：此处指闺房中的妻子对丈夫的指教。

【译文】

一个人如果不是天生的智者就是愚人，总希望自己可以有学习、仿效的榜样。那些糊涂的男人，有时也不妨就教于闺中的妇人。集此为“贤哲”卷。

马皇后

【原文】

高皇帝初造宝钞①，屡不成。梦人告曰：“欲钞成，须取秀才心肝为之。”觉而思曰：“岂欲我杀士耶？”马皇后②启曰：“以妾观之，秀才们所作文章，即心肝也。”上悦，即于本监取进呈文字用之，钞遂成。

【注释】

①宝钞：纸币。

②马皇后：郭子兴养女，朱元璋在郭子兴手下时，嫁给朱元璋。她有智鉴，好书史，常劝明太祖定天下以不杀人为本。

【译文】

明太祖朱元璋刚登帝位想在全国发行纸币，但一直遇到各种事情阻挠，没有成功。太祖晚上做梦，梦到有人说：“想要办成此事，需要取秀才心肝。”太祖醒后思虑梦中人的话，不由说道：“难道是要我杀书生取其心肝吗？”一

旁的马皇后说："依臣妾之见，心肝乃秀才们作的文章。"太祖听了大为赞赏，立即命有关官员呈上学者的研究心得，终使纸币得以顺利发行。

肃宗朝公主

【原文】

肃宗宴于宫中，女优弄假戏，有绿衣秉简为参军者①。天宝末，番将阿布思伏法②，其妻配掖庭③，善为优，因隶乐工，遂令为参军之戏。公主谏曰："禁中妓女不少，何须此人？使阿布思真逆人耶，其妻亦同刑人，不合近至尊之座；若果冤横，又岂忍使其妻与群优杂处，为笑谑之具哉？妾虽至愚，深以为不可。"上亦悯恻，遂罢戏而免阿布思之妻，由是咸重公主。公主，即柳晟母也。

【注释】

①有绿衣秉简为参军者：唐代的参军戏是一种滑稽表演，其中参军的角色穿绿衣、持牙简。

②阿布思伏法：阿布思，突厥人，为唐番将，被杨国忠、安禄山诬陷冤死。

③配掖庭：即配入宫中为奴。

【译文】

唐肃宗在宫中宴请群臣，请来女艺人表演助兴，其中有一段是女艺人模仿参军的表演。天宝末年，番将阿布思获罪被杀，而其妻子被发配到宫廷，因她擅长演戏，就待在乐坊。肃宗想让她表演参军戏，公主劝他说："宫中女乐也不少，怎么用这个人呢？再说，若阿布思真是叛将，那他的妻子也是受刑之人，按法律是不能接近皇上的；若阿布思是受冤屈而死，皇上您又怎能忍心让其妻子和其他艺人杂处，为他人助兴呢？臣妾虽然愚笨，但是认为万万不可这样做。"肃宗听后，不由得同情起阿布思的妻子来，就下令取消了演出并赦免阿布思的妻子。于是更加敬重公主。这位公主就是柳晟的母亲。

乐羊子妻　三条

【原文】

乐羊子尝于行路拾遗金一饼，还以语妻，妻曰："志士不饮盗泉，廉士不食嗟来，况拾遗金乎？"羊子大惭，即捐之野。

乐羊子游学，一年而归。妻问故，羊子曰："久客怀思耳。"妻乃引刀趋机①而言曰："此织自一丝而累寸，寸而累丈，丈而累匹。今若断斯机，则前功尽捐矣！学废半途，何以异是？"羊子感其言，还卒业，七年不返。

乐羊子游学，其妻勤作以养姑②。尝有他舍鸡谬③入园，姑杀而烹之，妻对鸡不餐而泣，姑怪问故，对曰："自伤居贫，不能备物，使食有他肉耳。"姑遂弃去不食。

【原评】

返遗金，则妻为益友；卒业，则妻为严师；谕姑于道，成夫之德，则妻又为大贤孝妇。

【注释】

①机：织机。

②姑：指婆婆。

③谬：误。

【译文】

乐羊子曾在路边捡到一块金子，回家之后告诉妻子，妻子说："有气节的

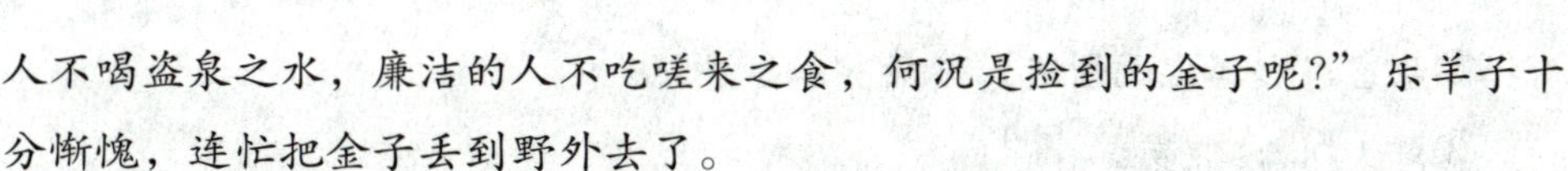

人不喝盗泉之水，廉洁的人不吃嗟来之食，何况是捡到的金子呢?”乐羊子十分惭愧，连忙把金子丢到野外去了。

乐羊子离家求学，一年后突然返回。妻子问他原因，乐羊子说：“久居异乡，心中十分想念家人。”妻子听后，拿起剪刀径直走到织布机前说：“这匹布是由一丝一线累成寸，再由寸累成丈，最后成匹。今天若是剪断它，那么以前所做的一切就都白费心血了！如今你求学半途而废，跟我这样做有何分别?”乐羊子被妻子这番话感动，于是继续外出求学，七年不曾回家。

乐羊子游学期间，妻子在家辛苦劳作，赡养婆婆。有一次，别人家的鸡误入乐羊子园中，婆婆抓来杀了吃。吃饭时，乐羊子妻对着那盘鸡流泪却不吃饭。婆婆感到很奇怪，问她原因，她说：“我是难过家里太穷了，没有好东西吃，才吃了别人家的鸡。”婆婆听了非常惭愧，就把鸡丢弃在一旁不吃了。

【译评】

劝丈夫返回所拾金子，乐羊子妻可说是益友；鼓励丈夫继续完成学业，乐羊子妻可说是严师；用道理教谕婆婆，成就丈夫的美名，乐羊子妻又可说是贤德孝顺的媳妇了。

陶侃母

【原文】

陶侃母湛氏，豫章新淦人。初侃父丹聘为妾，生侃。而陶氏贫贱，湛每纺绩赀给之，使交结胜己。侃少为浔阳县吏，尝监鱼梁，以一封鲊遗母，湛还鲊，以书责侃曰：“尔为吏，以官物遗我，非唯不能益我，乃以增吾忧矣。”鄱阳范逵素知名，举孝廉[①]，投侃宿。时冰雪积日，侃室如悬磬[②]，而逵仆马甚多，湛语侃曰：“汝但出外留客，吾自为计。”湛头发委地，下为二髲[③]，卖得数斛米。斫诸屋柱，悉割半为薪，剉卧荐[④]以为马草，遂具精馔，从者俱给，逵闻叹曰：“非此母不生此子。”至洛阳，大为延誉，侃遂通显。

【注释】

①孝廉：当时一门选举科目的名称，推举能孝顺父母、德行廉洁清正之人。

②悬磬：形容空无所有，喻极贫。

③髲（bì）：假发。

④荐：草垫。

【译文】

陶侃的母亲湛氏是豫章新淦人。湛氏是其父亲的小妾，而后生下了陶侃。因为陶家家境贫寒，湛氏每天纺织供给陶侃，让他多结交一些有才识的朋友。陶侃年轻时在浔阳县衙当过小吏，掌管鱼市的交易。有一次陶侃派人给母亲送了一条腌鱼，湛氏拒绝了，将腌鱼退回，并写信责备陶侃说："你身为官吏，假公济私把鱼拿来送给我，我不但不会高兴，反而为你担忧。"鄱阳的范逵因孝名被举荐为孝廉。一次他投宿在陶侃家，正好遇到连日冰雪，陶侃家里御寒的东西什么也没有，而范逵随行仆从和马匹很多，湛氏对陶侃说："你只管请外面的客人进来，我自有办法。"湛氏将自己的长发剪了，做了两套假发换了钱，买回来几斗米，又砍了屋里柱子作为柴薪，然后将睡觉用的草垫一割为二，作为马匹的粮草，就这样准备了饭食，招待了范逵主仆一行人。范逵知道后，感慨说："没有湛氏这样的母亲，是生不出陶侃这样的儿子的。"到了洛阳，他极力赞赏陶侃，并推荐陶侃，后来陶侃终于出人头地。

赵括母

【原文】

秦、赵相距长平，赵王信秦反间，欲以赵奢之子括为将而代廉颇。括平日每易[①]言兵，奢不以为然，及是将行，其母上书言于王曰："括不可使将。"王曰："何以？"对曰："始妾事其父，时为将，身所奉饭饮而进食者以十数，所友者以百数，大王及宗室所赏赐者，尽以予军吏，受命之日，不问家事；今括一旦为将，东向而朝，军吏无敢仰视之者，王所赐金帛，归藏于家，而日视便利田宅可买者买之，父子异志，愿王勿遣。"王曰："母置之，吾已决矣。"括母因曰："王终遣之，即有不称，妾得无坐。"王许诺。括既将，悉变廉颇约束，兵败身死，赵王亦以括母先言，竟不诛也。

【原评】

括母不独知人，其论将处亦高。

【注释】

①易：轻率。

【译文】

秦国与赵国两支军队在长平对峙，赵王中了秦国的反间计，想派赵奢的儿子赵括代替廉颇为将。赵括平常善于谈论军事，父亲赵奢却不以为然。等赵括即将率兵出发时，他的母亲上书赵王说："不可任命赵括为将。"赵王问："为什么？"赵母回答说："当初我嫁给他父亲的时候，他正在做将军，亲自捧着吃喝进献饮食的有十多人，和他结交的朋友则有一百多位，大王和宗室所赏赐的财物，全都分给了官兵。自从接受王命后，便不再过问家事。现在赵括突然做了将军，就面向东坐，接受部下的朝见，属下没有一个敢抬头看他，君王一有赏赐，就全部拿回家藏起来，一看到又便宜又好的田宅，就把它买下来。他们父子二人志向不同，希望大王不要派他为将。"赵王说："赵母您不用再说了，我心意已决。"赵母说："既然大王已经决定任命赵括为将，如果今后他做了什么不称职的事情，请大王不要株连到我。"赵王同意。赵括做了将军后，一改廉颇治军条例，最后兵败身死，赵王因有言在先，赵母并未受到株连。

【译评】

赵母不仅了解自己的儿子，而且谈论为将之道也非常高明。

陈婴母 王陵母

【原文】

东阳少年起兵，欲立令史①陈婴为王。婴母曰："暴得大名不祥，不如有所属，事成封侯；不成，非世所指名也。"婴乃推项梁。

王陵以兵属汉，项羽取陵母置军中。陵使至，则东向坐陵母，欲以招陵。陵母私送使者，泣曰："愿为妾语陵，善事汉王，汉王长者，毋以老妾故持二心。”遂伏剑而死。

【原评】

婴母知废，胜于陈涉、韩广、田横、英布、陈豨诸人；陵母知兴，胜于亚父、蒯通、贯高诸人。姜叙讨贼，其母速之，马超叛，杀刺史、太守，叙议讨之，母曰：“当速发，勿顾我。”超袭执叙母，母骂超而死，明大义也；乃楚项争衡，雌雄未定，而陵母预识天下必属长者，而唯恐陵失之，且伏剑以绝其念，死生之际，能断决如此，女子中伟丈夫哉！徐庶之不终于昭烈也，其母存也，陵母不伏剑，陵亦庶也。

【注释】

①令史：县里的官吏。

【译文】

秦朝时东阳青年起兵，想拥立令史陈婴为王。陈婴的母亲对他说：“突然获得这样大的名誉，并非吉兆；不如依附他人，如果起义成功，日后尚可封侯，即使失败，也不会成为后世谩骂的对象。”陈婴于是推项梁为王。

王陵率众投靠汉王刘邦，项羽将王陵的母亲请到军中。王陵派使者前来，项羽就让他母亲东向而坐，待以宾客之礼，想招降王陵。王母私下送别使者，哭着说：“希望你代我转告王陵，让他好好侍奉汉王，汉王年长有德，不要因为我的缘故而对汉王持有二心。”说完即伏剑自杀。

陈婴的母亲在事前就知道起义必败，这点已强过陈涉、韩广、田横、英布、陈豨等人。王陵的母亲断言谁将取得天下，也胜过亚父、蒯通、贯高等人。姜叙讨伐马超，姜母让他尽快发兵，真是位深明大义的妇人。在楚汉相争未分胜负时，王母就已预言天下必归刘邦，唯恐王陵失去机会，遂伏剑自杀，以断绝王陵投降楚军的念头。在生死关头，能如此果断，真可谓女中大丈夫！徐庶终不能辅佐刘备，是为保全母亲的性命，如果王陵的母亲不伏剑自杀，那么他的遭遇也会和徐庶一样。

严延年母

【原文】

严延年守河南，酷烈好杀，号曰“屠伯”。其母从东海[①]来，适见报囚，大惊，便止都亭[②]，不肯入府。因责延年曰：“天道神明，人不可独杀[③]，我不意当老见壮子被刑戮也，行矣，去汝东归，扫除墓地。”遂去归郡。后岁余，果败诛。东海莫不贤智其母。

【注释】

①东海：指东海郡，严延年的家乡。

②都亭：官府在城外设置的用于招待的亭舍。

③人不可独杀：指杀人的人也应当被杀。

【译文】

汉朝时，严延年为河南郡太守，但他生性凶残喜欢杀戮，人称“屠伯”。一天，严延年的母亲从东海郡赶来，恰巧看到儿子正处决囚犯，大为震惊，便留在都亭，不肯进郡府。她生气地责备严延年说：“人一定要敬畏神明，不可以任意杀人，我不想在我年老时看到自己的儿子正值壮年之时遭受刑戮。我要回家乡了，回去为你整理好墓地。”于是她回到家乡，一年多之后，严延年果然被判死刑。东海郡的人都赞他母亲贤明智慧。

伯宗妻

【原文】

晋伯宗朝[①]，以喜归。其妻曰：“子貌有喜，何也？”曰：“吾言于朝，诸大夫皆谓我智似阳子。”对曰：“阳子华而不实，主言而无谋，是以难及其身，子何喜焉？”伯宗曰：“我饮诸大夫而与之语，尔试听之。”曰：“诺[②]。”其妻曰：“诸大夫莫子若也。然而民不能戴[③]其上久矣，难必及子，盍亟索士，慭庇[④]州犁，伯宗子焉？”得毕阳。后诸大夫害伯宗，毕阳实送州犁于荆。初，伯宗每朝，其妻必戒之曰：“盗憎主人，民怨其上，子好直言，必及于难。”

【注释】

①朝：上朝。

②诺：好的。

③戴：拥戴。

④慭（yìn）庇：托人保护。

【译文】

春秋时期，伯宗为晋国大夫。一日早朝后，伯宗兴高采烈地回到家里，他的妻子见他这般高兴，便问：“夫君早朝后为何这样高兴？”伯宗便说：“今天我在朝上奏事，大家都夸我和阳处父一样有智慧。”妻子反驳说：“阳处父徒有美丽的外表，内心却不实在，

说话冲动不经思考，夫君有什么可高兴的呢？”伯宗说：“我请那些大夫来家中饮酒，你听一下我们的议论就知道了。”妻子答应了他。宴请之后，妻子说：“其他大夫都不能比上夫君您。但是百姓不满长官已经很久了，我怕到时会牵连夫君遭殃，何不招募侍卫保护州犁的安全呢？”于是找到毕阳。后诸大夫想陷害伯宗，州犁在卫士毕阳的护卫下逃往楚国避难。以前，每次伯宗上朝，他的妻子都提醒他说：“盗匪憎恶富贵之人，百姓怨恨不爱民的官吏。夫君平时总是疾言直谏，要时刻提防因此招致祸患。”

僖负羁妻

【原文】

晋公子重耳至曹，曹共公闻其骈胁，使浴而窥之。曹大夫僖负羁之妻曰：“吾观晋公子之从者皆足以相国，若以相，夫子必反[①]其国，反其国，必得志于诸侯，得志[②]于诸侯而诛无礼，曹其首也，子盍早自贰焉。”乃馈盘餐，置璧焉，公子受餐反璧，及重耳入曹，令无入僖负羁之宫。

【原评】

僖负羁始不能效郑叔詹之谏，而私欢晋客；及晋报曹，又不能夫妻肉袒为曹君谢罪，盖庸人耳。独其妻能识人，能料事，有不可泯没者。

【注释】

①反：同“返”，指返回晋国执政。

②得志：这里指称霸。

【译文】

晋公子重耳到了曹国，曹共公听部下说重耳天生肋骨和正常人不一样，他的肋骨是连成一片，出于好奇就趁重耳洗澡时，故意偷看。曹大夫僖负羁的妻子说：“我看晋公子重耳的随从，个个都是能做相国的人才，重耳在他们的辅佐下，日后必定能重返晋国，登上王位；重耳成为晋君之后，也必定能成为天下霸主；一旦成为霸主，必然会派兵讨伐以前对他无礼的国家，第一个便是曹国。你何不现在结交重耳呢？”于是僖负羁命人送了一盘食物给重耳，并在食物中藏了一块宝玉，重耳只收下食物，却退回宝玉。后来，重耳果然做了晋文公，并攻打曹国，因为僖负羁当年的厚遇，特别下令三军不得侵入僖负羁寝宫。

【译评】

僖负羁不能仿效叔詹劝郑伯杀重耳在先，却私下巴结重耳；等重耳再返曹国，僖负羁又没有挺身为曹共公的怠慢谢罪在后，实在是没有见识的庸人。唯独他的妻子，不仅有眼光，而且能推断事理，不得不令人另眼相看。

李夫人

【原文】

李夫人①病笃，上自临候之。夫人蒙被谢曰："妾久寝病，形貌毁坏，不可以见帝，愿以王及兄弟为托。"李生昌邑哀王。上曰："夫人病甚，殆将不起，属托王及兄弟，岂不快哉！"夫人曰："妇人貌不修饰，不见君父，妾不敢以燕媠②见帝。"上曰："夫人第③一见我，将加赐千金，而予兄弟尊官。"夫人曰："尊官在帝，不在一见。"上复言，必欲见之，夫人遂转向嘘唏而不复言。于是上不悦而起，夫人姊妹让之曰："贵人独不可一见上，属托兄弟耶？何为恨上如此？"夫人曰："夫以色事人者，李夫人色衰而爱弛，爱弛则恩绝，上所以恋恋我者，以平生容貌故。今日我毁坏，必畏恶吐弃我，尚肯复追思闵录其兄弟哉？所以不欲见帝者，乃欲以深托兄弟也。"及夫人卒，上思念不已。

【注释】

①李夫人：汉武帝的宠妃，其兄李广利、李延年，皆武帝朝中重臣。

②燕媠（duò）：仪容不整的样子。

③第：只要。

【译文】

李夫人病势沉重，汉武帝亲自去看望她。夫人蒙上被子推辞说："我久病卧床，身形容貌变了，不能够见皇上了，希望把昌邑王和我的兄弟托付给皇上。"武帝说："夫人病得很厉害，恐怕再不能起床了。为什么不见这最后一面，托付后事呢？"夫人说："妇人容貌不加修饰是不见君王父亲的，我不敢以随便怠惰的样子来见皇上。”武帝说：“夫人只要让我见上一面，我将赐你千两黄金，封给你的兄弟高官贵职。”夫人说：“封给高官在于皇上，不在于见我一面。”武帝又说非见不可，夫人便转过脸去嘘唏哭泣不再说话。于是武帝不高兴地起身离去。李夫人的姐妹责备她说：“贵人难道不能见皇上一面，嘱托兄弟吗？为什么让皇上这样生气呢？”夫人说：“凭着色相去侍奉人的，容貌衰退情爱就消减了，情爱消减恩义便会断绝。皇上之所以眷恋我，是因为我先前的容貌。现在，我的容貌已经变坏，他必然会厌恶抛弃我，还能够追念我，怜悯任用我的兄弟吗？我之所以不愿意见皇上，就是为了能长远地把兄弟托付给他啊！”等到李夫人去世后，汉武帝对她思念不已。

雄略卷二十六

【原文】

士或巾帼，女或弁冕；行不逾阈，谟能致远；睹彼英英，惭余谫谫。集“雄略”。

【译文】

有时男人会作妇人打扮，有时女人要装扮做男子；她们的行动完全可以成为楷模，在历史上影响深远。看看那些妇女的英雄事迹，我们这些男士真要汗颜三分。集此为“雄略”卷。

齐姜

【原文】

晋公子重耳出亡至齐，齐桓妻以宗女，有马二十乘，公子安之。留齐五岁，无去心。赵衰、咎犯辈乃于桑下谋行，蚕妾①在桑上闻之，以告姜氏。姜氏杀之，劝公子趣②行，公子曰：“人生安乐，孰知其他？”姜氏曰：“子一国公子，穷而来此。数子者以子为命，子不疾反国报劳臣，而怀女德，窃为子羞之。且不求，何时得功？”乃与赵衰等谋醉重耳，载以行。

【原评】

五伯桓、文为盛，即一女一妻，已足千古。

【注释】

①蚕妾：宫中养蚕的女奴。

②趣：抓紧。

【译文】

晋公子重耳逃到齐国，齐桓公不仅把族里的女子嫁他为妻，还送了重耳

二十辆马车。重耳在齐国呆了五年仍然不想离开。赵衰、咎犯等人在桑树下谋划商议事情，正巧被养蚕女听到，养蚕女回去就把听到的消息告诉了姜氏。姜氏杀了知道这件事的养蚕女，并劝重耳赶紧离开齐国。重耳说："人生追求的就是安乐，何必操心管其他事呢？"姜氏说："夫君是一国公子，不得已来到齐国，跟随夫君的臣子个个都愿为夫君卖命。夫君若只是一味留恋妻子贪图安逸，却不急于重返晋国夺位报答各位臣子的忠心追随，臣妾实在是为夫君感到惭愧。现在不回晋国，那何时才能成功呢？"于是姜氏和赵衰等人合谋，把重耳灌醉抬到车上，离开了齐国。

【译评】

春秋五霸中，以齐桓公、晋文公的声名最盛，靠一女一妻，就可以名垂千古了。

刘知远夫人

【原文】

刘知远至晋阳，议率[1]民财以赏将士。夫人李氏谏曰："陛下因河东创大业，未有惠泽及民，而先夺其生资，殆非新天子所以救民之意也！请悉出军中所有劳军，虽复不厚，人无怨言。"知远从之，中外[2]大悦。

【注释】

①率：计算。

②中外：朝廷内外。

【译文】

刘知远率领将士刚到晋阳，打算犒赏三军将士，犒赏的钱让晋阳百姓拿。

他的夫人劝谏说："陛下您现在凭借河东创下大业，还没有施恩给百姓，反倒先剥夺他们的钱财，这恐怕不是一个初登帝位的明君的作为。臣妾建议陛下先用府中的钱财来犒赏三军，虽然赏赐不够丰厚，但这样做不会招致百姓怨言。"刘知远采纳了夫人的建议，朝廷内外都非常高兴。

崔简妻

【原文】

唐滕王极淫。诸官美妻，无得白[①]者，诈言妃唤，即行无礼。时典签崔简妻郑氏初到，王遣唤。欲不去，则惧王之威；去则被王之辱。郑曰："无害。"遂入王中门外小阁。王在其中，郑入，欲逼之，郑大叫左右曰："大王岂作如是，必家奴耳。"取只履击王头破，抓面流血，妃闻而出。郑乃得还。王惭，旬日不视事。简每日参候，不敢离门。后王坐，简向前谢，王惭，乃出。诸官之妻曾被唤入者，莫不羞之。

【原评】

不唯自全，又能全人，此妇有胆有识。

【注释】

①得白：得以保持清白。

【译文】

唐朝的滕王是个好色之徒。朝中官员的妻子只要稍有姿色，就遭其染指，没有能保清白的。他常常谎称王妃传见，待官员的妻子一进入王府后，就强行奸淫。当时典签官崔简的妻子郑氏刚到这里，滕王就派人传她入府。崔简不愿妻子前去，去了怕遭王爷侮辱，不去又畏惧王爷权威，陷于两难之地。郑氏说："没事，我自有办法应付。"于是去了王府小阁里。王爷早已在那等候，等她一到，就想逼其就范，郑氏大声喊道："王爷怎会做出这种事，一定是王府中的奴仆。"说完便脱下一只鞋子把王爷的头打破了，又抓得他满脸是血，王妃听到打骂声出来一探究竟，郑氏才得以逃回家中。王爷羞愧不已，一连十多天都不敢到官府处理政事。崔简每天都站在王府外等候，不敢离开。过了几天，王爷召见，崔简向王爷谢罪，王爷更加惭愧，借故出游。那些曾

被王爷召入王府的官员妻眷，没有不觉得羞愧难当的。

【译评】

崔简的妻子不仅仅保全了自己的名节，也使别的妇女不再遭受王爷的逼迫，郑氏不但有胆量，更有见识。

新妇处盗

【原文】

某家娶妇之夕，有贼来穴壁。已入矣，会其地有大木，贼触木倒，破头死。烛之，乃所识邻人。仓惶间，惧反饵祸。新妇曰：“无妨。”令空一箱，纳贼尸于内，舁至贼家门首，剥啄[①]数下，贼妇开门见箱，谓是夫盗来之物，欣然收纳。数日夫不还，发视，乃是夫尸。莫知谁杀，因密瘗之而遁。

【注释】

①剥啄：敲门。

【译文】

有一家民户娶媳妇的晚上，有个小贼在墙上凿了洞进宅偷东西，不幸的是碰倒了一根大木桩，头部流血而死。宅子主人点上蜡烛一看，竟是隔壁邻居。惊异之下，新郎官害怕惹祸上身。新妇说：“不要怕。”她要丈夫挪出一只空箱，将邻人的尸首放在大箱中，抬到邻人的家门口，然后轻敲几下大门，立刻走开。邻妇闻声打开大门，见门口有一只大箱子，以为是丈夫偷来的财物，就很高兴地把箱子抬进屋内。过了几天，见丈夫还不回来，打开箱盖，箱中躺的竟是丈夫的尸体，也不知道是谁杀的，只好把丈夫的尸体偷偷埋了远走他乡。

辽阳妇

【原文】

辽阳东山虏[①]，剽掠至一家，男子俱不在，在者唯三四妇人耳。虏不知虚实，不敢入其室，于院中以弓矢恐之。室中两妇引绳，一妇安矢于绳，自窗绷而射之。数矢后，贼犹不退，矢竭矣，乃大声诡呼曰："取箭来。"自绷上以麻秸一束掷之地，作矢声，贼惊曰："彼矢多如是，不易制也。"遂退去。

【原评】

妇引绳发矢，犹能退贼。始知贼未尝不畏人，人自过怯，让贼得利耳。

【注释】

①辽阳东山虏：指明朝时东北地区的女真族人。

【译文】

明朝时东北地区的女真族人南下剽掠，这天剽掠到一户人家，这家中的男主人不在，只有三四名妇人在家里。但那山贼不知道屋里什么情况，不敢进入屋内，就在院子里向屋内射箭恐吓。屋内两妇人分别拉着一条绳的两端，另一名妇人把箭放在绳子的中央，从窗口向外射箭还击，连续射了几箭后，山贼仍然没有退却，但是箭已经用完了，于是就故意喊道："拿箭来！"接着就将一捆麻秆丢在地上，那声音似是一堆箭丢落在地。山贼听见了，惊呼："他们的箭很多，不容易制服。"于是退走。

【译评】

几位妇人牵绳发箭，居然将贼人击退了。看来贼人没有不害怕人的，人有时候就是本身太过于怯懦了，才会让贼人得利。

杂智部第十

总 序

【原文】

冯子曰：智何以名杂也？以其黠而狡，慧而小也。正智无取于狡，而正智或反为狡者困；大智无取于小，而大智或反为小者欺。破其狡，则正者胜矣；识其小，则大者又胜矣。况狡而归之于正，未始非正；小而充之于大，未始不大乎？一饧也，夷以娭老，跖以脂户，是故狡可正，而正可狡也。一不龟手也，或以战胜封，或不免于洴澼洸，是故大可小，而小可大也。杂智具而天下无余智矣。难之者曰："大智若愚，是不有余智乎？"吾应之曰："政唯无余智，乃可以有余智。太山而却[1]撮土，河海而辞涓流，则亦不成其太山河海矣！"鸡鸣狗盗，卒免孟尝，为薛[2]上客，顾用之何如耳。吾又安知古人之所谓正且大者，不反为不善用智者之贼乎？是故以"杂智"终其篇焉。得其智，化其杂也可；略其杂，采其智也可。

【注释】

①却：推辞，拒绝。

②薛：薛国，孟尝君的封地。

【译文】

冯梦龙说：智慧为什么可以称之"杂"？这指的是一些狡诈、卑小的智慧。纯正的智慧不应该是狡诈的，但是纯正的智慧常常被狡诈者所困扰；大的智慧不应该是卑小的，但大的智慧常常被卑小者欺侮。只有破除狡诈，纯正的智慧才能取胜；认识卑小，大的智慧才能取胜。何况狡诈发展变为纯正，未曾不是纯正的智慧；卑小而变为大智，未曾不是大的智慧。同样是饧，伯夷是用来给老人吃，以使他们快乐，而盗跖则用来润滑门枢，以便偷盗时没有声响，因此说狡诈可以变为纯正的智慧，纯正的智慧可变为狡诈。一双不怕皲裂的手，可以有助于在战争中取胜，也可以使人不惧怕在水中漂洗棉絮，

所以说正大的智慧也可以变成卑小的智慧，卑小的智慧也可以成为正大的智慧。所以说具备了杂智则天下就没有其他智慧了。有人辩驳说："对于那些大智若愚者，是不是也算一种其他的智慧呢？"我回答说："纯正的智慧中没有其他的智慧，但也可以包括其他的智慧。就好像泰山不会拒绝小的土块，而能成就它的高大；江海不会拒绝任何一条小溪，而能成就它的博大。"因此即使是鸡鸣狗盗的小伎俩，不仅能够成为孟尝君的座上客，而且可以将孟尝君从暴秦的手中拯救出来，主要看你是如何运用这些智慧。我们又怎么知道古人所说的正大的智慧，不会成为不善于利用智慧的人的祸害呢？所以我以"杂智"作为全书的最后一篇。得到智慧，化去那些杂事是可以的；略去那些杂事，取其智慧也可以。

狡黠卷二十七

【原文】

英雄欺人，盗亦有道；智日以深，奸日以老。象物为备，禹鼎在兹；庶几不若，莫或逢之。集“狡黠”。

【译文】

英雄可以欺人，盗匪亦有道义。智慧能日益深沉，奸诈会日益老练。狡诈之人小则骗吃骗喝，大则窃取国家。如果自知不如，最好敬而远之。集此为“狡黠”卷。

伪孝　二条

【原文】

东海孝子郭纯丧母，每哭则群鸟大集。使检有实，旌表门闾。复讯，乃是每哭即撒饼于地，群鸟争来食之。其后数数如此，鸟闻哭声，莫不竞凑，非有灵也。

河东孝子王燧家猫、犬互乳[①]，其子言之州县，遂蒙旌表。讯之，乃是猫、犬同时产子，取其子互置窠中，饮其乳，惯遂以为常。

【原评】

田单妙计[②]，可惜小用。然撒饼亦资冥福，称孝可矣！即使非伪，与孝何干？

【注释】

①互乳：互相哺乳。

②田单妙计：春秋时田单被围即墨，下令城中每次开饭前必在庭院中祭先祖，引飞鸟落下就食，围城之敌迷惑不解，疑有神降。

【译文】

有个名叫郭纯的东海孝子，他母亲过世后，每当他思母号哭，他家庭院的上空就有大批的飞鸟聚集，一时传为奇谈。官府派员调查发觉确有此事，于是奏请皇帝，在闾门立旌旗表扬。后来，有人一再追查孝子飞鸟群聚的原因，原来是孝子每次号哭时，就把饼撒在地上，飞鸟争相来食。每次都如此，日后，飞鸟一听哭声，就群聚盘旋在他家庭院上空，并非是飞鸟有灵性，被孝子所感动。

河东孝子王燧家里所饲养的猫狗，竟然猫哺犬子，犬育猫儿，官府听闻此事，也赐旌旗表扬。问及王燧，原来是猫狗同时产子，家人互调其子，日久也就哺育习惯了。

【译评】

这原本是齐人田单欺骗燕人的计谋，用来欺骗乡民，实在是小用了。然而撒饼喂鸟也算是行善事、积阴德，就这点看，也还可以称为孝子。

王燧的做法有欺骗世人的嫌疑，竟然蒙赐旌旗表扬，这和孝顺有何相干？

京邸中贵

【原文】

嘉靖间，一士人候选京邸有官矣，然久客橐，欲贷千金。与所故游客谈。数日报命，曰："某中贵允尔五百。"士人犹恨少，客曰："凡贷者例以厚贽[①]先。内相[②]性喜谀苟得其欢，即请益非难也。"士人拮据，凑贷器币，约值百金，为期人谒及门。堂轩丽巨，苍头庐儿皆曳绮缟，两壁米袋充栋，皆有御用字。久之，主人出。壮横肥，以两童子头抵背而行，享礼[③]微笑，许贷八百，庐儿曰："已晚，须明日。"主人可之。士人既出，喜不自胜，客复属耳："当早至，我俟于此。"及明往，寥然空宅，堂下煤土两堆，皆袋所倾。问主宅者，曰："昨有内相赁宅半日，知是谁？"客亦灭迹，方悟其诈。

【注释】

①厚贽：丰厚的见面礼。

②内相：对宦官的谀称。

③享礼：接受礼物。

【译文】

明朝嘉靖年间，有位书生到京城听候分派官职，过了许久，他终于有了派官的消息。但因离家日久，旅费用尽，想向人借款千金周转，于是找旧日友人商量。几天后，友人对他说："有一宦官答应借你五百金。"但书生嫌少，友人又说："凡是想向他借钱的人，按往例都得先送他贵重的礼物，他喜欢别人奉承巴结，如果能得到他的欢心，再请他增加贷款的额数也并非是件难事。"书生手头拮据，把身边所有的钱及值钱的器皿拼凑起来约有百金，于是约定双方见面的日期。书生按期来到宦官府邸，只见厅堂富丽豪华，府邸的仆役、侍从也都衣着华丽，府库中米粮堆积如山，而且袋袋都有"御用"的标记。书生等候许久，才见主人出现，一副脑满肠肥的模样，由两名童子抵着他的背，才能缓慢地走动。主人收了书生的厚礼后，微笑着许诺书生八百金的贷款。一旁的侍从说："现在天色已晚，要等明天才能拿钱。"要书生明日再来。书生离开府邸后，高兴得不得了，友人叮嘱书生说："明天要早些去，我等你的好消息。"第二天，书生又前去府邸，只见府中空无一人，厅堂中也只有由米袋中漏出的两堆煤土。书生询问这屋宅的原主，宅主说："昨天有个自称宦官的官员，向我租下半天的房子，但他究竟是什么人，我也弄不清楚。"书生回到原处，友人也不见了，这才知道上了大当。

老妪骗局

【原文】

万历戊子，杭郡北门外有居民，年望六而丧妻。二子妇皆美，而事翁皆孝敬。一日忽有老妪立于门，自晨至午，若有期待而不至者。翁出入数次。怜其久立，命二子妇询其故，妇曰："吾子忤逆①，将诉之官，期姐子同往，久候不来，腹且枵②矣。"子妇怜而饭之，言论甚相惬，至暮，期者不来，因留之宿，一住旬日。凡子妇操作，悉代其劳，而女工尤精。子妇唯恐其去也，谓妪无夫而子不孝，茕茕③无归，力劝翁娶之，翁乃与合。又旬余，妪之子与姐子始寻觅而来，拜跪告罪，妪犹厉詈不已，翁解之，乃留饮。其人即拜翁为继父，喜母有所托也。如此往来三月，一日妪之孙来，请翁一门，云已行

聘，妪曰："子妇来何容易，吾与翁及两郎君来耳。"往则醉而返。又月余，其孙复来请云："某日毕姻，必求二姆[4]同降。"子妇允其请，且多贷衣饰，盛妆而往，妪子妇出迎，面黄如病者，日将晡，妪子请二姆迎亲，且曰："乡间风俗若是耳。"妪佯曰："汝妻虽病，今日称姑矣，何以不自往迎，而烦二位乎？"其子曰："规模不雅，无以取重。既来此，何惜一往？"妪乃许之，于是妪与病妇及二子妇俱下船去，更余不返，妪子假出觇，孙又继之，皆去矣。及天明，遍觅无踪，访之房主，则云："五六月前来租房住，不知其故。"翁父子怅怅而归，亲友来取衣饰，倾囊偿之，而二妇家来觅女不得，讼之官，翁与子恨极，因自尽。

【注释】

①忤逆：此处指不孝敬母亲。

②枵：空。

③茕茕：孤单的样子。

④姆：婶母，指老翁的两位儿媳。

【译文】

明朝万历戊子年间，杭州北门外有个老头，年纪快六十岁，老伴已经去世，两个儿子都已经娶妻，媳妇们不仅貌美，而且对他也非常孝顺。一天，有位老太太站在他家门口，从早晨一直站到中午，好像在等什么人，而对方好像一直没有来。老头出入门口好多次，可怜老太太站立太久，于是就让两个儿媳妇去问问老太太怎么回事。老太太说："我儿子不孝顺，我要到官府告他，我是在这里等我姐姐的孩子和我一起去官府，没有想到他一直没有来，我的肚子都有些饿了。"媳妇们同情老太太，就请她进屋吃饭，彼此交谈得十分愉快，一直到晚上，仍然不见要等的人来，于是媳妇们就留老太太在家中过夜。老太太住了十天，凡是日常家务，都是老太太一手料理，女工尤其精巧，老头的两位媳妇都怕老太太离去，她们认为老太太既然老伴过世，儿子又不孝顺，一个人孤苦无依，于是极力劝公公娶这个老太太为妻。于是二人成婚。又过了十多天，才看到老太太的儿子和姐姐的孩子寻来，见了老太太之后就跪在地上认罪，老太太仍然不停地大声怒骂，老头劝慰老太太，于是邀请老太太的儿子留下来喝酒，老太太的儿子拜老头为继父，庆幸母亲往后日子有了依靠。两家往来了三个月之后，一天，老太太的孙子来邀请老头一家去喝订婚酒，老太太说："两个媳妇哪能随便走开呢，我和老伴儿还有他两个儿子去吧。"一行人喝得醉醺醺地才回来。又过了一个多月，老太太的孙子又前来邀请说："某日是我完婚的大喜日子，二位婶婶务必要来喝杯喜酒。"老头的媳妇笑着答应了。等到大喜之日，老头的媳妇们向亲友借了很多首饰，盛装前往，老太太的儿媳妇站在门口迎接她们，面色青黄好像生病一样。快傍晚，老太太的儿子请两位媳妇去迎接新妇，并且说："这是我们这里的习俗。"旁边的老太太故意对儿子说："你的媳妇儿虽然有病在身，但是今天要做婆婆了，怎么能不亲自迎接新嫁娘过门，而要烦劳你这两位弟妹呢？"老太太的儿子说："她那病恹恹的样子，实在是难看，怕亲家看了笑话，两位弟妹既然已经来了，怎么会吝惜前往呢？"老太太才故作勉强地答应了。于是老太太和生病的媳妇再加上老头的两位媳妇，一同下船迎娶新嫁娘。等候多时仍然看不到她们回来，老太太的儿子又假装下船打探，接着老太太的孙子也借口查探，都走了。第二天天亮后，老头父子四处寻找也没有看到他们的踪影，询问屋主，屋主说："他们在五六个月前搬来租下这所屋子，但是不知道他们的来历。"老头父子只好怅然回去了，过了几天，亲友们纷纷来索要被借走的衣服、首饰，老头父子只好拿出所有的积蓄来偿还，而两个媳妇的娘家也因为女儿失踪到官府去控告老头父子，老头父子悔恨不已，三个人竟然因此自杀身亡。

乘驴妇

【原文】

有三妇人雇驴骑行，一男子执鞭随之。忽少妇欲下驴择便地[①]，呼二妇曰："缓行俟我。"因倩[②]男子佐之下，即与调谑，若相悦者。已乘驴，曰："我心痛，不能急行。"男子既不欲强少妇。追二妇又不可得，乃憩道旁。而

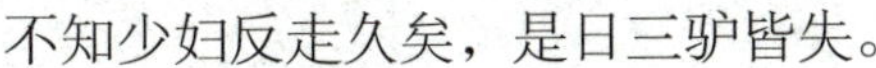
不知少妇反走久矣，是日三驴皆失。

【注释】

①便地：方便的地方。

②倩：请（男子）帮忙。

【译文】

这天，有三位妇人雇了个驴代行，驴主人也骑着驴在后边拿着驴鞭赶驴。过了一阵子，其中一个少妇想要下驴去找个地方方便，就对其他那两个妇人说："你们先走，边骑边等我！"因为不方便就请驴主人扶着下来，接着就和驴主打情骂俏，好像两个人之间非常亲密。那个少妇方便完之后乘上驴背，说："我心痛不能骑得太快。"驴主人不好意思催那妇人加快速度，又追不到前面先行的那两位妇人，只好在路边休息。谁想到这名少妇早已经掉头逃走很久了。这一天驴主人丢了三头驴。

窃磬

【原文】

乡一老妪，向诵经，有古铜磬，一贼以石块作包，负[①]之至媪门外。人问何物，曰："铜磬，将鬻[②]耳。"入门见无人，弃石于地，负磬反向门内曰："欲买磬乎？"曰："家自有。"贼包磬复负而出，内外皆不觉。

【注释】

①负：背。

②鬻（yù）：卖。

【译文】

乡下有个老妇人，一向诵经念佛，她家有个古铜磬。一日一小贼包了一包石块，背着它来到老妇人家门前。路过的行人好奇问他："你在卖什么东西？"那贼回答："铜磬，我卖铜磬。"那小贼进了老妇人家门，发现屋里没人，就扔下石头，背着铜磬朝着内室反问道："要买磬吗？"屋内的人回答说："我家中有。"那小贼就这样包好铜磬背着从老妇人家出来，所有人都没有察觉出那个小贩竟是偷铜磬的小偷儿。

躄伪 跛伪

【原文】

阊门有匠，凿金于肆。忽一士人，巾服甚伟，跛曳而来，自语曰：“暴令[①]以小过毒挞我，我必报之！”因袖出一大膏药，薰于炉次，若将以治疮者。俟其熔化，急糊匠面孔，匠畏热，援以手，其人即持金奔去。

又一家门集米袋，忽有躄[②]者，垂腹甚大，盘旋其足而来，坐米袋上，众所共观，不知何由。匿米一袋于胯下，复盘旋而去。后失米，始知之。盖其腹衬塞而成，而躄亦伪也。

【注释】

①暴令：残暴的县令。

②躄（bì）：两腿皆瘸。

【译文】

苏州阊门的集市上有个做凿金生意的金匠。一日，忽然有个穿戴讲究的书生一瘸一拐地进店来，嘴里嘟囔着：“那个县令太残暴了，就因为我犯了一点小错就这样毒打我，我一定要报仇！”说话间就从袖口掏出一贴膏药，借金匠的炉火来薰烤膏药，好像要将其贴在自己的伤处。等膏药变热熔化之后，那瘸腿书生竟把热膏药往金匠的脸上贴，金匠受不了灼热，急忙用手去撕，那人抢走了金匠的金饰，飞奔而逃。

又有一家人，他们家门口堆满了米袋，忽然有个两脚都瘸的人，他的肚子很大往下垂着，一瘸一拐地走到堆满粮食的那家门口，坐在米袋上休息，路过的行人都看到了，但是大家都不知道他要干什么。那个人趁人不注意偷偷在自己胯下藏了一袋米，又一瘸一拐地走了。直到后来发现丢了一袋米，才知道那人装瘸来偷大米的，而且他的大肚子也是为了掩人耳目用衣服伪装的。

文科 二条

【原文】

江南有文科者，衣冠之族，性奸巧，好以术困人而取其资。有房一所，

货于徽人。业经改造久矣，科执原直取赎，不可，乃售计[①]于奴，使其夫妇往投徽人为仆，徽人不疑也。两月余，此仆夫妇潜窜还家，科即使他奴数辈谓徽人曰："吾家有逃奴某，闻靠汝家，今安在?"徽人曰："某来投，实有之，初不知为贵仆，昨已逸去矣。"奴辈曰："吾家昨始缉知在宅，岂有逸去之事?必汝家匿之耳，吾当搜之!"徽人自信不欺，乃屏家眷于一室，而纵诸奴入视，诸奴搜至酒房，见有土松处，佯疑，取锄发之，得死人腿一只，乃哄曰："汝谋害吾家人矣！不然，此腿从何而来？当执此讼官耳。"徽人惧，乃倩人居间，科曰："还吾屋契，当寝其事耳。"徽人不得已，与之期而迁去。向酒房之人腿，则前投靠之奴所埋也。

科尝为人居间公事。其人约于公所封物，正较量次，有一跛丐，右持杖，左携竹篮，篮内有破衣，捱入[②]乞赏。科拈零星[③]与之，丐嫌少，科佯怒，取元宝一锭掷篮中，叱曰："汝欲此耶?"丐悚惧，曰："财主不添则已，何必怒?"双手捧宝置几上而去。后事不谐，其人启封，则元宝乃伪物，为向丐者易去矣，丐者，即科党所假也。

【原评】

苏城四方辐凑之地；骗局甚多。曾记万历季年，有徽人叔侄争坟事，结讼数年矣，其侄先有人通郡司理，欲于抚台准一词发之。忽有某公子寓阊门外，云是抚公年侄[④]，衣冠甚伟，仆从亦都[⑤]。徽侄往拜，因邀之饮。偶谈及此事，公子一力承当。遂封物为质，及期，公子公服，取讼词纳袖中，径入抚台之门，徽侄从外伺之，忽公事已毕而门闭矣，意抚公留公子餐也。询门役，俱莫知，乃晚衙，公子从人丛中洒容而出，意气扬扬，云："抚公相待颇厚，所请已谐。"抵徽寓，出官封袖中，印识宛然。徽侄大喜，复饮食之，公子索酬如议而去，明日徽侄以文书付驿卒，此公子私从驿卒索文书自投，驿卒不与，公子言是伪封不可投。驿卒大惊，还责徽侄，急访公子，故在寓也，反叱徽人用假批假印，欲行出首。徽人惧，复出数十金赂之始免。后访知此棍惯假宦、假公子为骗局。时有春元谒见抚院，彼乘闹混入，潜匿于土地堂中，众不及察，遂掩门。渠预藏酒糕以烧酒制糕，食之醉饱，啗之，晚衙复乘闹出，封筒印识皆预造藏于袖中者，小人行险侥幸至此，亦可谓神棍[⑥]矣。

【注释】

①售计：授计，传授计策。

②捱入：畏缩着进入。

③零星：指零星的碎银。

④年侄：科举同年的儿子。

⑤都：华丽。

⑥神棍：用技如神的恶棍。

【译文】

江南有个参加经学考试的士子，虽出身权贵之家，但个性奸诈，善于投机取巧，喜欢用计使别人落入他所设计的圈套，进而要挟诈骗对方财物。这士子有栋房子卖给一位徽州人。那徽州人买下房子，经过改建后已住了很长一段日子。士子持着原来双方买卖房屋的契约，想向徽州人买回房子，遭到拒绝。士子于是心生一计，命自家一对仆人夫妇投身徽州人家为奴仆，徽州人丝毫未加怀疑。两个多月后，这对夫妇暗中潜逃回士子家，士子命多名奴仆到徽州人家，说："我们有两名奴仆逃走，听说是投身你家为奴，现在他俩在何处？"徽州人说："确实有这样两个人来我家为奴，当初我并不知道是贵府的仆人。但这两人昨天已逃走了。"奴仆们说："昨天我们还看见这两人出入这宅府，哪有这么巧，晚上就逃走了？一定是你们把他俩藏起来了，我们要搜。"徽州人自认清白，无所隐瞒，于是就将家人集中在一间屋子里，任凭士子的奴仆四处查看。奴仆们来到酒窖，见有一堆土隆起，乃故作怀疑状，拿起锄头挖掘，竟挖出一条死人腿，于是起哄说："你竟敢谋害我府上的人！这死人腿你作何解释？我们要将你送官治罪。"徽州人顿时吓得失了主意，只好央请他人居间作调解人。士子说："还我房契，这事我便不再追究。"徽州人不得已只好答应，限期搬离。其实酒窖中所挖出的人腿，就是前来投靠的那对夫妇事先掩埋的。

这位士子有一次也为人居间作财物公证人，对方约他到公所查看财物，然后再贴上封条。正在清点财物时，有名跛脚的乞丐，右手拄着拐杖，左手拿着竹篮，篮内还有一件破衣服，溜进公所乞讨赏钱，士子随手拿了一块碎银丢给乞丐，乞丐竟然嫌少，士子大怒，拿起一锭元宝掷到乞丐的竹篮里，斥责说："你想要这元宝是不是？"乞丐害怕，颤抖着说："大善人不愿再多给赏钱就算了，何必发脾气呢?”接着双手捧着元宝放在桌上，然后离去。过了一段日子，另一名公证人开封取物，发现元宝竟是假的，原来早就被那乞丐调了包，而那乞丐，正是士子的党羽所装扮的。

【译评】

苏州交通发达，商业繁荣，诈骗事件也层出不穷。明朝万历年间，曾有一对叔侄争坟地大打官司，缠讼多年一直没有结果。后来侄儿买通郡府法曹，希望抚台能判自己胜诉。一天，忽然有个住在阊门（皇宫中紫微宫之门，又叫阊阖）外的贵公子，自称是抚台的世侄，看他衣着华丽，一表人才，随行的侍仆也多。于是侄儿就去邀贵公子喝酒，闲谈中谈到与叔父争夺坟地的事。公子一口答应这事包在他身上，为表示自己的诚意，公子还交给侄儿一件信物。到了约定日期，公子拿了侄儿的讼状，直接进入抚台大人的官府，侄儿在门外守候许久，一直到府衙公务处理完毕大门紧闭，还不见公子出来，侄儿猜测可能抚台大人留公子吃饭。问门房公子下落，都答称未见过此人。直到入夜，才见公子满脸酒意地从人群中走来，一脸得意扬扬的神情，对侄儿说抚台大人热忱地招待他，所托付的事都已打点妥当，两人回到侄儿住处。公子从袖中拿出一封公文，公文上盖有官府的官印，侄儿大为高兴，命人备酒谢公子，公子拿了当初两人协议的报酬后离去。第二天，侄儿将公文交给驿卒送官府，公子却派人索取公文，官府的驿卒不肯交出公文，公子才表明这公文是伪造的，不能送交官府。驿卒害怕获罪，立即将公文退还侄儿，并且斥责侄儿。侄儿拿着假文书赶往公子住处，公子正巧在家，看了假文书，反而斥责侄儿用假官印、假批示唬人，要到官府控告他。侄儿大惊，只有再拿出数十金贿赂公子，才平息此事。后来，侄儿向别人打听，才知道这人常假冒宦官或贵公子，设计诈人钱财。当初，正碰到春元（明朝人林章的本名）入府谒见抚台，公子就趁忙乱中混入府内，暗中躲在佛堂中，府中奴仆一时没留意到他，就依往日按时关门。公子事先曾准备净糕，以烧酒制作糕饼，食后饱且醉，就在佛堂内吃喝起来，等府衙到了夜间办公时，再伺机混出府衙，至于官印等物，都是事先准备好放在袖中的。像这种心机深沉、存心诈财的小人，真可说是神棍。

猾吏

【原文】

包孝肃①尹京②日，有民犯法当杖脊。吏受赇③，与约曰："今见尹必付我责状，汝第呼号自辩，我与汝分此罪。"既而包引囚问毕，果付吏责状，囚如吏教，分辩不已，吏大声呵之曰："但受杖出去，何用多言？"包谓其市权，捽吏于庭，杖之七十，特宽囚罪以抑吏势，不知为所卖也。

【原评】

"包铁面"尚尔，况他人乎！

【注释】

①包孝肃：包拯，谥号孝肃。

②尹京：包拯曾做过北宋京城开封的知府。

③赇（qiú）：贿赂。

【译文】

宋朝包拯在开封府尹当职时，有个人犯了法，按照律法受棍棒鞭打脊背的刑罚。有位吏卒私受贿赂，并与其约定说："今日见令尹，包大人必会将杖责你的刑罚交给我来执行，到时你只管大声喊叫，我想办法减轻你的罪。"不久，包拯审讯完罪民之后，果然将鞭打罪民的任务交于那吏卒，罪犯就照吏卒所说的，大声号啕，不停地喊冤辩解，吏卒大声呵斥说："你无须再多说了，还不赶快领杖刑受罚。"包拯认为吏卒卖弄职权，就把本应给罪民的七十大板给了吏卒来惩罚他，没想到这正是中了吏卒的诡计。

【译评】

连包公都会被这吏卒玩弄，更别说是他人了。

小慧卷二十八

【原文】

熠熠隙光，分于全曜。萤火难嘘，囊之亦照。我怀海若，取喻行潦。集“小慧”。

【译文】

一丝光线虽然微弱，也是阳光的一部分。萤火虫所发出的微小光芒，可以以布囊收集后用来照明。我虽胸怀江海，也不嫌弃雨后的水洼。集此为“小慧”卷。

韩昭侯 子之

【原文】

韩昭侯[①]握爪而佯亡一爪，求之甚急。左右因割其爪而效之，昭侯以此察左右之诚。

子之[②]相燕，坐而佯言曰：“走出门者何白马也。”左右皆言不见，有一人走追之，报曰：“有。”子之以此知左右之不诚信。

【注释】

①韩昭侯：战国时韩国的国君。

②子之：战国时燕王哙用子之为相，后来禅位于子之。

【译文】

一天，韩昭侯与属下亲信一起吃瓜，他故意将手中的瓜掉在地上，然后表示惋惜。属下立即将自己手中的瓜分献给韩昭侯。韩昭侯借此举考察属下对他的忠诚。

子之为燕相时，一天坐在厅堂上故意说：“刚才在门外一闪而逝的是一匹白马吗?”左右亲信都说没看见，只有一人追出门外，回来时禀报说：“确实有一匹白马。”子之借这事考察左右是否对他忠实。

江西日者

【原文】

赵王李德诚[1]镇江西。有日者[2]，自称世人贵贱，一见辄分。王使女妓数人与其妻滕国君同妆梳服饰，立庭中，请辨良贱，客俯躬而进曰：“国君头上有黄云。”群妓不觉皆仰视，日者因指所视者为国君。

【注释】

①李德诚：五代时人，曾任镇南节度使，后封赵王。

②日者：占卜相面的人。

【译文】

五代时人赵王李德诚曾镇守江西。有个占卜相面的人称自己看一眼他人，就能看穿那人的身份贵贱高低。赵王想测试他是否真有这样的本事，就找来几名妓女，让她们穿上和王后一样的服饰，打扮好后站在庭院，让术士来分辨谁贵谁贱。术士走近他们轻声说：“王后头顶会有黄云。”说罢，众人纷纷向王后头顶看去，术士立马就指出了王后。

唐类函

【原文】

吴中镂书[1]多利，而甚苦翻刻[2]。俞羡章刻《唐类函》将成，先出讼牒[3]，谬言新印书若干，载往某处，被盗劫去，乞官为捕之，因出赏格，募盗书贼。由是《类函》盛行，无敢翻者。

【注释】

①镂书：雕版印书。

②甚苦翻刻：因盗印而很苦恼。

③讼牒：诉状。

【译文】

吴中地方出版商的利润很大，因此从事翻刻（即今日的盗印）的人也特别多，为此出版商相当苦恼。俞羡章所编著的《唐类函》尚未出版，他便一状告到官府，假称他的新书出版后，用车载往他处时遭盗匪劫走，希望官府派吏卒缉捕盗匪，并且他出钱悬赏缉捕盗书贼。这件事轰动一时，结果使《唐类函》大为畅销，而且也没有书局再敢翻刻。

黠童子

【原文】

一童子随主人宦游。从县中索骑，彼所值①甚驽下。望后来人得骏马，驰而来，手握缰绳，佯泣于马上。后来问曰："何泣也?"曰："吾马奔逸绝尘，深惧其泛驾②而伤我也。"后来以为稚弱可信，意此马更佳，乃下地与之易。童子既得马，策而去，后来人乘马，始悟其欺，追之不及。

【注释】

①所值：所分配到的。

②泛驾：翻车。

【译文】

有一童子随主人四处求官。但童子所骑的马不好，想换一匹好马。他远远看见有个人骑着一匹骏马急驰而来，心生一计，就手握着缰绳假意哭泣起来，来人见童子哭得伤心，就问童子为何哭泣。童子说："我的马儿跑起来速度奇快，是匹好马，但我担心无法控制它而伤到自己，所以不知道怎么办。"来人见童子年幼，不至骗人，心想童子的马比自己的好，于是贪念大起，就下马表示愿意与童子交换。童子换了马便急驰而去，那人骑上童子的驽马，才知道受骗上当，但已追不上了。

参考文献

[1](明)冯梦龙著. 邓林注译. 中华国粹经典文库：智囊[M]. 武汉：崇文书局(原湖北辞书出版社), 2009.

[2](明)冯梦龙著. 智囊全集[M]. 上海：华东师范大学出版社, 2013.

[3](明)冯梦龙著. 徐继素编译. 智囊全集[M]. 北京：线装书局, 2010.

[4](明)冯梦龙著. 王宇译. 读智囊悟人生[M]. 呼和浩特：内蒙古文化出版社, 2005.

[5](明)冯梦龙著. 智囊补[M]. 上海：上海古籍出版社, 1993.

[6](明)冯梦龙著. 智囊[M]. 呼和浩特：内蒙古大学出版社, 2002.

[7](明)冯梦龙著. 智囊[M]. 北京：中国友谊出版公司, 1991.

[8](明)冯梦龙著. 智囊[M]. 西安：太白文艺出版社, 2010.

[9](明)冯梦龙著. 伍立杨译. 烽火智囊[M]. 沈阳：辽宁教育出版社, 2009.

[10](明)冯梦龙著. 智囊全集[M]. 上海：中华书局, 2007.

[11](明)冯梦龙著. 冯梦龙全集[M]. 呼和浩特：远方出版社, 2005.

[12](明)冯梦龙著. 智囊[M]. 西安：三秦出版社, 2008.